challenged

도전받은 곳에서

시작하라

휠체어 탄 의사의 병원 분투기

류미 지음

21세기북스

❚ 차례 ❚

part **1** 두려운 병원 입성, 학생 실습 7

　　수술방에서 쫓겨나다 … 9
　　내과 첫 실습 … 12
　　여기는 내과 의국 … 24
　　청량리 외과, 6인의 의리파 … 31
　　여기는 외과 의국 … 35
　　수술방의 어설픈 막내 … 42
　　안녕, 돼지 족발, 안녕, 외과 실습 … 48
　　마지막이 가장 어렵다 … 51

part **2** 합격률 99%, 모교 인턴에 떨어지다 61

　　재결성, 스터디 모임 … 63
　　언제 어디에서 무엇이 되어 다시 만날까 … 71
　　아이컨택eye contact … 75

part **3** 아픈 발목이 인생의 발목을 잡았다 85

　　언제나 발목을 잡은 것은 아픈 발목 … 87
　　중앙일보와 등산, 인생의 첫 탈락 … 94
　　두 번째, 세 번째 아이러니 그리고 의대 입학 … 102

part **4** 시작부터 험난한 길, 인턴 109

　　겪지 않으면 알 수 없다 … 111
　　파워지피가 되면 되겠네요 … 116
　　자가연골이식술 그리고 다시 인턴 탈락 … 125
　　올드보이 … 128
　　휠체어 탄 산부인과 선생님 … 134
　　제생병원 인턴 지원 … 144

part **5** 휠체어 탄 여자 인턴, 봄—여름 151

인턴의 제1법칙, 선착순 … 153

신경외과 병동의 국민사위 … 156

알파와 오메가 … 161

인턴 첫날, 신경외과에서 응급실로 … 166

여풍당당, 교육연구부장 … 172

인턴 대책회의 … 179

응급실 복귀 … 184

드레싱으로 시작해서 드레싱으로 끝나다 … 189

오 마이 배큠 … 194

OD와 옵세 … 207

part **6** 휠체어 탄 여자 인턴, 가을—겨울 225

휠체어가 사라졌다 … 227

우정은 관장 호스를 타고 … 236

'생각하게 하지 마' … 246

인턴의 하이라이트, 내과 인턴 … 252

part **7** 다시 한 계단을 넘어서 257

예상치 못한 복병 … 259

정신과 외래를 찾아가다 … 265

두 대의 휠체어 … 270

만나자마자 이별 … 274

정신과 R2 … 280

스타 스터디 2차 모임은 결혼식 … 284

여기는 산중턱일까, 산등성이일까 … 289

두려운 병원 입성, 학생 실습

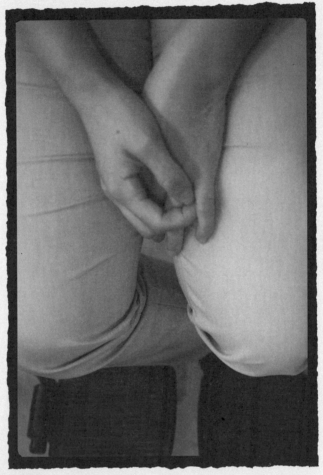

수술방에서 쫓겨나다

"너보다는 외팔이가 낫다. 나가라."

주임교수가 조용하지만 단호한 목소리로 말했다. 3번 수술방 분위기는 차가웠다. 환자는 무의식 상태로 무슨 일이 일어나는지 아무것도 모르는 채 메스에 몸을 맡기고 있었다. 간호사와 젊은 의사들의 눈은 환자의 장기에 고정되어 있었다. 그들은 이 당황스러운 상황이 빨리 지나가기를 바라면서 더욱 뚫어져라 환자의 내장을 쳐다보고 있었다. 그들의 '아름다운' 행렬, 즉 개복하고, 메스를 건네받고, 종양을 도려내는 그 엄숙한 행렬에서 내가 할 수 있는 일은 조용히 사라지는 것뿐이었다. 선택의 여지가 없었다. 주임교수가 나가라고 했기 때문만은 아니었다. 견딜 수 없기는 밀려오는 통증도 마찬가지였다. '빨리 앉고 싶다'는 생각만이 밀려왔다. 더는 중력을 견딜 수 없는 발목은 10분 전부터 비명을 지르고 있었다.

의과대학에 들어와 본과 3학년 2학기부터 병원 실습을 하게 되었다. 우리나라에서 의사가 되는 과정은 보통 의과대학이나 의학전문대학원에 진학하는 것이다. 의과대학이나 의학전문대학원을 졸업하면 의사고시를 보게 되고, 이 시험에 통과하면 정식 의사 자격증이 주어진다. 진료 행위를 할 수 있는 자격이 생기는 것이다. 그런 취지에서 대학에서는 대부분 본과 3학년 2학기부터 병원 실습을 한다. 실습은 본격적인 의료 행위는 아니지만 병원 안에서 병원 조직이 돌아가는 것과 환자 보는 것을 참관하면서 배우는 과정이다.

병원에서는 교수 다음으로 학생 실습생이 높은 자리라는 농담을 하기도 한다. 학생들은 환자 치료와는 거리가 있기 때문에 책임이 없다. 책임이 없기 때문에 인턴, 레지던트처럼 교수들에게 직접 야단맞을 일도 없다. 진료와 치료에 종사하지 않기 때문에 환자와 보호자를 직접 상대할 일도 없고 차팅할 일도, 처치할 일도 없다. 어떻게 보면 병원에서 가장 마음 편한 이방인이 바로 학생 실습생이다.

그러나 기본적으로 상명하달 조직인 병원에서 학생 실습 태도는 그 학생의 인턴, 레지던트 생활의 예후가 어떨지 보여주는 중요한 지표다. 그렇기 때문에 책임은 없어도 실습에 임하는 의대생들의 태도는 사뭇 비장한 구석이 있다. 또 의대에 다니는 내내 의대생들을 괴롭히는 점수 체계가 실습이라고 예외는 아니다. 본과 3학년 2학기부터 4학년 2학기까지 3학기 성적은 실습 점수라는 이름으로 성적표에 오른다. 이래저래 실습은 마음은 편한 것 같지만 소홀히 할 수 없는 일이다.

실습에 임하는 나의 자세는 남다를 수밖에 없었다. 내가 최대한 오래 서 있을 수 있는 시간은 10분. 걷기도 30분 이상 할 수 없다. 그러나 걸음걸이가 이상한 것도, 선천적으로 다리에 기형이 있는 것도 아니다. 계단을 올라갈 때 걸음걸이가 약간 흐트러지기는 하지만 이것도 눈이 밝은 사람에게만 보일 정도다. 간단히 말하면, 겉으로 보기에는 멀쩡하나 오래 서 있거나 오래 걸을 수 없다. 겉으로는 정상으로 보이지만 통증이 있는 상태. 내게도 엄살이 아니냐고 묻는 사람이 많았다.

정신과 용어 가운데 '2차 획득'이라는 말이 있다. 무엇인가 얻고자 하는 것이 있어서 행동하거나 증상이 나타나는 것을 일컫는 용어다. 이런 이야기를 하는 이유는 겉보기에 멀쩡한 내가 왜 다리가 아프다고 엄살을 부리겠냐는 것이다. 이로써 내가 얻는 2차 이득은 무엇일까? 실습을 좀 편하게 할 수 있다는 것? 그것은 병원 조직에서 내가 얻게 되는 오명과 불이익에 비하면 설득력이 떨어진다. 환자를 상대할 때도 몸이 아픈 의사는 불리한 처지에 놓인다. 환자들은 대부분 몸이 아픈 의사는 신뢰할 수 없다고 생각하기 때문이다.

그러니까 다리가 아프다고 엄살을 부릴 이유는 전혀 없다. 걷는 모습이 멀쩡해 보인다고 아프지 않은 것은 아니었다. 그리고 이것은 엄연한 현실이 되어 실습을 앞둔 내 가슴을 짓눌렀다. 이제 이 상태로 나는 실습에 임해야 했다. 병원 실습은 인턴 과정처럼 각 과를 한두 달씩 조를 짜서 경험해보는 식으로 진행됐다. 실습이 시작되자 내 머리에는 두 단어가 스치고 지나갔다. 회진과 스크럽scrub. 회진이 내과 실습의 핵이라면 스크럽은 외과 실습의 전부다. 스크럽은 수술 전에 손을 씻는 과정을 뜻하는데, '스크럽을 선다'고 하면 통상 수술방에 들어가서 수술하거나 보조하는 경우를 의미한다. 내게 회진은 걸어 다니는 것이고, 스크럽은 서 있는 것이었다. 둘 다 내게는 통증의 다른 이름이었다.

내과 첫 실습

2004년 가을, 모교인 가톨릭대학교에서 병원 실습을 시작했다. 그때까지 병원에서 내 다리가 불편하다는 것을 아는 사람은 거의 없었다. 나는 동기들과 별 탈 없이 수업을 듣고 시험을 봤으며, 본과 3학년 1학기까지 마쳤다. 그러나 이제 더는 숨길 수 없었다. 실습 첫 시간이 회진이라면 나는 30분도 안 되어 회진을 돌지 못하는 실습생이라는 낙인이 찍힐 것이다. 그런 생각을 하니 앞이 캄캄하고 두려웠다. 어떻게 해서든 졸업은 해야 한다는 오기도 생기지 않았다. 그저 캄캄한 벽 앞에 서 있는 것 같았다. 강의실 앞 벽보에는 나와 첫 실습을 같이 돌 명단이 붙어 있었다.

'다행이다.' 나는 안도의 한숨을 쉬었다. 두 동기의 서로 다른 면모가 이 위기 상황을 돌파하는 데 도움을 줄 거라는 점을 직감했기 때문이었다.

재한은 전형적인 학구파다. 과학고등학교를 졸업하고 카이스트에서 화학을 전공하다 의대에 편입한 재한은 엘리트 자연과학도의 풍모를 풍겼다. 호리한 체형에 안경을 썼으며 항상 조용히 말하고 식사 전후에는 기도를 했다. 무엇보다도 재한은 『해리슨』을 읽었다. 내과학의 바이블인 『해리슨』은 3,000쪽에 달하는 두 권의 책으로 되어 있는데, 각각의 질환들의 역학, 기전, 진단, 치료가 깨알같이 쓰여 있었다. 『해리슨』은 펼치기만 해도 일단 기가 죽는 책이었다.

그래서 의대생들은 '『해리슨』을 읽으면 의사고시에 떨어진다'는 조크가 있다. 의학은 워낙 방대한 학문이라서 요점 정리된 한글 책을 외우기에도 시간이 많이 걸리고 쉽지 않은 일이다. 그런 상황에서 『해리슨』을 읽는다는 것은 아주 학구적이거나 비효율적으로 공부하거나 둘 중 하나였다. 재한이와 같이 실습을 돌게 된 데 안심하게 된 것은 그런 풍부한 지식 때문이 아니었다. 나보다 어린 재한은 대부분의 학구파들과는 달리 겸손했다. 먼저 나서는 법은 없지만 자신이 필요한 순간에는 항상 그 자리에 있었다.

내과 첫 실습 회진을 돌기에 앞서 교수가 회진 환자 명단을 보았다.

"DKA와 HHS의 차이를 알고 있나?"

나와 재한, 영준이 모두 알고 있었다. 저 중요하다는 사실을. 시험도 몇 번이나 쳤고, 오늘 교수가 물어볼 확률이 높은 문제라는 것도. 당뇨는 국민병이다. 그리고 혈당이 높아져서 생길 수 있는 가장 응급한 상황이 DKAdiabetic ketoacidosis, 당뇨병성 케톤산증와 HHShyperglycemic hyperosmolar state, 고혈당성 고삼투압 상태이다. 공복 상태의 정상 혈당이 100 정도라고 하면 DKA와 HHS에서 혈당은 대개 400을 넘는다. 당연히 문제들이 줄줄이 나타난다. 의학을 전공하지 않았더라도 이런 상황에서 DKA와 HHS는 중요한 문제라는 것을 알 수 있다.

그러나 무척 중요한 질문이지만 줄줄 외우지 않으면 답변을 못하는 것이 이런 질문의 특징이다. 교수는 당뇨에 대해 지식이 짧은 실습 학생들에게 실망하는 기색이 역력했다. 교수는 또 다른 질문으로 우리를 곤경에 빠뜨릴 기세다. 이때 재한이 입을 열었다.

"DKA와 HHS의 차이는 urine ketone요케톤체 존재 여부와 혈중 글루코오스 레벨, 혈중 bicarbonate중탄산와 pH 등입니다. 임상적으로는 두 질환 모두 공통적으로 고혈당 교정 외에 탈수에 대한 수액 공급과 전해질 불균형 교정이 반드시 필요합니다."

100점짜리 답변이다. 재한은 똑똑한 실습생이 되었고, 나와 영준은 똑똑한 실습생이 있는 조의 조원이 되었다. 그제야 교수는 회진을 돌 준비가 되었다. 실습 기간 내내 재한이 덕분에 우리 조에서는 적어도 답변이 막히는 일은 거의 없었다. 이는 심리적 부담감을 덜어주는 것은 물론이고, 덧붙여 내게는 육체적 고통이 생기는 것을 막아주는 효과도 있었다. 답변을 못하면 10분 이상 서 있을 수도 있기 때문이다

하지만 이렇게 미봉책으로 메우는 데는 한계가 있었다. 하루, 아니 반나절 만에 내 '정체'가 탄로 났다. 내분비내과 병동을 돌기 시작한 것은 일곱시쯤이었다. 담당교수, 내과 전공의, 인턴 그리고 실습생 셋이 병동 앞에 모였다. 회진은 교수의 질문과 재한의 답변으로 부드럽게 시작되었다. 병실로 들어가자 교수는 환자 하나하나의 상태를 꼼꼼히 물어봤다. 입맛은 있는지, 어지럽지는 않은지, 대소변은 잘 보는지. 심지어 가족이 언제 왔는지, 퇴원하면 어떻게 지낼지도 물어봤다. 환자에게 관심이 많은 교수의 인품은 훌륭했다. 나는 교수의 따뜻한 회진에 동행하고 싶었지만 오른쪽 발목에 통증이 오기 시작했다.

두 번째 병실을 돌 때 시간은 이미 30분이 지나고 있었다. 이제는

참을 수 없었다. 같이 실습 도는 영준이와 내과 전공의에게 몸이 너무 좋지 않다고 말하고 두 번째 병실부터는 회진에서 빠졌다.

회진을 못 마치고 병원 앞 벤치에 앉아 있었다. 병원에서 가운 입은 사람들은 항상 움직인다. 그들은 바쁜 사람들이고, 바빠야 하는 사람들이다. 가운을 입고 병원 앞 벤치에 한 시간 넘게 앉아 있자니 사람들의 따가운 시선이 느껴지는 것 같고 뭔지 모를 자책감이 밀려 왔다. 험난한 병원 생활을 어떻게 해야 할지, 그것이 현실로 다가오는 데는 첫 실습 30분이면 충분했다. 통증 때문에 눈물이 났고, 서러워서 눈물이 났다. 앞으로 어떻게 해야 할지 이성적인 생각은 할 수도 없는 상태가 되었다. 그때 영준이한테서 전화가 왔다.

"누나, 어디예요?"

나는 병원 앞 벤치에 있다는 말을 할 수 없었다. 영준은 상황 파악이 빨랐다. 내가 머뭇거리는 것을 알아채고 바로 말을 이었다.

"점심 먹고 두시까지 의국에 모이면 된대요. 같이 점심 먹어요. 열두시쯤 병원에 있는 카페로 갈게요."

영준이와 함께 첫 실습을 돌게 된 것이 행운이라는 사실을 다시 한 번 느꼈다. 재한이 성실한 학구파로서 타의 추종을 불허한다면, 영준 역시 동기들에게는 전설이었다.

미남형의 영준은 머리가 비상했고, 재주가 많았고, 부산 사투리를 썼다. 대부분의 전설이 그렇듯 영준이 이야기도 드라마틱하게 시작

마리아비틀
이사카 고타로 소설 / 값 14,300원

『골든슬럼버』이후 3년만의 대형 신작 장편

생사를 헤매는 아들을 위해 놓았던 총을 다시 잡은 남자, 아이의 천진난만함과 한없는 악이 공존하는 소년, 사사건건 충돌하는 기묘한 킬러 콤비, 그리고 지독하게 불운한 남자. 이 독특하고 위험한 이들의 운명이 신칸센이라는 고립된 공간 안에서 뒤엉키며 누구도 예측할 수 없는 질주가 시작된다.

수수께끼 풀이는 저녁식사 후에
히가시가와 도쿠야 지음 / 값 12,500원

2011 서점대상 1위 베스트셀러, 출간 직후 150만 부 돌파!

재벌 2세 여형사 & 까칠한 독설 집사, 본격 미스터리에 도전하다!
"이렇게 짜증나는 집사는 처음본다. 그런데 재미있다!"

유머러스한 본격 미스터리로 정평이 나 있는 저자의 진가가 발휘된 작품으로, 특히 개성 있는 등장인물이 매력적이다. 추리도 유머도 수준이 높다. _아사히 신문

늪세상
캐런 러셀 지음 / 값 13,500원

"지독한 유머와 불길한 개성, 잊을 수 없다."_스티븐 킹

2010 '뉴요커' 선정 '40세 이하 소설가 20인(20 Under 40)'에 선정되는 등 미국 문학계의 주목을 한몸에 받고 있는 젊은 작가 캐런 러셀이 선사하는 지독하고 잔인한 판타지

재워야 한다, 젠장 재워야 한다
애덤 맨스바크 지음 / 값 10,000원

아이에겐 읽어줄 수 없는 엄마·아빠를 위한 그림책

부모라면 한번쯤은 아이를 재우다가 분노를 느낀 경험이 있을 것이다. 이 책의 화자는 평소 부모들이 아무리 화가 나도 하지 못하는 '그 말'을 대신 해준다. 칭얼대는 아이를 이러지도 저러지도 못하고 달래고만 있을 부모들을 위한 통쾌한 그림책!

버리고 사는 연습

코이케 류노스케 지음 / 값 12,000원

버릴수록 넉넉해지는 행복한 무소유

당신은 이미 필요한 것들을 충분히 갖고 있는데도 끊임없이 소유하고 싶어 머릿속이 어지럽지는 않은가? 코이케 스님은 〈버리고 사는 연습〉에서 많이 '가진 것'이 얼마나 불편한 일인지 자신의 경험을 토대로 진솔하게 이야기한다. 돈에 쩔쩔매며 살기보다 우아하게 돈을 지배하며 행복하게 살 수 있는 방법에 대해서…

화내지 않는 연습

코이케 류노스케 지음 / 값 12,000원

이젠 더 이상 화내지 않는다!

"사람들은 누구나 행복해지고 싶어 합니다. 하지만 실제로는 행복을 방해하는 분노를 마음에 품고 있습니다. 자꾸만 화를 내게 되는 이유는 간단합니다. 모든 것을 자기 중심적으로 편집하는 마음의 버릇 때문이지요." _코이케 류노스케

생각 버리기 연습

코이케 류노스케 지음 / 값 12,000원

매일 3000명의 인생을 바꾼 베스트셀러!

쓸데없는 생각으로부터 벗어나는 법! 생각하지 않고 오감으로 느끼면 어지러운 마음이 서서히 사라진다. 우리를 괴롭히는 잡념의 정체를 짚어내며, 일상에서 바로 실천할 수 있는 생각 버리기 연습을 제시한다.

★47만부 돌파! ★YES24 2010 올해의 책 ★조선일보 2010 올해의 책
★한국경제 2010 올해의 책 ★알라딘 2010 올해의 책

MBC 스페셜 방영 화제

사람의 마음을 얻는 법

김상근(연세대 교수) 지음 / 값 16,000원

한국 기업은 글로벌 경쟁의 승자가 될 수 있을까?

메디치 가문이 새로운 시대를 태동시킬 수 있었던 원동력이 무엇인지 알아보고, 그들이 이룩한 성공과 실패의 부침을 살펴봄으로써 세상을 바라보는 다른 시선을 선사한다. 단순히 메디치 가문의 역사와 업적을 이야기하는 데 그치지 않고, 낡은 중세 시스템을 마감시키고 르네상스 시대를 열 수 있었던 기반과 그들의 성공 원칙과 그 탁월한 통치의 비밀을 분석한다. ★2011 삼성경제연구소(SERI) 선정 휴가철 추천도서

이명옥의 크로싱
이명옥 지음 / 값 16,500원

명화에서 배우는 생각의 연금술
'예술계의 콘텐츠 킬러'라 불리는 이명옥 사비나 미술관 관장은 서로 다른 학문이나 기술을 섞어 가치를 창조하는 융합의 시대를 살아가기 위해서는 융합적 사고가 필요하다고 강조한다. 남과 다른 생각으로 틀을 깨는 작품을 탄생시킨 예술계의 거장들에게서 그 답을 찾아낸 결과를 이 책에 담았다.

멋진 인생을 원하면 불타는 구두를 신어라
김원길 지음 / 값 14,000원

불타는 열정, 열망, 열심이 담긴 걸음들이 모여 꿈을 이룬다!
중졸 학력으로 사회에 뛰어든 지 16년 만에 연 400억 원의 매출을 올리는 컴포트 슈즈 업계 매출 1위의 기업을 이끌고 있는 김원길 대표의 열정 사용법! 명문 대학, 대기업 직장이라는 간판에 끌려 다니며 '내가 선택한 삶'에 대한 열망을 숨긴 채 청춘을 마감하는 젊은이들의 가슴속에 다시 꿈을 지핀다.

끝도 없는 일 깔끔하게 해치우기
데이비드 알렌 지음 / 값 14,000원

어떤 일도 완벽하게 처리하는 법
직장인들 대부분은 "할 일은 많고 시간은 없다"는 말을 입에 달고 산다. 이 책은 바로 끝도 없이 쌓여가는 일을 물흐르듯이 해결하기 위한 원리와 그 방법론에 관해서 얘기한다. 원리 원칙을 먼저 제시하고 각 단계별로 책상정리부터 파일링, 스케줄관리와 같은 구체적인 사안까지 알려준다. 이 책의 역자인 공병호 박사가 핵심을 짚어 놓은 핵심 포인트도 도움이 된다.

마음을 여는 기술
대니얼 J. 시겔 지음 / 값 15,000원

심리학이 알려주는 소통의 지도
나-너-우리를 연결하는 내면의 지도, 마인드사이트. 혹시 내 마음도 알지 못하면서 타인을 이해하려 했던 것은 아닐까? 재능 있고 세심한 임상의이며, 신경과학과 아동 발달 분야의 권위자인 대니얼 J. 시겔 교수(현 UCLA 정신과 임상교수)가 광포하고 산란해지는 인간 감정의 소용돌이를 잠재우고 다스리는 신경과학의 새로운 이론을 소개한다.

위험한 생각 습관 20

레이 허버트 지음 / 값 15,000원

인간 행동을 지배하는 생각의 함정, 휴리스틱!

인간은 하루에도 약 150번의 선택을 하고 산다고 한다. 25년 이상 과학 분야 저널리스트로 일해온 이 책의 저자 레이 허버트는 삶을 편리하게 만들지만 때로 '죽음'을 부를 만큼 위험한 무의식적 선택 습관들을 20가지로 정리해 이 책에서 소개한다.

전략의 제왕

월터 키켈 3세 지음 / 값 20,000원

위기를 기회로 바꾼 경영의 해결사들

이 책은 비즈니스 세계에 가장 큰 영향을 미친 기업전략의 탄생과 진화에 대해 이야기한다. 그리고 그 '전략'을 기업 경영의 핵심으로 만든 컨설팅 기업들과 그 기업을 설립하고, 성공으로 이끈 주요인물 4명의 스토리와 그들의 철학을 들려준다.

음양의 경제학

하라다 다케오 지음 / 값 13,000원

팍스 아메리카나의 시대는 끝났다!

지금 일본 뿐만아니라 동아시아를 괴롭히고 있는 것은 바로 지금까지 급격하게 확산되었던 미국식 금융자본주의의 흐름이다. 저자는 이러한 상황에서 새로운 무언가를 도출해내기 위해서는 그릇된 역사를 바로잡고 동아시아에 공통된 논의의 토대를 구축해야 한다고 말한다. 그리고 그 논의의 중심에 미국식 금융 자본주의를 초월할 동아시아의 근본 원리인 음양 사상을 끌어당긴다.

대한민국 대표 경영학 강의 시리즈

기업가 정신의 힘 한정화 지음 / 값 18,000원
영업은 기획이다 진병운 지음 / 값 14,000원
미래형 리더의 조건 백기복 지음 / 값 15,000원
재무관리 전략 박종원 지음 / 값 16,500원
글로벌 경영전략 박영렬 지음 / 값 15,000원
B2B마케팅 한상린 지음 / 값 16,000원

21세기북스 트위터 @21cbook 블로그 b.book21.com 전화 031-955-2153 홈페이지 www.book21.com

책, 그 살아있는 역사
마틴 라이언스 지음 / 값 35,000원

종이의 탄생부터 전자책까지

한 권으로 읽는 거의 모든 책의 역사. 인류가 창조한 최고의 발명품, 책 그 살아 있는 2500여 년의 역사에서 책의 미래를 발견한다. 화려한 삽화가 곁들여진 이 책은 첨단 전자 기술에 열광하는 이들에게는 영감을, 전통적인 애서가들에게는 멋진 책의 향연을 선사할 것이다.

니얼 퍼거슨의 시빌라이제이션
니얼 퍼거슨 지음 / 값 22,500원

왜 세계는 서양 문명에 지배받았는가?

600년간의 세계사를 정치, 경제, 문화 등 다양한 방면에서 되짚어가며, 서양 문명의 비밀을 밝혀내는 거대한 프로젝트, 『시빌라이제이션』은 출간과 함께 영국방송 Channel 4 특별 시리즈로 방영되어 큰 파장을 불러왔다. 서양 문명이 지난 500년간 세계를 지배할 수 있었던 원인은 물론, 서양 문명의 황혼까지 예견하며 세계사뿐 아니라, 현대의 정치경제까지 풀어낸다.

키스의 과학
셰릴 커센바움 지음 / 값 13,000원

입술을 가장 멋지게 사용하는 방법

생물학자이자 과학기자인 저자는 너무나 사적이라 차마 다른 사람에게 물을 수 없었던 키스와 관련된 다양한 궁금증들에 답한다. 진화 생물학, 고대사, 심리학, 대중문화 그리고 신경과학을 총망라했다. 기원에서부터 테크닉까지 키스의 모든 것을 해부한다.

상상에 빠진 인문학 시리즈
얼굴, 감출 수 없는 내면의 지도 벵자맹 주아노 지음 / 값 14,000원
얼굴을 통해 들어가는 내면의 세계를 안내한다

상상 한계를 거부하는 발칙한 도전 임정택 지음 / 값 13,000원
몸 멈출 수 없는 상상의 유혹 허정아 지음 / 값 13,000원
지도 세상을 읽는 세상의 프레임 송규봉 지음 / 값 13,000원

유아·아동

마법천자문(❶~❿ 출시 중)

Pad $7.99　Tab 8,800원

디지털 마법천자문으로 한자 마법 마스터

1300만부 베스트셀러 마법천자문의 독보적인 한자 학습효과를
이제 아이패드와 갤럭시탭에서도 만나 보세요.

Battle Phonics

Phone/Pad 테마별 $0.99

영어로 배틀하자! Battle Phonics

보고 듣고 말하며 읽으면 500개의 아동 수 영단어가 쏙쏙
네이티브 스피커의 표준 발음과 비교할 수 있어 더욱 알찬 App

느낌표 철학동화 시리즈(❶~❿)

Phone $2.99/Pad $3.99

철학 동화! 이제 오감으로 읽는다

책의 재미와 교훈을 그대로! 세계 어린이와 함께 읽는 인터렉티브
철학 그림책 돈키호테, 양반전 같은 명작을 App으로 만나 보세요.

Read Aloud! 시리즈(❶~❺ 출시 중)

Pad $4.99

Play, Sing & Speak! 세계명작 영어동화 시리즈

큰소리로 따라 읽어가며 자연스럽게 춤추고 노래하며 즐겁게!
읽고 보고 챈트로 듣는 3단계 영어 학습프로그램

키즈랜드

Phone/Pad $4.99

놀이와 학습을 한번에 끝내는 KidsLand

단어와 숫자, 음악과 미술, 게임의 다섯 가지 분류
4세부터 8세 어린이를 위한 두뇌개발 App

SingingBirds

Phone $1.99/Pad $2.99

전선 위 새들의 유쾌발랄 연주회 SingingBirds

선갯줄 위에 줄지어 앉아 있는 새들이 널리 알려진 노래 20곡을
6가지 악기 버전으로 연주해 드립니다.

MotherGoose 시리즈(❶~❿)

Phone $2.99/Pad $3.99

동화로 이해하고, 노래로 부르는 MotherGoose

영미권 아이들이 자라면서 수없이 반복하여 듣는 마더구스 노래와
동화를 만날 수 있는 App. 즐거운 영어공부가 시작됩니다.

성 인

알콩 달콩 경제학 1, 2

Phone/Pad 각 권 $4.99

만화로 읽는 알콩달콩 경제학!

주식, 펀드, 채권, 부동산에 투자하기 전에 꼭 읽어야 할
『정갑영 교수의 만화로 읽는 알콩달콩 경제학』을 App으로 만난다!

신데렐라의 유리구두는 전략이었다
: 갖고 싶은 남자를 갖는 법

Phone $4.99

대한민국 NO.1 연애 전문 기자의 실전 연애 어드바이스

2030 남녀 1,000명 이상을 인터뷰한 연애 전문 기자 곽정은이
전하는 성공 연애 전략. 도서 출간 즉시 연애 분야 1위 기록!

에세이—나를 위로하는
클래식 이야기 (BGM제공)

Phone $4.99

클래식 전문가 진화숙이 들려주는 클래식 이야기와 음악

모차르트, 베토벤 등 음악가들의 삶의 이야기를 읽으면서
그 향기가 담겨 있는 음악을 듣는다. 스마트시대 교양 필수 App!

Dr. 손유나의 종이컵 다이어트

손유나 지음 / 값 12,000원

1년 동안 100명 도전, 100명 모두 성공!

입소문으로 인정받은 기적의 다이어트 법 대 공개! 밥 1컵, 채소 1컵, 단백질 0.5컵으로 끝내는 종이컵 다이어트! 칼로리 계산도, 운동도 필요없는 종이컵 다이어트 2주 프로그램으로, 요요현상 없는 기적의 살빼기를 시작하라.

안현주 다이어트

안현주, 김한상 지음 / 값 15,000원

40대 몸짱의 기적!

개그맨 배동성의 아내 안현주는 한 TV프로그램을 통해 다이어트에 도전했다. 석달 뒤 안현주씨는 40대라고는 믿기지 않는 동안 외모에 늘씬한 팔다리, 탄탄한 복근을 가지게 되었다. 이 경험을 통해 배운 평생 살찌지 않는 핵심 운동법 44가지를 공개한다.

나는 초콜릿과 이별 중이다

윤대현, 유은정 지음 / 값 12,000원

먹고 싶은 충동을 끊지 못하는 여자들의 심리학

왜 여자들은 남자보다 당분과 탄수화물, 그리고 맛집에 열광하는 것일까? 여자들은 배를 불리려고 음식을 먹지 않는다. 다만 맛과 분위기에 취할 뿐이다. 그만큼 여자들의 음식이란 다른 무엇보다도 심리적 요인이 강하게 작용한다. 음식 때문에 힘들어 하고, 그러면서도 음식으로 위로 받으려는 당신에게 지금 당장 필요한 것은 무엇일까.

여행 사진의 모든 것

박태양, 정상구 지음 / 값 18,000원

찍으면 바로 작품이 된다!

인기 여행작가와 사진작가가 만나, 여행과 사진에 관한 모든 것을 담았다. 어떻게 여행 정보를 얻어야 하는지, 어디로 떠나야 내가 원하던 사진을 찍을 수 있는지, 어떻게 카메라를 다뤄야 하는지 등 여행 사진을 멋지게 남기기 위해 꼭 필요한 정보들을 자세히 소개한다.

21세기북스 트위터 @21cbook 블로그 b.book21.com 전화 031-955-2153 홈페이지 www.book21.com

21세기북스 고객분들께 드리는 특별한 지식선물~

프로직장인을 위한 대한민국 최고의 스마트 연수원

SERIPro는 삼성경제연구소가
지난 10년간 대한민국 CEO와 오피니언 리더
1만 9천여명을 열광시킨 SERICEO 콘텐츠의
제작, 서비스 노하우를 바탕으로
대한민국을 이끌어갈 프로직장인을 위한
최적의 콘텐츠와 서비스를 제공하는
'인터넷 기반의 동영상 지식서비스'입니다.
(SERIPro 연회비 : 40만원/VAT 별도)

2주간의 짜릿한 무료체험(웹사이트+모바일), 지금 바로 신청하세요!

- 매일 제공되는 아이디어 씨앗(日3편 E-Mailing 서비스)
- 바쁜 직장인들에게 최적화된 콘텐츠 서비스(평균 6분)
  (온라인+모바일 : 출근시간, 점심시간, 자투리시간 활용)
- 경제, 경영부터 인문학까지 어우르는 다양한 분야의 콘텐츠

2주 무료체험권

수강권 쿠폰번호 : 201108book21

홈페이지 접속 ▶ 회원가입 ▶ 수강권쿠폰번호 ▶ 무료체험
(www.seripro.org)   등록   (2주)

결제 페이지에서 '수강권 쿠폰번호'를 입력해 주세요!

☎ 본 쿠폰 이용에 대한 문의는 02)3780-8111로 연락 주시기 바랍니다.
(고객센터 운영시간 : 주중 09:00~17:00, 토.일.공휴일 휴무)

2011년 8월 20일 발행

된다. 의대에서는 예과 2학년을 마치고 본과에 진학한다. 본과에 들어가면 공부 강도가 훨씬 세지기 때문에 대부분의 대학에서는 본과에 진학하면서 일정 수를 유급시킨다. 총점 평균이 70점 이하이거나 한 과목이라도 과락이 있으면 유급된다. 영준은 69.4로 유급되었다. 말하자면 유급 장학생이라고나 할까. 영준이의 본과 생활은 이렇게 아깝게 유급한 선배로 시작했다.

본과에 들어와서도 영준이의 행적은 남다른 데가 있었다. 일단 영준은 학교에 거의 나오지 않았다. 영준은 의대 문예동아리 회장을 맡고 있었는데, 문예동아리 행사가 있을 때만 저녁 무렵에 어슬렁거리며 학교에 나왔다.

"형, 이제 왔어요?"

동기들은 처음에는 영준이 저러다가 또 유급되지 않을까 걱정스럽게 안부를 물었다. 하지만 영준은 태연했다. 트레이닝복 차림에 막 잠에서 깬 모습이었다.

"어…."

"어제 뭐 했는데요?"

"뭐 술 마시고 들어와서 게임 좀 하다가 잤지 뭐. 근데 수업 벌써 다 끝났냐?"

1학기가 지나도록 강의실 앞쪽을 차지한 모범생 여학생들 중에는 영준이의 얼굴을 한 번도 못 본 사람이 많았다. 영준은 가끔, 그것도 저녁에만 학교에 나타났다. 학교에 와서는 아주 가끔 강의실에 들어왔다. 강의실에 들어올 때는 항상 가장 뒷자리에 앉았다.

그런 유령 인간인 영준이와 나는 꽤 친한 편이었다. 내가 영준이 바로 앞 번호였기 때문이다. 영준이 시험 때나 학교에 나타난다는 점을 생각하면 우리가 친해진 것은 어찌 보면 당연한 일이었다. 시험장에서는 번호순으로 매일 앞뒤로 앉아야 했기 때문이다.

생리학 시험 하루 전날 밤, 열한시경 영준이 강의실에 나타났다. 강의실에서는 도서관에 자리를 못 잡은 동기들이 눈이 빠져라 공부하고 있었다. 영준은 조용히 뒤에 앉아서 요점 정리집 '야마'를 한 시간쯤 보더니 의자 두 개를 붙이고 누웠다. 시험 전날은 마음이 초조하기 때문에 잠을 잔다고 해도 대부분 의자에 앉아 엎드려서 쪽잠을 잤다. 그런데 영준은 의자 두 개를 붙여서 침대로 만든 뒤 누웠다. 그다음에는 더 가관이었다. 영준은 가방에서 일본 만화 『원피스』를 꺼내서 보기 시작했다. 사실 영준이의 특별한 점은 이런 행동 때문이 아니었다. 영준은 이런 식으로 행동하는 것 자체를 신경 쓰지 않았다. 그것이 영준이의 정말 특별한 점이었다. 영준은 조용하면서도 태평하게 이 모든 행동을 했고, 공부에 바쁜 우리들은 아무도 영준이 이런 행동을 하는지 몰랐다.

시험 다섯 시간 전, 영준은 보던 일본 만화책을 얼굴에 덮고 의자에 누워 수면 모드에 들어갔다. 저대로 자다가 아침에 깨어서 시험장으로 갈 심산인 것 같았다. 영준이 좀 걱정되었지만 내 코가 석자였다. 이윽고 생리학 시험시간 10분 전, 시험장에 앉았다. 영준이와 나는 앞뒤로 앉아서 마지막 파드를 보고 있었다.

'파드'는 의대생들의 속어로 작년 기출문제를 뜻한다. 공부를 잘하는 동기들은 수업 내용, 야마, 파드를 모두 보고, 중위권 친구들은 대부분 야마와 파드를 본다. 유급만이라도 면하자는 급한 무리는 야마도 볼 시간이 없다. 파드만 외우기도 벅차다. 과목에 따라서 다르지만 어떤 과목은 야마도 분량이 100쪽을 넘기 때문이다. 시험을 목전에 두고 나와 영준은 파드 답이라도 외우자는 심정이었다. 영준이의 천재성이 드러난 것은 그때였다.

"영준아, 2번 문제가 안 보이는데? 어떻게 할 거야?"

나는 당연히 영준이 "누나, 같이 답만 외우죠"라고 말할 줄 알았다. 그러나 10초 후 영준이 내놓은 답변은 내 예측을 완전히 빗나갔다.

"보기 a, b, c 하고 d 하고 다른 걸 보니까 이 문제는 이온채널 투과성에 관한 것이었을 것 같은데요?"

내가 아는 한 영준은 그 과목의 수업을 들은 적이 없다. 그렇다고 집에서 따로 공부하고서 모른 척하는 음흉한 성격은 더더욱 아니다. 무엇보다 영준은 의대 공부 말고도 인생에서 즐겨야 할 것이 너무 많은 사람이었다. 그렇다면 영준은 순전히 추리로 답을 보고 문제를 유추해낸 것이다. 중학교 때 아이큐 문제를 풀듯이 영준은 파드에서 인쇄 상태가 좋지 않은 문제들을 척척 만들어냈다. 나는 영준이 덕에 파드에서 나온 문제는 다 맞혔다.

시험이 끝나고 감사 인사를 건네려고 뒤를 돌아보았을 때 영준은 이미 시험장에 없었다. 그도 그럴 것이 시험이 끝나면 영준은 더 바빴다. 남자 동기들은 영준이와 게임을 하면 재미있다고 입을 모았다. 공부하느라 바빴던 동기들은 시험이 끝나면 놀고 싶어했다. 그때 영준은 남들 공부할 때 차곡차곡 쌓아둔 게임 실력을 유감없이 발휘했다. 와우-WOW, world of warcraft, 컴퓨터 게임의 일종 천재 와이제이YJ, 동기들 사이에서 영준은 재한이와는 또 다른 전설이었다.

통증은 이제 조금 줄어들었다. 나는 카페의 가장 구석에 앉아서 영준이를 기다렸다. 실습 첫날부터 카페에 앉아 커피 마시는 실습생, 별로 환영받는 풍경이 아니다. 나는 사람들의 눈을 피하기 위해서 구석에 앉았을까, 아니면 주눅이 들어서 구석에 앉았을까? 가운을 입은 영준이 멀리에서 보였다. 가운 차림의 영준은 샤프한 의사 선생님 같은 면모가 있었다. 실습생 특유의 얼어 있는 분위기는 조금도 찾아볼 수 없었다.

"누나, 밥 안 먹었죠?"

영준이 밥을 먹었냐고 묻지 않고 '밥 안 먹었죠'라고 물었다. 고마웠다. 고개를 끄덕이면서 샌드위치 두 개를 주문했다. 친한 동생 앞이었지만 나도 모르게 하나도 아프지 않은 척, 태연한 척했다. 몸이 아프니까 자존심이 더 발동했다.

"먹고 싶은 거 있으면 더 시켜라. 누나가 가진 게 돈밖에 없다."

"누나가 돈밖에 없는 건 나도 알지. 나중에 개업하면 나 부원장 시켜줘라. 알았지."

"와이제이, 너는 원장 해야지. 왜 내 밑으로 들어오려고 그러냐."

"아. 나는 피곤한 건 싫어하잖아. 누나 밑에서 월급 받는 게 속편해. 왜 그래? 스타일 다 알면서."

실습 첫날, 영준은 유급생 출신이 아니었고, 나도 덩달아 아프다는 사실을 잠시 잊었다. 우리는 호기롭게 이야기를 주고받았다. 영준은 공부가 지겨워졌는데 실습을 돌게 되니까 편하다고 말했다. 어이가 없었다. 영준은 공부를 한 적이 없었기 때문이다. 우리의 허세 역할극에서 나도 질 수 없었다.

"나도 공부는 지겨워서 스태프는 하기 싫다. 하라고 잡아도 안 할 것 같은데."

"누나, 누나 안 잡을게 걱정 마. 우리 어디서 개업할까? 재한이랑 같은 동네에서는 하면 안 된다. 알지?"

재한이와 영준은 서로 다른 세상에서 살았지만 각자의 존재를 완벽하게 인정했다. 나와 다른 동네에 사는 천재. 우리는 재한이의 성실성을 얘기하다가 자연스럽게 실습 얘기를 했다. 나는 30분 이상 회진 돌기는 어려울 것 같다는 말을 먼저 했다. 영준은 앞으로 어떻게 할 거냐고 묻지 않았다. 그리고 어디가 어떻게 아프냐고도 묻지 않았다. 이럴 때 어떻게 반응할 수 있을까. 내가 생각하는 최악의 반응은 이런 것이었다.

'어떻게 해. 앞으로 일 년 넘게 병원 생활을 할 건데. 이렇게 불편한 건 사람들이 모르잖아. 할 수 있겠어? 그런데 어떻게 하다가 다친 건데? 치료법은 없어? 병원은 제대로 알아본 거야? 그리고 실습 조는 바꿔야 하는 거 아닌가? 아무래도 앞으로 정상적으로 하기는 힘들 것 같은데.'

앞으로 일 년 넘게 병원 생활을 해야 한다는 건 누구보다 내가 더 잘 알고 있었다. 치료법 역시 가장 많이 알아봤다. 서울대학교병원, 아산병원, 삼성병원의 유수한 족부정형외과 선생님들과 다 한 번씩 만나봤다. 나는 조금이라도 낫고 싶었고, 호스피털 쇼핑hospital shopping은 적어도 국내에서는 다했다고 해도 과언이 아니었다. 그리고 무엇보다 실습조가 나 때문에 좋지 못한 점수를 받는 것은 가장 우려하는 상황이었다. 도움이 되는 사람이 되지는 못할망정 적어도 조직에 해를 끼치는 사람이 되기는 싫었다. 나 덕분에 실습조원들의 점수가 올라갈 수 있다면, 그러니까 나처럼 신체가 건강하지 못한 사람과 같은 조를 해서 실습한 것에 플러스 점수가 주어질 수 있다면 내 실습 점수가 꼴찌가 되어도 좋았다.

그런 최악의 반응을 보인다고 해도 내가 비난할 수는 없었다. 어떻게 보면 가장 현실적이고 당연한 반응이었기 때문이다. 나는 영준이의 말을 기다렸다. 영준은 앞으로 어떻게 해야 할지 몰라 걱정이라는 말도 하지 않았고, 아무 걱정할 필요가 없다는 말도 하지 않았다.

"누나, 우리는 학생이잖아. 그리고 우리는 그냥 참관하는 거야. 아무도 안 건드려."

영준은 여유가 있었다. 나는 가슴이 울컥했다. 내가 아파서, 첫 회진을 못 돌았다고 해서 병원 생활이 완전히 실패로 끝나는 것은 아니었다. 앞으로 어떻게 해야 할지는 생각하지 못했지만 어떤 식으로든 길이 있을 거라는 생각은 막연하게 품을 수 있게 되었다. 영준은 고개 숙인 나를 두고 다시 너스레를 떨었다.

"누나, 나 여기서 실습하는 거 봐봐. 누나도 신기하지 않아? 내가 유급 안 된 거. 누나는 나보다 공부도 훨씬 잘했잖아. 닥터 류, 나랑 재한이 둘이 돌면 심심해. 나랑 같이 놀자. 그리고 여기 내과 의국장이 스태프들하고 사이가 좋다니까 의국장한테 인사나 한번 해. 스태프들은 어차피 바빠서 학생 하나하나 신경 못 쓰잖아. 의국장한테 말해두면 누나도 여기 내과 도는 동안은 한결 편할 거야. 내과 사람이라서 공부 좋아하고 그렇기는 하다는데 말이 안 통하는 사람은 아니라 하더라고. 오늘 두시에 모여서 공부 좀 가르쳐주고, 오리엔테이션한다니까 그거 끝나고 얘기해봐. 재한이한테는 내가 대충 얘기해둘게. 재한이는 어차피 우리하고는 출신이 다르잖아. 누나 때문에 우리 조 분위기 이상해진다고 생각하지는 않아. 걱정 안 해도 돼. 아, 나는 누나 때문에 실습 점수 깎이면 안 되는데, 그럼 또 유급인데."

　내과 첫 실습, 나는 천군만마를 얻은 것처럼 든든했다. 내가 조직에서 문제를 해결하려고 머리를 싸매고 있는 동안 영준은 조직 위에서 문제를 보고 있었다. 오리엔테이션이 끝나고 재한은 도서관으로 향했고 영준은 내게 눈을 찡긋하고 어디론가 쏜살같이 사라졌다. 나는 의국장에게 따로 할 말이 있다고 했고, 의국장은 의국으로 가자고 했다.

여기는 내과 의국

실습하기 전까지만 해도 의국이라는 말은 낯설었다. 그러나 실습과 동시에 병원에서 가장 흔하게 하는 말 가운데 하나가 의국이라는 말이었다. 의국은 인턴과 레지던트들이 모여 있는 사무실을 뜻하는 보통명사이기도 하고, 각 과의 인턴과 레지던트들의 집합체를 뜻하는 추상명사이기도 하다. 여의도 병원의 내과 같은 경우 레지던트들의 수가 연차별로 다섯 이상 되기 때문에 여의도 병원 내과 의국은 스무 명이 넘었다.

사무실로서 의국은 여느 회사의 사무실과 별 다를 것이 없다. 컴퓨터가 있고, 우편물 수거함이 있고, 팩시밀리가 있다. 과별로 의국에서 아침 모임을 하기도 해서 큰 의국에는 가운데에 커다란 회의용 책상이 있는 경우도 있다. 레지던트들 사이의 업무 분담에서 환자 관리, 병원 행사까지 의국에서 관할하는 일은 여러 가지다. 의국장은 보통 3, 4년차 중에서 한 명이 맡는다. 의국장이 하는 중요한 일 가운데 하나는 병원 내 스태프들과 레지던트, 인턴 사이의 소통 창구가 되는 것이다. 병원에서 스태프는 전문의를 딴 뒤 진료하는 사람들로 보통 진료와 교육, 연구를 동시에 한다. 실습 학생들은 회진시간을 빼면 스태프와 직접 대면할 일은 거의 없다. 스태프와 학생 사이에서 실습을 잘 마칠 수 있도록 조정하는 것도 의국장의 역할 가운데 하나다. 이래저래 내 첫 관문은 영준이 말한 대로 의국장이었던 것이다.

의국장은 내과 3년차. 내과 선생님 특유의 조용하고 공손한 말투가 인상적이었다.

"선생님, 몸이 많이 안 좋아요? 오늘만 그런 건가요?"

병원에서는 상하 간에 윽박지르는 일이 다반사다. 심지어 욕설이 오가기도 한다. 응급상황이 펼쳐지면 예민해지고 그때에는 상대의 인격 같은 것은 안중에도 없다. 의국장의 부드러운 목소리에 일단 주눅 들었던 마음이 조금 사라졌다.

"오늘만 그런 건 아니에요. 제가 사고로 다리를 좀 다쳐서 많이 걷지를 못합니다. 선생님, 죄송합니다."

"그건 선생님이 죄송할 일은 아니지. 그럼 지금도 아프겠네. 일단 여기 좀 앉아요."

환자의 고통을 바로 받아들이는 의국장의 태도에 다소 안도감이 들었다. 앉아서 말할 때와 서서 말할 때 내가 느끼는 심적 부담은 차이가 컸다. 앉아서 말하면 통증과 상태에 대해 좀 더 객관적으로 말할 수 있었다. 서서 말하면 통증이 다가올까 예기불안이 생겼고, 시간이 갈수록 초조해했다. 서 있으면 몸 상태에 따라 마음도 요동을 쳤고, 이성보다 감정의 지배를 받았다. 의국장은 주스 한 잔을 권하고 천천히 상황을 파악했다. 내과 3년차, 중환자들에게 단련된 의국장은 차분했다.

"지금 아픈 건 라이트, 레프트, 보쓰right, left, both, 오른쪽, 왼쪽, 양쪽? 앵클본ankle bone, 발목뼈에 문제가 있는 건가요, 아니면 니knee, 무릎까지 문제가 있는 건가요?"

나는 사실대로 말했다. 양쪽 발목을 다 다쳤으며 오른쪽이 증상이 더 심하다는 것을. 그리고 수술을 두 번이나 했지만 연골을 많이 다쳐서 지금은 치료법이 없다는 것을. 의국장은 중요한 사실을 지적했다.

"그럼 병명은 정확히 뭐예요? 진단서는 가지고 있어요? 상태가 그렇다면 MRI자기공명영상도 있을 텐데 판독 결과지는 가지고 있어요?"

의국장은 증상과 데이터에 근거해서 병을 진단하고 치료하는 의학도의 사고방식이 몸에 배어 있었다. 나는 순간 그냥 아프니까 양해를 부탁한다고 말해보려고 했던 자신이 얼마나 순진하고 어리석었는지 깨달았다. 일반 회사에서도 몸이 아파서 결근하거나 조퇴하려면 진단서를 제출해야 한다. 하물며 여기는 병원이다. 몸이 불편한 상황을 부정적으로 볼 수도 있지만, 역설적으로 가장 잘 이해해줄 수도 있다. 진단서 없이 말하는 나를 의국장이 믿지 않은 것은 아니었다. 의국장은 내 상태를 내 말 그대로 모두 믿지도 않았다. 이것은 믿음의 문제가 아니라 사실의 문제였다. 의국장은 상황을 파악해야 했고, 나는 '의사'에게 필요한 정보를 다 주지 않는 '환자'였다.

"선생님 몸이 불편한 것은 우리가 양해할 수 있어요. 내가 교수님에게 말씀드리려고 해도 선생님의 상황을 정확히 알아야 해요. 그러니까 진단서와 MRI를 챙겨 오세요. 이건 비단 우리 과에만 해당하는 것이 아니고 앞으로 실습 돌 동안 선생님이 해야 하는 일일 거예요. 이건 아프다, 안 아프다 차원이 아니라 태도 문제가 되니까요. 그리고 또 하나 당부하면, 실습은 어쨌든 단체로 돌잖아요. 선생님은 조원들에게 더 잘해야 해요. 조원들이 선생님이랑 한 조가 되어서 다행이라는 생각을 하게 되면 선생님이 여기에서 못할 것은 없어요. 그런데 같은 조 사람들이 선생님이 조원으로서 기능을 못한다고 생각하면 선생님은 점점 어려워질 거예요. 같이하는 거예요. 혼자 하는 게 아니고. 그 점을 항상 명심하세요."

문제는 덮어두기만 해서는 해결할 수 없었다. 나는 몸이 불편하기 때문에 병원에서 배척될 것이라고 생각했다. 병원에서 의사는 모두 수퍼맨처럼 튼튼하고 유능해야 한다고 생각하고는 그렇지 못한 나 자신을 스스로 조직의 암적인 존재로 규정했다. 그런데 나와 함께 가고자 하는 사람들이 있었다. 아니, 같이는 아니더라도 몸이 조금 불편하다는 이유만으로 나를 배제하지는 않겠다고 생각하는 사람들이 있었다. 나는 이제 좀 더 튼튼해지고 싶어졌다.

다음 날 진단서와 MRI CD를 들고 내과 의국을 찾아갔다. 나는 회진의 첫 병실과 마지막 병실을 도는 것으로 양해가 되었다. 그 대신 회진을 도는 동안 의국에서 기다리기로 했다. 의국에는 다른 의국원들이 계속 드나들었다. 비퍼beeper, 삐삐, 무선호출기가 5분에 한 번씩 울리는 소화기 파트의 레지던트 1년차 선생님은 졸린 눈을 비비면서 커피를 뽑으러 들어왔다가 다시 나갔다. 한편에서는 스태프 회진 전에 레지던트들이 모여서 회진 목록을 보면서 잠깐 토론을 하기도 했다. 이른바 프리라운딩pre-rounding, 회진 전 회진이다. 바쁘게 돌아가는 아침의 내과 의국에서 나는 내분비 파트에서 중요한 내용이 무엇이 있는지 책에서 찾았다. 지금 이 상황에서 내가 할 수 있는 일은 그것이 최선이었다. 영준이와 재한에게 중요한 내용을 메모로 만들어주고 싶었다. 재한은 머릿속에 다 있는 것이고, 영준은 한참 전에 있었던 시험 때 외워서 가물가물해졌겠지만 그런 것은 아무래도 상관없었다. 재한이와 영준 둘 다, 내가 그런 행동을 하면 머쓱해하면서 내 마음을 이해할 것이다.

　나는 당뇨약의 종류와 인슐린의 종류를 정리했다. 본의 아니게 학교 다닐 때보다 더 열심히 책을 보았다. 아쉬움이 없었던 것은 아니었다. 책으로만 보던 증상을 직접 보여주는 환자야말로 가장 좋은 교과서라는 말을 한다. 나는 어쨌든 남들보다 병실에 누워 있는 환자를 보는 횟수가 훨씬 적었다. 이럴 때는 열등하다는 생각이 들어서 울적했다. 그러나 너무 무겁게만 생각하면 갈 길이 더욱 멀게 느껴지고, 앞이 보이지 않았다. 이럴 때도 영준은 여유를 보여 마음의 짐을 한결 덜어주었다. 회진을 마친 영준이와 재한이 의국에 들어왔다. 예상대로 재한은 아무 말도 묻지 않았다. 정리한 메모지를 영준이와 재한에게 건네자 영준이 말했다.

　"누나, 지금 뭘 해. 재한이는 이거 다 알아. 흐흐."

　재한은 말없이 책상에 앉아 책을 보고 있었다.

　"닥터 류, 언제부터 공부했다고 이런 몹쓸 짓을 하고 그래. 이런 것 안 줘도 돼. 아, 나는 역시 서전surgeon, 외과 의사 체질인가 봐. 회진 길게 돌면서 이것저것 물어보는 거 적성에 안 맞는다. 어쨌든 재한이가 다 대답하니까 나한테는 물어보지도 않아. 속은 편하다. 어휴, 이 귀여운 놈. 누나도 맘 편하게 해. 우리에게는 재한이가 있잖아. 누나,

이제 나는 회진 돌면서도 조는 스킬skill, 기술이 생긴 것 같아. 병실 나갈 때 딱 깬다니까. 그렇지, 재한?"

재한은 말없이 책을 보다가 영준이를 보며 웃었다. 그런 재한이를 보며 나도 웃었다. 이렇게 내과 실습은 점점 지나갔다. 중간 중간 양해를 구하면서도 빠져나가야 할 타이밍을 잡지 못해서 회진을 본의 아니게 더 돌았던 적도 있다. 필요는 발명의 어머니라고 했던가. 나는 최대한 빨리 다리를 중력에서 해방시켜줄 필요가 있었고, 필요가 느껴지자 가장 가까이에서 그것을 해결해줄 수 있는 곳을 찾아냈다. 그곳은 다름 아닌 화장실이었다. 회진에서 빠져나올 타이밍을 잡지 못했을 때 나는 아파오는 다리를 붙잡고 일단 화장실로 갔다. 그리고 양변기에 앉아 있었다. 화장실이라는 공간의 상징성 때문인지 처음 화장실에 피신 가서 있었을 때는 나도 모르게 눈물이 흘렀다.

그러나 내과 실습을 중간쯤 하게 되었을 때는 회진에서 빠질 적당한 타이밍을 잡을 수 있었다. 그렇게 못한 경우에도 어떤 화장실이 어떤 시간대에 주로 비어 있는지 예측할 수 있었다. 그리고 회진이 끝날 시간쯤이면 내가 어디에 있든 영준은 재빨리 문자를 보내줬고, 문자를 받으면 나는 언제 그랬냐는 듯이 회진의 마지막 행렬에 동행했다. 내과 실습이 끝나갈 무렵 나는 남들만큼 환자를 많이 보지는 못했지만 천천히 가면 된다고 스스로 되뇔 수 있을 정도가 되었다. 합리화여도 좋고, 변명이어도 좋았다. 스스로를 다독일 수 있는 무기를 작으나마 하나 갖게 되는 것은 전혀 없는 것과는 천지차이였다.

청량리 외과, 6인의 의리파

다행이라고 해야 할까, 불행이라고 해야 할까. 내과 실습 바로 다음 조는 외과 실습이었다. 영준, 재한이와 더불어 계속 내과 계열의 실습을 하게 된다면 상황에 대처하기가 처음보다는 수월했을 것이다. 하지만 외과 실습은 병원도 다르고, 실습조원도 다르고, 실습 내용도 판이했다. 완전히 새로운 적응이 필요한 상황이 다가왔다.

병원은 청량리에 있는 지원支院. 규모는 작지만 오랜 역사를 자랑하는 곳이다. 청량리 지원의 외과는 지원이라고 해도, 역시 메이저 외과답게 여러 파트가 있었다. 간담췌외과, 대장외과, 유방내분비외과, 소아외과 등 간단하게 볼 일이 아니었다. 더욱 겁났던 것은 실습조원들이 대거 바뀐 것이다. 청량리 지원의 거대 외과를 한 실습조가 돌아야 했고, 실습조도 여섯 명으로 확장·편성되었다. 내 앞 번호였던 학구파 재한은 이제 다른 실습조가 되었고, 나는 영준 그리고 다른 실습조원 네 명과 한 조가 되었다. 나를 뺀 모든 실습조원은 남자였다. 여자 동기가 한 학번에 절반에 육박하는 요즘 의대 현실을 생각할 때 이런 일은 아주 드물었다.

솔직히 나는 그래서 다행이라고 생각했다. 의대에서 성적 상위권은 대부분 여학생들, 당연히 실습 점수에도 여학생들이 더 민감하다. 내가 조원으로서 기능을 잘하지 못해서 조 실습 점수에 영향을 준다면, 여학생들이 그것에 더 스트레스를 받게 될 가능성이 크기 때문이다. 당연히 영준이와 여전히 한 실습조인 것에도 안도의 한숨을 쉬었다. 영준이를 뺀 나머지 동기들은 모두 영준이보다 한 학번 후배들, 영준이 말을 잘 따랐다. 그들이 영준이보다 학번이 어렸기 때문은 아니었다. 우리 조인 F조 남자들은 몇 가지 공통점이 있었다. 그들은 모두 공부에 큰 흥미가 없었고 거의 지방 출신이었다. 건강하고 순박했으며 '위닝일레븐'이라는 게임을 좋아했다.

태현은 강원도 출신으로 적극적이고 싹싹해서 예과 시절 농활을 가면 할머니들에게 인기 최고였다. 태현은 자신을 강원도 대표 수재라고 자처하고 다녔지만 공부에는 큰 뜻이 없었다. 그래도 항상 밝았고, 손재주가 좋고, 센스가 있었다. 당연히 태현이를 싫어하는 사람은 아무도 없었다. 여자도 남자도, 선배도 후배도 그를 좋아했다.

창호는 광주 출신으로 몸무게가 100킬로그램에 육박했고 항상 귀찮은 표정을 짓고 다녔다. 특히 여자들에게 낯가림이 심해서 여자 동기들과는 거의 한마디도 하지 못했다. 그래도 남자 동기들은 창호를 위사장, 곰돌이 등의 별명으로 부르며 매력남이라고 입을 모았다. 여자 동기들에게 창호는 항상 무슨 생각을 하는지 알 수 없는 사람이었다. 공부를 열심히 하는 것도 아니고, 그렇다고 태현이처럼 싹싹하게 활동하는 것도 아니었다. 영준이와 같은 천재 스타일도 아니었다. 그러나 알 수 없는 무뚝뚝한 매력으로 술자리에서 남자 동기들이 항상 찾는 사람이 창호였다.

외과 실습 첫날. 의국장은 내일부터는 수술방에서 조를 나눠 스크럽을 서게 될 것이라고 말했다. 나는 상황에 아무 대비도 하지 못했고, 시간은 점점 흘러갔다. 그때 영준이 말했다.

"누나 밥 안 사줘?"

나는 우리 조원을 찬찬히 둘러보았다. 모두 실습 점수 같은 것에는 그다지 신경 쓰지 않는 듯했고 삼 년 동안 매일 듣던 수업을 안 들어도 되니까 좋다는 표정이 역력했다. 나는 긴장이 조금 풀려서 청량리에서 가장 좋은 한식집에 가자고 했다. 외과 실습 전에 조원들과 미리 회동을 해야 했기 때문이다. 그런데 정작 그 자리에서는 내 몸에 대해 한마디도 하지 못했다. 아무 생각 없이 맛있게 삼겹살을 먹고 있는 동기들 앞에서 무거운 이야기를 꺼낼 엄두가 나지 않았기 때문이다. 시간은 점점 흘렀고, 동기들은 축구와 게임, 병원 생활 등에 대해서 너나할 것 없이 한마디씩 했다.

나는 마음이 초조해졌으나 조원들은 대부분 식후 담배를 태우러 나갔다. 식당에는 담배를 피우지 않는 태현이와 나 둘이 남았다. 그때 태현이 말문을 열었다.

"누나, 걱정 마. 나는 어차피 외과 쪽으로 와야 해서 수술방 들어가는 거 익혀둬야 해. 내가 좀 하면 되지 뭐. 창호 재도 저 성적에 내과를 가겠어, 영상의학과를 가겠어. 어차피 우리는 외과밥 먹어야 하는 사람들이야. 누나 외과 할 거 아니잖아. 우리가 좀 더 할게. 같이 마칩시다, 우리."

내가 말하려던 것이 이미 영준이를 통해서 다 전달되었음을 알았다. 나는 걱정할 필요가 없었고 말할 필요도 없었다. 사나이들의 무뚝뚝한 의리에 가슴이 먹먹했다. 이제 내과 실습 때와 비슷한 수순을 밟으면 됐다. 동기들에게 양해를 구했으니 의국장을 만나야 했다. 다음 날 진단서와 MRI CD를 들고 출근했다. 그러나 이곳은 외과 의국. 매일 칼을 들고 피를 보는 곳이다. 외과 의국은 내과 의국과는 분위기가 사뭇 달랐다.

여기는 외과 의국

내과병동에서 환자의 상태는 HD로 나타낸다. HD는 hospital day, 즉 병원에 입원하고 며칠이 경과했는지 나타낸다. 만성 환자가 많은 내과병동에서는 HD가 수십 일을 넘기는 환자도 많다. 반면 외과병동에서 환자 상태는 POD로 나타낸다. POD는 post operation day, 즉 수술 후 경과 일수를 나타내는 말이다. 1월 1일 입원하여 1월 4일 수술한 환자가 있다고 치자. 1월 5일은 이 환자의 HD 5일, POD 1일이다. 외과 계열에서는 HD보다 POD가 훨씬 중요하다. 환자 상태는 수술을 기준으로 평가한다. 병동 회진이나 세미나같이 내과에서 중요시하는 것들은 외과에서는 수술과 비교하면 확실히 중요성이 떨어진다. 수술방, 그곳이 외과 의사들이 진검 승부를 펼치는 곳이다.

외과의 이런 분위기는 실습 학생들에게도 고스란히 전달된다. 외과 실습에서 실습 학생들이 하는 일은 수술방 참관과 보조가 거의 전부라고 해도 과언이 아니다. 아침의 외과 의국 역시 기준은 수술이다. 어떤 수술방에 어떤 레지던트가 들어갈지 결정하는 것이 외과 의국의 가장 큰 아침 일과였다.

종합병원에는 대개 한 층에 수술실이 있다. 수술실 문을 열면 제일 먼저 신발장이 보인다. 외과 계열의 스태프나 수술실에 들어가는 일이 잦은 레지던트들은 자신의 이름이 적힌 수술화를 신고, 인턴들이나 학생 실습생들은 아무 번호가 없는 수술화를 크기에 맞추어 신는다. 신발을 갈아 신고 수술복으로 갈아입은 뒤 손을 씻은 다음 수술방에 들어간다. 수술방은 보통 복도를 사이에 두고 양쪽으로 몇 개가 쭉 늘어서 있다. 수술방 앞에는 번호가 붙어 있고 대개 방 번호에 따라서 수술하는 과가 정해져 있다. 1번방은 외과방, 2번방은 성형외과방 하는 식이다.

외과라고 불리는 일반외과는 4대 메이저 과 가운데 하나다. 4대 메이저 과라고 하면 내과, 외과, 산부인과, 소아과를 말하는데, 보통 줄여서 '내외산소'라고 한다. 외과는 다시 여러 작은 분과로 나뉘기 때문에 수술방이 두 개 이상 열리는 경우도 많다. 이를 두고 '양방이 열린다'고 표현하는데 양방이 열리면 양쪽 방에서 수술이 진행되는 것이므로 수술에 참여하는 인력도 두 배로 늘어난다. 또 비뇨기과나 산부인과가 수술을 하는 경우, 잘못해서 대장이나 소장 쪽에 출혈이 생길 때도 외과 선생님들이 리베로로 투입된다. 이래저래 종합병원의 외과 의사들은 눈코 뜰 새 없이 바쁘다.

이렇게 바쁜 외과의 의국장, 그는 항상 무슨 일인가를 진행 중이었다. 양방이 열려서 수술하는데 응급실에서 연락이 왔다. 15세 남자 아빼appendicitis, 충수돌기염. 흔히 맹장염이라고 잘못 말한다 환자가 응급실에서 대기 중이었다. 백혈구 수치가 올라가고 초음파를 해보니까 충수돌기 염증 소견이 보였다. 설상가상으로 환자는 속이 좋지 않아서 어젯밤부터 물도 먹지 않았다고 응급실 인턴이 노티notification, 보고했다. 이미 양방이 열린 상황에서 응급 맹장 수술까지 추가. 환자가 아침에 식사를 했다면 병원에 입원하고 반나절 정도 금식을 시키는 시간이 있을 것이다. 그렇게 되면 1번방 수술이 끝나고 바로 이어서 맹장환자를 수술방에 받으면 됐을 것이다. 그런데 환자는 본의 아니게 금식까지 했다. 양방에 더하여 남는 응급수술방을 다시 열어야 한다. 역시 외과다.

의국장은 학생 실습생들에게 아무것도 기대하지 않았다. 아니 기대할 수 없었다. 학생 실습생들? 수술방에 몇 명이 들어와 있는지만 파악하면 됐다. 의국장이 말했다.

"1번방에 PK 두 명 들어오고, 2번방에 두 명 들어와라. 특히 2번방에서 한 명은 옵저베이션observation, 수술 참관만 하고 한 명은 인턴 선생님 옆에서 당겨라. 위플Whipple's operation, 췌장십이지장 절제술이라서 첫날부터 여덟 시간 이상 걸릴 수 있으니까 화장실 갔다 오고. 갑자기 아뻬가 왔으니까 학생 하나는 10번방 응급으로 들어가라. 거기는 인턴 선생님도 없으니까 PK 선생님이 당겨야 한다."

PK는 poly-klinic의 약자로 전체 임상과목에 대해 실습 과정을 도는 것을 뜻한다. 통상 병원에서 실습을 도는 의대 본과 3, 4학년을 PK라고 부른다. 병원에서 본과 3, 4학년은 이름으로 불리지 않는다. 그들은 그저 PK다.

의국장은 이미 첫 수술방으로 향하고 있었기 때문에 부를 수 없었다. 나를 제외한 우리 실습조원 모두 수술방에 투입됐다. 적극적인 태현이 2번 수술방에 들어가겠다고 먼저 손을 들었다. 나머지 인원도 자연스럽게 배정되고 나는 대기조로 남아 의국 옆 작은 방에서 기다리고 있었다. 나는 당시 당긴다는 말의 뜻도 몰랐다. 내가 그 말뜻을 이해하는 데에는 반나절도 걸리지 않았다.

가장 먼저 수술이 끝난 것은 10번 아뻬방. 이후 1번방에 들어갔던 영준이와 창호가 나왔다. 셋은 수술방에서의 첫 소감을 교환했다. 책으로만 보던 장기를 직접 보는 것은 확실히 현장감 있는 경험이었다. 이전에 내과 실습을 했던 영준이와 창호는 병동 회진보다는 수술실이 적성에 맞는다고 입을 모았다. 10번방에 들어갔던 철수는 자신이 잘못 당겨서 스태프 선생님에게 혼났다고 했다. 개복을 하면 바로 수술해야 할 부위가 보이는 것이 아니다. 수술해야 할 맹장은 저 뒤쪽에 있고, 수술 보조를 서는 사람은 수술자가 맹장을 잘 볼 수 있도록 한쪽에서 조직들을 잘 잡아당겨야 한다. 수술 시야를 확보해주는 것, '당기는 것'도 처음에는 아무 생각 없이 하지만, 연차가 올라감에 따라 수술자의 눈과 손이 가장 편한 상태로 만들어주는 요령이 생긴다. 요령이 좋은 보조자들은 수술자가 왼손잡이냐 오른손잡이냐에 따라서 당기는 방향도 다르다.

동기들의 대화를 듣고 있자니 나도 수술방 공기를 맡아보고 싶었다. 드라마에 나오는 수술방은 언제나 극적인 공간이었다. 피가 튀고, 긴장과 적막이 흐르고, 한 생명의 생사가 오가는 그곳. 적막을 깨는 말은 언제나 짧았다. 메스mes, 수술용 칼, 시저 scissor, 수술용 가위, 석션 suction, 수술용 흡입기구. 그들은 동사를 사용하지 않았고, 노련한 간호사는 오퍼레이터operator, 집도의가 말하기 전에 메스를 건넸다. 내가 어렴풋이 알고 있던 수술방은 그 자체가 드라마였다. 그곳은 정말 그런 곳일까.

화제를 바꾼 것은 말수가 적고 먹성이 좋은 창호였다. '배고파'가 그가 던진 첫마디였다. 시간은 세시가 넘어가고 있었다. 하지만 우리 넷 중 아무도 점심을 먹으러 가자는 말을 하지 못했다. 수술에 들어가면서 의국장이 우리에게 던진 한마디 때문이었다.

"태현이와 준수는 오늘 여섯시 전에 수술이 못 끝날 가능성이 크다. 점심을 먼저 먹든지 나중에 애들이 나오면 먹든지는 너희 조원들의 자유다. 그러나 2번방 사람들이 나올 때까지 먼저 퇴근할 수는 없다."

우리는 모두 의리를 지켜야 한다고 생각했다. 외과는 팀플레이를 하는 곳이라는 것이 어렴풋하게 느껴졌다.

여덟시가 넘어서 2번 수술방은 끝이 났다. 의국에서는 레지던트 1년차가 시켜둔 피자가 식어가고 있었다. 의국장은 수술이 다른 날보다 늦게 끝났으니 학생들도 피자를 먹고 가라고 했다. 조원들이 피자를 먹는 동안 내 상황을 의국장에게 간단히 보고했다.

"선생님은 행운아군. 다 저렇게 착하고 공부 못하는 조원들을 만나서 말이야."

의국장은 그 이상 아무 말도 하지 않았다. 나는 처음에는 의국장의 무심함이 좀 섭섭하기도 했다. "수술방에 들어가봐야 하지 않나?"라고 묻지도 않는 그의 태도가, 바쁜 일정을 생각하면 이해가 안 되는 것도 아니었지만 그래도 서운했다. 그러나 내과 의국장이 자상하지만 정확한 사람이었다면, 외과 의국장은 말수는 적어도 속정이 있는 사람이었다. 의국장은 내일 수술 일정을 학생 실습생들에게 알려주면서 덧붙였다.

"내일 2번 수술방은 라빠laparoscopy, 복강경다. 요즘 지비GB, gall bladder, 담낭, 쓸개는 라빠가 대세다. 2번 수술방은 류 선생이 들어간다. 다른 방은 너희가 알아서 조절해라." 상황 파악이 빠른 영준이 내게 귀엣말로 속삭였다.

"누나, 라빠방에서는 앉아서 졸다가 인턴 선생님들 많이 혼난대. 누나도 첫날부터 긴장 좀 하셔야 될걸."

나는 내일, 수술방에 들어가게 되었다. 피부부터 절개하면서 시작하는 개복수술은 아니었지만 외과 실습 이틀 만에 수술방을 참관할 수 있다는 사실이 믿기지 않았다.

외과 실습을 돌기 전, 나는 두려웠다.

'외과 실습을 돌 수 있을까. 힘겹게 내과 실습 한 고비 넘겨서 외과 실습까지 왔는데 여기에서 또 못하게 되는 것은 아닐까. 수술방에 들어갔다가 10분 만에 수술방에서 나가야 하는 건 아닐까.'

닥치기 전까지는 알 수 없는 것이 사람 일이었다. 나는 실습 이틀

만에 수술방에 들어갈 수 있었다. 그리고 수술방에 들어가게 된 사실보다 조원의 일부로서 역할을 할 수 있다는 사실이 다행스러웠다. 이제 나는 내일 F조의 일원으로 2번 라빠방에 들어갈 것이다. 수술을 다 참관하고 나서, 다른 방에 들어갔던 조원들과 이런저런 이야기를 나눌 것이다. 스태프가 까다로워서 수술방 분위기가 엉망이었다는 둥 당기고 있던 인턴이 졸아서 레지던트한테 혼났다는 둥 오퍼레이터 수처suture, 조직을 꿰매는 일 실력이 신의 경지라는 둥 이런저런 수술 후일담에 나도 가담해서 한마디 덧붙일 수 있을 것이다.

의국장이 먼저 이렇게 수술방을 정리해주자 조원들 역시 아무도 내가 라빠방에 들어가는 것을 문제 삼지 않았다. 사실 별것 아닌 것처럼 보이지만 실습 기간에는 서로 예민해지는 일이 많고 이런 일로도 크게 싸움이 붙기도 한다. 어떤 경우에는 편한 수술방에 서로 들어가려고, 또 어떤 경우에는 힘든 수술방을 서로 보겠다고 다툰다. 의리의 F조 사나이들은 편한 수술방에 들어가면서는 힘드니까 잘됐다고 말했고, 힘든 수술방에 들어가면서는 어차피 나는 평생 수술할 사람이니까 지금부터 잘 봐둬야 한다고 말했다. 내가 라빠방을 경험할 수 있었던 것은 의국장의 넓은 속정과 동기들의 말없는 호의가 합작한 덕이었다.

수술방의 어설픈 막내

아침 8시 30분. 탈의실에서 인턴과 레지던트, 다른 학생들까지도 망설임 없이 수술복으로 갈아입었다. 10초나 걸릴까. 처음 갈아입는 수술복은 단추가 뒤에 달려 있었다. 뒷단추를 채우지 못하자 옆에서 옷을 갈아입던 레지던트가 재빨리 단추를 채워주었다. 수술복으로 갈아입은 모습이 어설프기 그지없었다. 나는 위축될 필요 없다고 스스로 다독이고 1번 수술방 앞까지 걸어갔다.

수술방에 입성하는 데는 재빨리 탈의하는 것보다 더 큰 관문이 있었다. 수술에서 가장 중요한 것은 모든 과정이 철저하게 무균 상태로 진행되어야 한다는 사실이다. 당연히 손 씻기는 수술에 앞서 가장 중요한 일이다. 팔꿈치, 손바닥, 손등을 닦은 뒤 손가락 사이사이를 닦는다. 마지막으로 손톱 아래까지. 손 씻을 때에는 포비돈 요오드라는 액체를 사용한다. 보통 빨간약으로 알고 있는 소독약이다. 일단 5분에 걸쳐 포비돈을 사용하여 팔꿈치까지 구석구석 씻었으면 손 씻기는 통과다.

수도꼭지를 손으로 만지면서 균이 옮을까 걱정할 일은 없다. 수술장 앞의 개수대는 수도꼭지가 발아래에 있다. 나는 손을 씻는 데도 어설펐다. 발로 수도꼭지를 쳤지만 물이 시원하게 나오지 않았다. 수술방의 막내로 가장 먼저 들어가서 수술실에 대기하고 있어야 하는데 물이 나오지 않다니 난감했다. 그때 옆에서 누군가가 내 발쪽의 수도꼭지를 살짝 건드렸다. 누굴까? 얼굴을 돌려보았지만 수술복에 수술모, 마스크까지 한 그 선생님이 누군지는 알 수 없었다.

2번 수술방에 들어가니 라운딩rounding 간호사 한 명이 먼저 들어와 있다. 수술방의 인원은 크게 무균장갑을 끼는 사람과 그렇지 않은 사람으로 나뉜다. 수술 환자를 직접 상대하는 집도의나 보조자, 기구를 건네는 간호사의 손은 철저하게 무균 상태를 유지해야 한다. 그래서 한쪽에 먼저 장갑을 끼면 그 손으로 다른 손을 만져서는 안 된다. 수술 장갑을 낀 손이 만져야 하는 것은 이제 환자의 장기밖에 없다.

수술방에서는 항상 예기치 못한 상황이 펼쳐진다. 그래서 수술방에는 수술대 근처에 바로 붙어서 스크럽을 서는 인원 외에 라운딩하는 사람들이 따로 있다. 이들의 손은 무균 상태가 아니어서 균이 있는 물건들을 만지는 것은 이들의 몫이다. 이들은 수술이 원활하게 돌아가도록 여러 가지 일을 한다. 수술 예정인 환자의 컴퓨터 화면을 띄우기도 하고 갑자기 필요한 수술 도구를 옆방에서 빌려오기도 한다. 집도의의 취향에 맞춰서 음악을 틀어놓는 일도 이들이 하는 일이다.

수술방을 들어서서 가장 놀란 것은 최신 음악이 계속해서 흘러나오는 것이었다. 라운딩 간호사는 아무렇지도 않게 컴퓨터를 세팅하고, 환자의 방사선 사진을 띄우고, 이어서 음악을 틀었다. 내가 아는 수술방은 아주 엄숙하고, 일분일초가 긴장감이 흐르는 곳이었다. 수술방 컴퓨터에서 흘러나온 최신 가요는 내 편견을 한순간에 깨기 충분했다. 어리둥절해하면서 의자에 앉아 있는 내게 간호사가 말을 했다.

"학생 선생님이시죠? 학생 선생님이 처음부터 앉아 있으면 싫어하실 텐데요."

음악을 듣고 있을 때가 아니었다. 수술방에서 내가 할 수 없는 일은 단 한 가지. 오래 서 있는 것이었다. 그러나 그 사실은 오늘 실습의 전부인 것처럼 내 마음을 무겁게 짓눌렀다.

다행히 곧 환자와 마취과 레지던트가 들어왔다. 마취과 의사는 환자의 차트를 보고, 내 얼굴을 한번 보고는 바로 기관 삽관에 들어갔다. 기관 삽관이 제대로 되었는지 알아보기 위해서 양쪽 폐의 소리를 청진해보기까지 채 10분도 걸리지 않았다. 환자는 이제 자신에게 일어나는 일을 하나도 기억할 수 없는 상황이 되었다.

환자의 머리 쪽과 그 아래쪽은 수술용 천으로 양분되었다. 위쪽은 마취과 의사의 몫, 아래쪽은 외과 의사의 몫이다. 마취과 의사는 환자의 머리 쪽에 앉아서 수술이 끝날 때까지 환자의 상황을 기계로 모니터링한다. 마취과에서 환자의 상황은 기계가 말해준다. 수술이 끝날 때까지 마취과 의사에게 환자는 숫자로 표현된다. 마취과 의사에게는 혈압, 맥박, 호흡이 표시된 기계가 곧 환자다.

마취가 완료되면 수술이 시작된다. 외과 레지던트가 환자의 자세를 잡고 수술 부위를 소독했다. 오늘은 복강경腹腔鏡 수술. 복강경은 거울을 통해서 뱃속을 본다는 뜻이다. 전통적 개복에서 피부 절개가 수술의 시작이라면, 복강경에서 피부에 뚫은 구멍을 통해서 배에 가스를 채우는 것이 수술의 시작이다. 이산화탄소 가스를 복강에 집어넣으면 배가 풍선처럼 부풀어 오르고, 의사는 배에 구멍을 몇 개 더 뚫는다. 한쪽 구멍에는 거울이 달린 관管을 넣고 다른 한쪽에는 조직을 적출할 관을 넣는다. 환자의 배가 풍선처럼 부풀어 오른 모습이 사뭇 신기했다.

"학생은 내 옆에 앉아서 모니터를 봐."

오늘 라빠 지비 집도의는 내 상황을 간략하게 들은 듯했다. 수술방 안에 있지만 의자에 앉아 있으니 상황이 두렵지 않았다. 그런데 아는 만큼 보인다고 했던가. 그렇게 매일 책과 씨름하고 시험을 친 것 같은데 모니터로 보이는 조직이 무엇인지 분간하기 어려웠다. 그냥 노란 지방과 흰색 조직이 엉켜 있는 것 같았다. 장기인지 종양인지 알 수 없는 경우도 있다. 교수는 멍하게 모니터를 보고 있는 내게 친절하게 설명해주면서 수술을 진행했다.

"여기 지비 뒤로 주행하는 아터리artery, 동맥 보이지. 대부분 지비 옆에서 주행하는데 이 환자는 여기 뒤에서 돌아 나오네."

눈은 모니터를 보고, 손은 복강경을 움직이고, 입은 설명을 해주었다. 저런 수술에 얼마나 숙련되었으면 저런 멀티태스킹이 가능할까? 교수는 수술하면서도 계속 대화하는 활달한 사람이었다. 라운딩 간호사에게도 말을 걸고, 레지던트에게도 이런저런 의국 이야기를 물었다. 그리고 오늘의 막내, 학생 실습생에게도 수술방의 풍경에 대해 한마디 덧붙였다.

"드라마 같은 데서 보면 수술장은 항상 엄숙하지. 그런데 사실은 안 그래. 수술은 어떻게 보면 따분한 일이지. 몇 시간씩 서서 꼼짝도 하지 않고 손으로 꼼지락꼼지락하기만 하잖아. 오퍼레이터는 그래도 손이라도 움직이지. 다른 사람들은 몇 시간 동안 그냥 계속 서 있는 거야. 따분하지. 그렇게 다이내믹한 일이 아니야. 물론 환자 상태가 갑자기 안 좋아지거나 하면 긴장되는 상황이 펼쳐지지. 그렇지만 항상 그런 것은 아니야. 그래서 나는 수술장에서 매일 음악도 틀어놓고, 레지던트들한테 말도 걸고 그래. 말을 안 걸면 당기면서 조는 애들도 많다니까. 안 그래, 김 선생?"

어느새 적출된 담낭은 수술대 위에 올라 있었다. 레지던트는 담낭의 크기를 기록하고, 인터폰으로 병리실에 연락을 했다. 수술이 끝나자 마취과 레지던트도 수술방을 나갔다. 마취과 의사들은 수술 중 환자 상태가 안정되면 몇 시간이고 아무 처치도 하지 않지만 때에 따라서는 시시각각 처치해야 한다. 오늘은 마취과 의사에게는 조용한 날이었다. 오늘 수술방에서 난 소리는 컴퓨터에서 나오는 음악 소리와 집도의의 농담뿐이었다. 수술이 순조로웠다는 증거다.

첫 수술방 경험은 이렇게 끝났다. 어쨌든 수술방이라는 곳에 처음 들어간 날은 의미 있는 날이다. 다가올 내일은 또 어떤 상황이 펼쳐질지 두려웠지만, 열리지 않을 것 같았던 수술실 문을 들어갔다는 사실이 뿌듯했다.

외과 실습이 중반을 넘어서자 조원들 모두 수술방에 들어가는 일이 아무렇지도 않은 일상이 되었다. 다른 조원들처럼 길게 서서 하는 수술에는 참가할 수 없었지만 수술방에 들어갈 기회가 몇 번 주어졌고, 처음만큼 수술방이 낯설지는 않았다. 나는 조원들과 수술 전 환자의 병명을 보고 수술시간을 맞춰보기도 하고, 환자 집도의를 보고 수술시간을 맞춰보기도 하면서 외과 실습의 추억을 하나씩 만들어갔다.

안녕, 돼지 족발, 안녕, 외과 실습

외과 실습 막바지. 의국장이 우리를 불러 모았다.

"나도 매일 정신이 없어서 여러분에게 제대로 된 교육도 한 번 못했다."

그러고는 자신의 볼펜 끝에 달려 있는 뭔가를 보여줬다. 머리 땋은 것처럼 매듭이 수십 개 지어져 있는 실이었다.

"이거 보이지. 우리 외과는 1년차 때부터 틈날 때마다 타이 연습을 한다. 잠깐 쉬면서 텔레비전 같은 거 볼 때도 손은 타이를 하고 있지. 여러분도 이제 외과에 왔으니 타이 연습을 좀 하자. 그리고 내일은 수술방에 안 들어가고 오전에 수처 연습을 한다. 수처는 무엇으로 연습하는지는 선배들한테 들어서 알지? 여기 이전에 수처해본 사람 있나?"

타이tie와 수처suture는 외과 의사를 가장 잘 표현하는 말이다. 타이는 실을 묶는 일이고, 수처는 상처를 실과 바늘을 사용하여 봉합하는 일이다. 수처를 제대로 하지 않으면 상처가 벌어지기 쉽다. 그렇게 되면 감염 위험성이 커지고 회복하기가 어려워진다. 수처를 잘했다고 해도 타이를 제대로 하지 않으면 상처가 벌어지는 일이 생길 수 있다. 우리 중 누구도 수처를 해본 적은 없었고 무엇으로 수처를 연습하는지 아는 사람도 없었다.

수처와 타이 같은 용어가 등장하자 몇몇 남자 조원은 흥분하는 기색이 역력했다. 왜냐하면 그들이 아는 의사는 책을 읽고 회진 도는 그런 의사가 아니었기 때문이다. 그들에게 환자는 갑자기 사고가 나고, 내장이 파열되고, 응급실로 실려 가는 사람들이다. 환자는 바로 수술실로 옮겨지고, 수술이 시작된다. 죽음의 고비에서 의사는 환자의 터진 장기를 '꿰매고, 묶는다.' 환자는 이제 안정을 찾는다. 황천

길 앞에서 외과 의사의 수처와 타이로 환자는 생명을 되찾는다. 예비 외과 의사들은 벌써 볼펜에 실을 달고 타이 연습을 했다. 퇴근 전 그들은 제법 긴 타이를 만들고는 가운 단추에 첫 타이를 묶어두었다. 제법 외과 의사 같은 모습이었다. 그들은 자신이 뿌듯한 눈치다.

다음 날 수처 연습을 하기 위해 의국에 모였다. 우리는 나란히 책상에 앉았다. 우리 앞에는 일인당 하나씩 천으로 싸인 무엇인가가 놓여 있었다. 천을 풀자 우리를 반긴 것은 돼지 족발과 수처 세트. 수처 세트에는 바늘과 실, 장갑이 들어 있었다. 돼지 족발은 우리가 먹는 족발과 모양은 같았지만 특수처리를 해서 색깔은 형광빛이 도는 흰색이었다. 우리는 의국장에게 기본적인 수처 방법을 배우고 돼지 족발에 바늘을 넣었지만 생각보다 잘 들어가지 않았다. 일단 한 땀을 만들고 나서 타이를 했지만 이것도 쉽지 않았다.

돼지 족발 수처 실습 시간이 되자 외과 의사로서 자질이 있는 사람들은 단번에 표가 났다. 손재주가 없는 편인 나는 타이를 여러 번 반복해도 잘되지 않았다. 반면 영준이와 태현은 눈썰미가 좋았고 빨리 습득했다. 계속해서 타이를 하지 못하자 영준이 내 옆에 앉았다.

"누나는 지금 이쪽을 뒤에다 두고 돌리거든. 그러면 방향이 안 맞아. 여기에 이것을 잡고 돌리는 게 누나는 더 편할 것 같은데."

학생 때 영준은 학교에 안 오는 괴짜였고 학생 실습 때 영준은 실습조의 윤활유였다. 왠지 영준은 인턴이 되면 일 잘하는 파워인턴으로 소문날 것 같았다. 영준은 학교보다 병원이 더 어울렸고, 병동보다 수술방이 더 어울렸다. 문득 해부학 실습 때 영준이의 별명이 생각났다. 리빙 아틀라스living atlas, 살아 있는 해부학 도감가 영준이의 별명이었다. 아틀라스를 보면서 까다바시신를 해부하는 데 영준은 발군이었다. 영준이 학교 시험에 태연할 수 있었던 것은 어찌 보면 병원 생활에 자신감이 있었기 때문은 아니었을까.

이제 여섯 개의 족발에는 파란 실이 촘촘히 놓여 있었다. 영준이의 족발에는 가지런한 선이 놓여 있었고, 내가 썼던 족발에는 삐뚤빼뚤한 선이 새겨져 있었다. 비록 환자의 손상된 조직에 직접 수처한 것은 아니었지만 내 손으로 실과 바늘을 만지고 수처 연습을 해보고 나니 다시 한 번 '여기가 외과였구나' 하는 실감을 하게 됐다. 환자의 눈보다는 상처를 보는 곳, 그리고 입보다는 손으로 말하는 곳. '외과, 안녕.' 나는 파란 실이 새겨진 족발들에게 작별 인사를 했다.

마지막이 가장 어렵다

학생 실습도 어느덧 막바지에 접어들었다. 마지막 실습은 흉부외과. 흉부외과는 심장과 폐 수술을 하는 곳으로 중환자도 많고 수술도 고되기 때문에 항상 인력이 모자라는 과 가운데 하나였다. 규모가 작은 흉부외과에서는 학생 실습도 조를 이루지 않고 한 명씩 돌게 되어 있었다.

흉부외과가 수술이 많은 과라는 것을 알고 있어서 걱정은 했지만, 실습이 막바지에 접어들고 있어서 처음보다는 여유가 있었다. 일 년 가까이 시간이 흘렀고, 졸업을 불과 몇 달 앞둔 상황이었다. 의대에서는 학생 실습을 마치면 의사고시에 대비해서 시험을 몇 달 준비한다. 하지만 의사고시 합격률은 90퍼센트에 육박했다. 나로서는 실습에 비해서는 크게 어려운 일은 아니었다. 어서 실습을 마무리하고 시험을 준비해야겠다는 생각뿐이었다.

이제 혼자, 실습 전 의국장에게 인사를 하고 사정을 이야기했다. 의국장은 특별히 신경 쓰지 않는 듯 과장에게 인사를 하라고 했다. 과장 역시 특별한 언급이 없었다. 나는 항상 중환자들을 맞닥뜨려야 하는 흉부외과의 특성상 한 명씩 오는 학생 실습생에게는 별로 관심이 없을 것이라고 짐작했다. 실습 막바지, 어떻게든 실습을 마치기만 하면 된다고 생각했기에 이런 상황은 내심 다행이라고 생각했다. 하지만 예기치 않은 일은 내가 방심하고 있는 사이에 일어났다.

흉부외과 실습 첫날, 아침 모임이 끝나자 의국장이 심장수술에 들어가라고 말했다. 나는 당연히 옵저베이션일 것이라고 생각하고 수술방에 옵저베이션 가운을 입고 들어갔다. 그런데 수술방에 들어가자 상황은 예상과 다르게 진행됐다.

"학생은 왜 옵저베이션 가운을 입고 들어왔나?"

집도의를 맡고 있는 주임교수가 물었다. 주변을 둘러보니 의국장은 없고, 인턴과 레지던트 한 명이 주임교수 주위에 있었다. 시간은 내가 서 있은 지 5분 경과. 수술이 본격적으로 진행되기 전에 어떤 식으로라도 상황을 알려야 했다.

"의국장 선생님과 과장님께 제가 몸이 좀 불편하다고 말씀드렸습니다."

주임교수는 나를 한 번 둘러보더니 말을 이었다.

"지금 이 수술방에서 몸이 불편하다고 말하는 건가? 시간 없으니 빨리 손 씻고 스크럽 서게."

일단 손을 씻어야 했다. 통증은 서서히 신호를 보냈지만 손은 씻고 다시 상황과 마주쳐야 한다는 판단이 섰다. 손을 씻고 수술방에 들어갔다. 복강경 수술을 들어갈 때 몇 번 해봤지만 동기들보다는 턱없이 부족한 횟수, 게다가 주눅까지 들자 장갑을 끼는 것도 잘되지 않았다. 교수는 이 장면을 놓치지 않았다.

"지금 실습 마지막인데 아직 장갑 하나 빨리 못 끼나? 자네가 의사 자격이 있다고 생각해? 빨리 와서 이거나 당겨."

통증은 점점 심해졌다. 내가 수술대 옆에 본격적으로 투입되면 상황은 더 좋지 못한 방향으로 진행될 것이 분명했다.

"교수님. 저도 하고 싶지만 정말 몸이 너무 안 좋습니다. 스크럽은 힘들 것 같습니다."

그러자 교수는 버럭 화를 냈다.

"몸이 안 좋은 사람이 자네뿐인가? 여기 이 사람들 다 몸이 안 좋네. 나도 몸은 안 좋아. 자네는 내가 보기에는 배우고자 하는 의지가 전혀 없어. 어떻게 학생이 바로 옵저베이션 가운을 입고 오나? 누가 그렇게 하라고 가르쳤나? 다른 데서는 어떻게 했는지 모르지만 나한테는 안 되네. 빨리 와서 잡아. 자네 그러는 거, 여기 환자한테도 폐 끼치는 행동이야. 그거 아나?"

교수의 말이 길어지자 처음의 서럽던 마음은 점점 화나는 마음으로 바뀌었다. 나는 어쨌든 해보고자 하면서 여기까지 왔다. 다른 학생들처럼 적극적으로 수술에 참여하고 회진을 돌지는 못했지만 내 몸이 허락하는 한 최선을 다했다. 양해를 구하고 이해를 구하면서 남들은 하지 않는 과정을 항상 거쳐야 했고, 조직에도 해가 되지 않으려고 애써야 했다. 물리적인 어려움 외에 내부의 적과도 항상 싸워야 했다. 남들과 같은 과정을 이수하지 못했기 때문에 생기는 자괴감은 호시탐탐 마음 한편을 파고들었다.

환자는 완전히 마취 상태에 들어갔다. 피부 절개까지 1분도 남지 않았다. 선택의 여지가 없었다. 교수의 말을 다 듣고 죄송하다는 말을 한 뒤 그냥 수술실을 나섰다. 수술실을 나가려고 할 때 교수가 등에 대고 마지막 비수를 꽂았다.

"너보다는 외팔이가 낫다. 나가라."

수술방의 이방인, 아니 이물질이 되어버린 나는 눈물도 나지 않았다. 그리고 실습 시작부터 여기까지 지나온 시간이 주마등처럼 스쳐 지나갔다.

그러자 지금 할 수 있는 것은 어쨌든 담대해지는 것뿐이라는 생각이 들었다.

'수많은 수술 가운데 하나에서 빠진 것뿐이야. 그것 때문에 의사 생활을 시작하지 못하는 것도 아니고, 내 실습 시간이 다 망쳐버린 것도 아니야. 앞으로 상황은 어떤 식으로 전개될지 아무도 몰라. 지레 속상해할 필요 없어.'

자괴감과 열등감 틈에서 스스로 위안해야 한다는 당위는 힘이 없었고 무기력했다. 그러나 달리 방도가 없었다. 병원 시스템에 맞서볼 수도 있었다. 장애인 차별이라고 법에 호소해보는 방법이 있지 않을까 하는 생각도 들었다. 하지만 장애인 운전자 스티커도 발부받을 수 없는 현실이 곧 떠올랐다. 이름을 붙이자면 '중간장애인'쯤 될까.

아니, 장애인이라는 용어에는 편견이 묻어 있어서 사용하고 싶지 않다. 장애인은 영어 disabled를 번역한 말이다. 지금 영미 지역에서는 이 말을 쓰는 사람을 미개인 취급한다. 장애인은 뭔가를 '할 수 없는' 사람들이 아니기 때문이다. 대신 쓰기 시작한 용어는 'challenged'

이다. 그들은 할 수 없는 게 아니라 '도전 받은' 것이다. '도전 받았다'고 생각하면 용기가 생긴다. 어떤 경지에 이르면 용기를 넘어서 의욕 같은 것이 생길 수도 있다. 그런데 '할 수 없는' 사람이 되어버리면 의욕 같은 것은 꿈도 꿀 수 없다. 전자가 희망을 바라보는 말이라면 후자는 절망을 내재하는 말이다. 이렇게 본다면 내 상황에 적당한 단어를 찾자면 '중간도전인' 정도가 될 것이다.

세상에는 나 같은 '중간도전인'이 얼마나 있을까. 사실 전혀 짐작도 가지 않는다. 왜냐하면 말 그대로 중간도전인이기 때문이다. 일단 그들은 겉으로 보기에는 건강인들과 구별이 잘 되지 않는다. 나처럼 다리 부분에 도전을 받은 사람들은 보행해보면 차이가 난다. 절대적으로 짧은 보행시간과 보행거리는 족부중간도전인의 트레이드마크다. 그들은 앉아서 하는 모든 기능을 다 수행할 수 있다. 정상으로 보이더라도, 오래 걷지 못한다는 점 때문에 여러 면에서 소외된 생활을 해야 한다. 그들은 어떤 상황에서도 대중교통을 이용할 수 없다. 지하철을 타서 앉을 수 있다면 아무 문제가 되지 않겠지만 아무도 그들에게 자리를 내주지는 않을 것이다.

족부중간도전인 외에 수부중간도전인도 있을 수 있다. 아마 그들의 손은 남들과 똑같은 모양일 것이다. 하지만 밥 먹는 시간 외에 다른 시간에 손을 사용하면 그들의 손은 비명을 지를 것이고 손 사용을 최소화하는 방향으로 생활 패턴을 다시 짜야 할 것이다. 물론 주변 사람들 누구도 그런 노고를 완벽하게 이해하지 못할 것이다. 수부중간도전인의 인생은, 사실 같은 중간도전인인 나도 상상되지 않는다. 통증은 속성상 아무리 사랑하고 아끼는 사람일지라도 당사자가 아니면 그 고통을 완벽하게 이해할 수 없기 때문이다. 족부중간도전인인 나조차도 수부중간도전인의 세부적인 인생은 잘 떠오르지 않는데, 심지어 건강한 정상인이 어떻게 이해할 수 있을까? 통증은 이해받지 못한다는 느낌을 주기 때문에 인간을 가장 외롭게 만든다. 외로워진 인간에게 통증은 더 큰 무게로 인생은 고통과 고독뿐이라고 속삭인다. 악화가 양화를 구축한다.

나는 아픈데 이해받지 못한다는 느낌은 차라리 사람들 눈에도 장애인으로 보이면 살기는 더 편하지 않을까 하는 생각까지 하게 만들었다. 소아마비로 의사를 하거나, 휠체어를 타고 의사를 하는 사람들의 이야기를 들은 적이 있다. 물론 그 과정에도 엄청난 시련과 노력이 있었겠지만, 적어도 그들은 이해받지 못한다는 느낌과 싸울 필요는 없었을 것이다. 물론 이 생각은 레지던트로서 병원 생활을 하는 지금은 완전히 바뀌었다. 한 발자국이라도 움직일 수 있는 것과 그렇지 못한 것에는 커다란 차이가 있다는 것을 알게 되었기 때문이다. 하반신을 전혀 못 쓰는 사람이 자신의 생활을 만들기까지 사투를 벌이는 과정도 또한 내 상상을 벗어나는 험난한 일이었을 것이다.

어쨌든 8번 수술방에서 나는 외팔이보다 못한 장애인이었다. 그런 말을 듣자 내 처지를 이해하지 못하는 교수가 원망스럽기도 했지만 한편으로는 오기도 생겼다. 아픈 것은 내 잘못이 아니었고, 실습은 이제 한 달이 남았다. 나는 과장이 출장에서 돌아오면 다시 한 번 방법을 찾아봐야겠다고 생각했다.

"어제 일은 대강 얘기 들었네."

과장은 다른 말은 하지 않았다. 나는 무슨 이유인지 모르지만 눈물이 나려고 했다. 울면 안 됐다. 나는 일단 내가 하기 싫어서 안 한 것이 아니라 할 수 없어서 못 한 것이라는 사실을 최대한 알려야 했다. 그런데 어제의 충격 때문이었을까. 입이 떨어지지 않았다. 5분이나 흘렀을까. 나는 급기야 울먹거리면서 입을 열었다.

"교수님, 죄송합니다."

지금 와서 생각하면 무슨 근거로 과장이 내 행동이 불가피했음을 이해했는지 알 수 없다. 어쩌면 과장은 그저 일이 커지지 않기를 바랐을 수도 있다. 어쨌든 해보지 않고 포기하는 것은 가장 무기력한 일이었고, 어떤 순간에도 해서는 안 될 일이었다. 하지만 이런 비장한 마음과는 달리 입에서는 죄송하다는 말밖에 나오지 않았다. 이때 과장은 본인이 줄 수 있는 가장 큰 선물을 주었다.

"오늘은 심장 판막 교체술이 있을 예정이다. 선생도 알고 있겠지만, 심장 판막 교체술은 인공심장을 돌리는 큰 수술이야. 판막은 돼지 판막을 쓸 것 같은데, 스킨 인시전skin incision, 피부절개부터 심장을 열고 밸브valve, 판막로 들어가기까지도 시간이 꽤 걸리지. 나는 밸브를 교체하는 시점에 수술방에 들어갈 거야. 그 장면이 수술의 하이라이트니까 선생도 그때쯤 들어오도록 해. 정작 밸브를 교체하는 시간은 5분도 걸리지 않아. 그 부분이 가장 중요하니까 선생 몸이 불편하면 그 부분만 보면 되는 거 아니겠나."

교수의 말을 듣는 동안 소리 없이 눈물이 흘러내렸다. 하지만 눈물은 그 색깔을 바꿨다. 안도의 눈물, 감사의 눈물, 기쁨의 눈물. 나는 다시 한 번 울먹이면서 과장에게 두 번째 말을 이었다.

"교수님, 감사합니다."

죄송합니다, 감사합니다. 흉부외과 실습은 한마디로 시작해서 한마디로 끝났다.

환자의 팔딱이던 심장은 이제 기능을 멈추고 정지되었다. 심장은 크게 두 개의 심방과 심실, 즉 네 개의 방房으로 구성되어 있다. 수술방에서는 각각의 심장의 방을 대신할 기계가 돌아가고 있었다. 나는 일단 수술방에 들어와서 대기 상태로 기다렸다. 곧이어 환자의 피부가 절개되고, 혈관이 결찰되고 심장이 절개되었다. 이제 수술의 백미, 판막 교체만 남긴 시간, 과장이 들어왔다. 수술복으로 갈아입고 마스크를 쓴 과장은 눈짓으로 내게 환자 가까이 오라는 신호를 보냈다. 수술방 구석에서 앉아서 수술상황을 상상하던 나는 행여나 감염이 생길까 최대한 조심하면서 절개된 환자의 심장 쪽으로 다가갔다. 교수는 능숙한 손놀림으로 환자의 낡은 판막을 빼내고, 그곳에 새로운 판막을 이식했다. 주먹만 한 심장에 들어간 인공판막이 찰칵하고 자리를 잡았다. 이때 과장이 말했다.

"이제 몇 시간 뒤면 저 사람은 힘차게 팔딱이는 자신의 새로운 심장 소리를 듣게 될 것이다. 학생이 본 순간은 얼마 되지 않지만 이 수술에서 가장 핵심적인 부분이다. 새 심장이 뛰는 소리는 규칙적이고 힘차다. 어쩌면 그 소리 때문에 나는 이 수술방을 떠나지 못하는지도 모른다. 나는 학생에게 그런 기분을 한번 느끼게 해주고 싶었다. 학생이 앞으로 어떤 의사가 될지 모르겠지만 다시 뛰는 심장 소리는 우리 과를 도는 실습 학생들에게 꼭 한 번씩 들려주고 싶었다."

과장의 말처럼 심장수술은 확실히 상징적인 데가 있었다. 다시 뛰는 환자의 심장을 보자, 어제 수술실에서 있었던 악몽 같던 순간은 전혀 떠오르지 않았다. 그리고 내 가슴도 덩달아 뛰기 시작했다. 이제 실습이 끝나간다. 그리고 의사 면허를 받을 것이다. 내 면허 번호는 몇 번쯤 될까.

part 2

합격률 99%,
모교 인턴에 떨어지다

ⓒ 이윤환

재결성, 스터디 모임

실습이 끝나고 본격적으로 의사고시를 준비해야 했다. 의사고시의 합격률은 90퍼센트 내외. 합격하면 당연한 것이고, 불합격하면 망신인 시험이다. 불합격하면 망신이라는 사실은 합격해야 한다는 것만큼이나 부담감이 컸다. 본4의대 본과 4학년 도서관에는 긴장감이 감돌았다.

실습을 돌면서 한 가지 깨달은 사실이 있다. 어려울 때는 언제나 사람이 있다는 것이다. 물론 사람이 나를 아프게 하기도 했다. 아픈 의사는 의사가 될 수 없다는 논리는 특히 내게 자괴감을 안겨줬다. 하지만 어떻게 시작할지 모르던 내과 실습, 외과 실습도 결국 조원들과 스태프 선생님의 도움으로 마칠 수 있었다. 사람이 사람을 죽이기도 했지만 살려내는 것도 사람이었다.

공부라고 예외는 아니었다. 의대에 들어오기 전까지는 공부는 혼자 하는 것이라고 생각했다. 그러나 의대에 들어온 뒤 생각이 바뀌었다. 본과 1, 2학년 시절 우리는 시험을 앞두고 '야마단'을 조직했다. 수업 내용도 그렇지만 교과서가 워낙 방대하기 때문에 시험공부를 하려면 극소수의 우등생을 빼고는 엄두도 못 냈다. 이때 빛을 발하는 것이 '야마단'이다.

말하자면 이런 식이다. 백 명의 학생 중에서 열 명 정도로 생화학 야마단을 꾸린다. 열 명의 야마단은 이제 생화학 시험 분량 400쪽을 열 개로 나눠서 정리한다. 시험을 앞두고 2주일 정도 전에 야마단은 자신의 야마를 복사실에 맡긴다. 야마를 만들지 못한 '평민'들은 복사실에서 그들의 야마를 감사해하면서 가져간다. 이때에는 매점에 들러서 딱풀을 두 개쯤 사가는 것을 잊지 않는다. 빈 강의실에 앉아서 야마와 딱풀을 들고 제본을 시작한다. 제본이 마무리되면 시험공부는 반 이상 한 것이나 마찬가지다.

공부를 잘하는 우등생들은 거의 모든 과목에서 야마단으로 추천된다. 그들은 대여섯 개의 야마를 만들기도 한다. 그리고 대부분 한 과목의 야마단장을 맡는다. 야마단장은 야마단을 관리한다. 대여섯 개의 야마를 쓰고 야마단장도 하나 맡은 우등생들에게 '평민'들은 품앗이로 밥을 사기도 한다. 밥을 한 끼 사는 정도는 야마단 덕분에 시험 준비에서 얻는 혜택에 비하면 아무것도 아니다. 어떻게 보면 야마단은 의대에서 일종의 '노블레스 오블리주'인 셈이다.

물론 성적이 좋으면서도 자기 공부시간을 빼앗긴다는 이유로 야마단에 들지 않는 얌체 같은 부류도 있다. 반면 성적은 중상 정도이면서 모든 야마단에 끼는 적극적인 사람도 있다. 의대에서 인기가 좋은 것은 당연히 후자다. 어쨌든 이런 '야마단' 문화에는 '우리 동기들은 아무도 유급되지 말자' 하는 의리 같은 것이 바닥에 깔려 있다. 나만 살자고 하는 공부가 아닌 것이다.

의사고시를 앞둔 본4 도서관 앞에서 동기들은 삼삼오오 모여 스터디 모임을 만드느라 여념이 없었다. 본1, 본2 때 영하 옆에서 수업을 자주 들었던 나는 영하가 만든 스터디 모임에 끼었다.

영하는 나보다 한참 어렸지만 말수가 적고 속이 깊었다. 실습이 시작되기까지 영하는 내 개인 과외 선생님 노릇을 했다. 인문대 출신으로 본과에 편입한 나를 위해 영하는 항상 먼저 노트를 빌려줬고 모르는 내용을 설명해줬다. 영하의 훌륭한 점은 이런 일을 내게만 한 것이 아니라는 것이다. 시험이 다가오면 하위권 동기들은 거의 모두 영하의 노트로 공부했다. 별일 아닌 것 같지만 자신이 정성들여 필기해온 내용을 빌려주는 것은 쉬운 일이 아니다. 4년 동안 치러야 했던 시험의 양을 생각하면, 아무 내색도 하지 않고 선뜻 자기 노트를 내어놓은 영하의 박애정신은 남다른 데가 있었다. 영하의 스터디 모임에 합류한다고 했을 때, 나와 실습을 돈 청량리 6인조는 나에게 박쥐라고 놀렸다.

"누나는 역시 생존 능력이 있는데. 실습은 우리처럼 편안한 사람들과 하고, 막상 시험이 다가오니까 딱 영하 누나 옆에 붙고 말이야. 영하 누나가 누나를 받아준대?"

나는 그들의 놀림이 싫지 않았다. 말은 그렇게 해도 내가 실습을 무사히 마치게 되어 누구보다도 그들이 기뻐했다는 사실을 알기 때문이었다. 나는 그들의 놀림에 응수했다.

"앞으로 나한테 잘 보여라. 내가 영하표 소스를 너희한테도 건네줄 테니까."

이는 전혀 틀린 말이 아니었다. 실습 전 나는 여자 동기 몇 명과 친하게 지냈다. 그리고 실습을 하고 나서 남자 동기들과 친해지게 되었다. 나는 여자 동기들과 남자 동기들 사이의 중성 인간 비슷한 사람이었다.

예외도 있었지만 의대에서 여자 동기와 남자 동기들은 어색한 경우가 많았다. 여자 의대생들은 대부분 모범생으로 수업 시간에 강의실 앞부분 3분의 1쯤에 자리 잡고 수업에 열중했다. 남자 의대생들은 그에 비하면 조금 헐렁한 편이었다. 물론 재한이 같은 예외도 있었지만 남자 의대생들은 대부분 강의실 뒤쪽 3분의 2에 자리 잡았다. 나는 여자 동기들 중에서는 성적 열등생에 속했고, 남녀 동기들까지 통

틀어서 나이가 많은 편에 속했다. 장점이라고 할 수 없는 이 두 가지 사실, 나이도 많고 성적도 좋지 않다는 사실이 한편으로는 의대 생활을 편하게 할 수 있도록 해주었다. 엉성한 박쥐는 아무도 경계하지 않았다. 나는 영하의 스터디 멤버에 이름을 올렸다. 당연히 멤버 중 성적은 내가 꼴찌였다. 아니 정확한 성적은 알 수 없었다. 채희도 나와 비슷하지 않을까? 스터디 모임 첫날 채희는 나타나지 않았다.

스터디 모임은 단출했다. 영하, 채희, 나, 민지 그리고 남학생 둘. 영하는 반장과 선생님 역할을 겸했다. 채희와 영하는 예과를 마치고 둘 다 한 해 휴학했다. 그래서 동기들보다 한 학번 위였다. 민지는 삼수를 해서 동기들보다 나이가 많았다. 이래저래 스터디 모임은 남학생들은 어리고 나머지는 모두 누나로 구성되었다. 나는 우리 스터디를 스타 스터디라고 이름 붙이고 각자 별명을 만들어주었다. 항상 성실하고 정확한 영하는 큰 별, 체구가 작고 예쁜 민지는 샛별, 감정이 풍부한 채희는 '깜박이 별'이었다. 이런 별명 놀이가 스터디 멤버들은 싫지 않은 모양이었다.

채희는 예과 때부터 영하의 친한 친구 가운데 하나였다. 둘은 성격이 완전히 달랐다. 영하는 논리적이고 정확하며 매사에 성실했다. 영하의 집은 당시 학교에서 30킬로미터 정도 떨어진 서울의 끝에 있었는데 영하는 항상 일곱시 이전에 등교했다. 이유는 간단했다. 차가 막히기 전에 미리 와 있겠다는 것이었다. 영하는 그날 수업할 내용이 파워포인트로 되어 있는지 보고 미리 출력해두었다. 이렇게 해도 여덟시가 되지 않는다. 나는 아홉시가 되어서야 허겁지겁 등교한다. 영하는 자기 옆자리를 비워준다. 내가 자리에 앉으면 영하는 출력한 강의 내용을 말없이 내민다.

시험 기간에도 사정은 비슷했다. 실습 전까지 내 시험공부의 절반은 영하가 했다고 해도 지나친 말이 아니다. 영하는 나 말고도 여러 학생을 챙겼다. 물론 자신도 공부를 잘했다. 바쁜 의대에서 이런 인재를 그냥 놔둘 리 없었다. 영하는 시험마다 서너 개 야마의 저자가 되었다. 의대 돈 관리도 영하가 맡았다. 총무로 지명된 다음 날 영하는 내게 통장 지갑을 보여주었다. 영하는 의대 시절 총무를 연임하는 기록을 세웠다. 영하의 가장 걸출한 점은, 이 모든 일을 하는 것 같지도 않게 처리한다는 점이었다. 수퍼맨 영하의 또 다른 임무 가운데 하나는 채희를 찾는 것이었다.

영하의 친구인 채희는 귀여운 소녀였다. 채희는 영하와 달리 감정이 풍부했다. 본과 공부가 점점 양도 많아지고 내용도 어려워지면서 채희는 스트레스를 많이 받았다. 채희는 본2가 되면서 자주 학교에 나오지 않았다. 대부분의 의대 여학생들이 모범생인 것을 생각하면 채희는 특별한 경우였다. 채희가 학교에 나오지 않는 날, 영하는 채희에게 전화를 했다. 채희는 전화도 받지 않는 날이 많았다. 나는 채희를 걱정했지만 영하는 채희를 걱정하지 않았다. 그 대신 채희를 찾아 나섰다. 며칠 동안 학교에 나오지 않은 채희가 초췌한 얼굴로 학교에 나타났다.

"언니, 미안해. 어제는 내가 도저히 학교를 나올 수 없었어. 침대에서 일어날 수도 없었어. 몸이 너무 무기력해서. 언니는 그게 뭔지 알아?"

이렇게 말하는 채희를 영하와 나는 그저 물끄러미 바라보았다. 채희는 말을 이었다.

"영하한테는 늘 미안해. 나한테 신경 안 써도 되는데."

영하는 채희를 보며 말했다.

"야. 이거나 빨리 받아. 너, 시험은 언제 치는지 알아?"

"아니, 몰라. 영하야, 나 어떻게 해?"

시험 일정을 알면 채희가 아니었다. 채희는 눈을 반짝이면서 영하에게 물었다. 영하는 이런 채희를 미워할 수 없었다. 채희가 자신도 어쩔 수 없이 감정에 휘둘리고 있다는 것을 영하는 알고 있었다. 채희가 감정의 늪에서 벗어나 현실로 고개를 내밀 때 채희는 누구보다 영하를 필요로 했고, 영하에게 고마워했다. 채희의 대책 없는 행동은 조마조마하면서도 미워할 수 없었다. 영하는 채희 때문에 더 좋은 사람이 되었다. 실습 기간에 둘은 어땠을까. 영하는 실습을 완벽하게 돌았을 것이고, 채희는 위태위태하게 돌았을 것이다. 어쨌거나 우리 셋은 다시 스터디 모임에서 만났다.

민지는 우리 셋에 비하면 평균 의대 여학생에 가장 가까웠다. 갸름한 얼굴에 곱상하게 생긴 민지는 남자들에게 인기가 있었다. 민지의 매력은 외모와는 상반되는 성격에 있었다. 단아한 얼굴과 달리 민지는 유머가 있었고 성격이 통통 튀는 구석이 있었다. 스터디 모임이 갑자기 시끄러워진다 싶어 돌아보면 민지가 떠들고 있었다. 스터디 모임에는 가끔 승민이 모습을 보였다. 키가 작은 승민은 별명이 천재소녀였다. 아무도 알아들을 수 없는 노교수의 강의를 받아 적을 수 있는 사람은 과 전체에서 승민이밖에 없었다. 도서관에 자주 오는 것도 아닌데 승민은 항상 성적이 3등 안에 들었다.

스터디 모임 첫날, 영하는 시험 준비에 필요한 책들을 브리핑해주었다. 막상 공부를 시작하려니까 막막했다. 스터디에는 워밍업이 필요했다. 워밍업은 채희 담당이었다. 채희는 본2 때 놀러갔던 일을 이야기했다.

"언니, 그때 생각나. 땅끝마을 놀러간 것?"

당연히 생각났다. 그때 그 시절이 새록새록 생각났다.

언제 어디에서 무엇이 되어 다시 만날까

●
●

　채희, 영하, 승민이 여름방학을 앞두고 여행을 간다고 연락했다. 그때까지 아무도 내 다리 상황을 자세히 알지 못했다. 나는 셋과 친했고, 함께 여행을 가고 싶었다. 어떻게 할까 망설이다가 조건을 달았다.

　"채희 양. 나도 갈게. 그런데 나는 운전시키면 안 갈 거야. 언니가 노구를 이끌고 운전해야겠냐."

　승민은 면허는 있었지만 장롱면허였고, 채희도 초보였다. 영하 역시 초보로 막 차를 산 때였다. 그래도 우리는 어떻게든 이 의대를 벗어나고 싶었다. 그때 영하가 해결사를 자처했다. 영하는 자신의 차를 몰고 혼자 왕복 1,000킬로미터를 운전하는 기염을 토했다. 우리는 영하가 초보라는 사실을 알고 있었지만, 그래도 믿었다. 영하는 또 우리가 자신을 믿고 있다는 사실에 혼자 운전하는 상황을 싫어하지 않았다.

　땅끝마을에 도착하니 땅은 물론 바다도 온통 깜깜했다. 하늘에 별이 그렇게 많은지 우리는 그때 처음 알았다. 그러나 막상 도착하고 나니 무엇을 해야 할지 몰랐다. 뉴스를 보고, 연예프로그램을 보고, 맥주를 마시고 하다 보니까 시간이 훌쩍 지나가버렸다. 학교 밖에서는 무슨 일을 하든 시간이 잘 갔다. 가볍게 산책을 하고 맛집을 몇 군데 갔다 오는 것으로 우리의 짧은 여행은 끝났다. 걸을 일이 많지 않았고 나는 누군가와 여행을 아무 문제없이 갔다 왔다는 사실 자체가 뿌듯했다. 본과 2학년 여름방학 때의 일이었다.

이후 우리는 각자 떨어져서 학생 실습을 돌고, 다시 스터디 모임이 되어서 만났다. 이번에는 의사가 되기 위해서였다. 스터디 모임이 끝나면 우리는 같이 도서관에 갔다. 나는 출입문 가까운 쪽에 자리를 정했다. 민지가 내 옆을 지나가면서 조용히 농담을 던졌다.

"언니는 자리도 꼭 제일 나가기 좋은데 앉네. 우리 영하 선생님 좀 보셔. 저기 저 구석에 딱 자리 잡고 있잖아. 언니는 여기 앉아 있으니까 애들이 매일 커피 마시러 나가자고 그러지. 자, 언니, 나랑 커피 한잔합시다."

돌아보니 영하는 구석에서 공부 삼매경에 빠져 있었다. 그날도 채희는 학교에 오지 않았고, 나는 공부를 하다가 말다가 했다. 민지와 나는 병원 안에 있는 커피숍으로 가면서 이런저런 수다를 떨었다. 민지는 시험만 끝나면 커피로 찐 살부터 뺄 거라면서 호들갑을 떨었고 영하는 우리가 사온 커피를 한 번 쳐다보더니 씩 웃고 다시 공부에 매진했다. 평화로운 시험 준비의 나날이 흘러가고 있었다.

시험을 준비하면서 나는 실습할 때와는 다른 사람이 되었다. 아무런 장애가 없었다. 다른 동기들처럼 도서관에 앉아서 공부를 했고,

점심을 먹었고, 커피를 마셨다. 일주일에 한 번씩 스터디에 참여했고, 스터디 멤버들과 가끔 커피를 마시러 나갔다. 몸이 불편한 상태로 실습을 돌면서 마음고생이 심했던 나는, '아무것도 양해를 구하지 않아도 되는' 수험생이 된 것이 행복했다. 시험이 걱정되기는 했지만 실습 때와 비교하면 아무것도 아니었다.

물론 스터디를 시작하고 처음에는 조금 어색했다. 그 이유는 간단했다. 실습 전까지 나는 스터디 멤버들과 거리낌 없이 지냈다. 영하와 승민은 공부를 많이 도와줬고, 채희와는 속 깊은 이야기를 자주 나누었다. 그러다가 실습조가 나뉘면서 우리는 뿔뿔이 흩어져 실습을 돌았다. 각자 다른 병원에서 실습을 돈다고 해도 서로 연락하면서 지내는 것이 대부분의 경우였다.

그러나 나는 특수한 상황이었고, 말하자면 실습 기간 내내 잠수 모드였다. 내 상황에 대처하기 벅찼던 나는 동기들과 교류하는 것은 생각도 할 수 없었다. 실습생 생활은 뿔뿔이 하는 것 같아도 또 한편으로는 이곳은 좁은 곳이었다. 누가 어떤 병원에서 어떻게 실습을 돌고 있는지 소문이 다 났다. 친하게 지냈던 여자 동기들 역시 틀림없이 내 소식을 들었을 것이다.

실습 기간 내내 소식이 없다가 시험이 임박해서 다시 친한 체하며 스터디 모임에 합류한다, 나는 어색하지 않을 수 없었다. 처음에는 스터디 모임에 들어갈 수 있을 거라고 생각도 못했다. 시험을 앞두고 나를 양지로 끌어내준 것은 본과 초년생 시절의 여자 동기들이었다. 영하가 먼저 특유의 무뚝뚝한 표정으로 말했다.

"언니, 요즘 합격률 90퍼센트 안 될 때도 있다는데 같이 공부해야지."

막상 스터디에 들어가서 공부를 시작하니 언제 그랬냐는 듯 실습 시절의 어려움은 다 잊어버리고 수험생 생활에 적응했다.

적응은 언제나 예상했던 것보다 빨리 된다. 편입하고 첫 학기이던 본과 1학년, 생화학과 생리학 같은 과목에서는 확실히 자연과학의 기초가 없는 것이 드러났다. 생리학 첫 시간에 Na 채널과 K 채널에 관해 공부했다. 그때까지 나는 Na는 나트륨, K는 칼륨으로 알고 있었다. 그런데 수업 시간 내내 교수가 말한 내용은 소디움 채널과 포타슘 채널에 관한 것이었다. 나는 소디움과 포타슘이 나트륨과 칼륨을 말하는 것인지를 수업이 끝날 때까지 몰랐다.

한 학기가 지나니 의대 공부에 적응이 되었다. 말하자면 아마 없이는 시험공부를 시작할 수 없다는 것, 우등생들이 옆에서 챙겨주는 것이 편하다는 것, 이해는 암기한 뒤 하는 것이라는 것 등을 체득했다. 의사고시 공부에서도 스터디 멤버들의 조언에 따라 책을 구입하고 진도를 나갔다. 의대 공부는 역시 마지막까지 혼자 하는 것이 아니었다.

실습이 끝나고 의사고시에 통과했다. 좋은 성적은 아니었지만 실습과 시험을 무사히 마쳤다. 시험을 마친 다음 날 영하에게서 전화가 왔다.

"언니, 채희 시험 못 쳤대. 시험 도중에 나왔대. 정말 속상해."

영하는 화를 내고 있었다. 책임감이 강한 영하는 채희에게 화내는 것이 아니라 끝까지 채희를 챙기지 못한 자신에게 화를 내는 건지도 모르겠다는 생각이 들었다. 나 역시 채희가 걱정되었다. 물론 인턴을 앞둔 내 앞길도 만만치 않게 걱정스러웠다. 채희와 나, 영하는 이제 다른 길을 가게 될 것이다. 민지와 영하는 모교에서 인턴 생활을 하게 되겠지만, 나와 채희는 어떻게 될지 알 수 없었다. 아니 채희는 의사고시를 보게 될지도 알 수 없었다. 매일 여덟 시간씩 서로 얼굴을 보던 본과 1학년 시절이 문득 그리워졌다. 이제 언제 이 친구들을 만날 수 있을까. 우리는 언제 어디에서 무엇이 되어 만날 수 있을까. 그런 시절이 올까.

아이컨택 eye contact

●
●

의대를 마치고 의사고시를 치르면 의사 면허를 받는다. 의사 면허를 받게 되면 말 그대로 의사로서 진료 행위를 할 수 있다. 진료 행위를 할 수 있다는 것은 자기 병원을 개업할 수 있다는 말이다. 하지만 우리나라는 대부분 의대를 졸업하고 다시 병원에 들어가서 수련이라는 것을 받는다. 수련 과정은 다시 인턴과 레지던트 두 과정으로 나뉜다. 인턴은 말 그대로 병원 '안에서in' 여러 과를 '도는turn' 것이다. 한 달이나 두 달씩 병원에 있는 여러 과를 경험하면서 자신이 어떤 전공에 맞는지 생각하는 시간을 갖는 기간이다. 의대 졸업은 종합 병원 막내 의사로서의 새로운 시작인 셈이다.

의사고시를 보고 나서 인턴에 들어가기까지 두 달 정도 시간이 생긴다. 동기들은 이때 하루라도 더 즐겨야 한다고 입을 모았다. 인턴 생활을 하게 되면 자기 생활은 없는 것이나 마찬가지기 때문이다. 지방 출신인 동기들은 오랜만에 고향에 내려가서 망중한을 즐겼고, 어떤 친구들은 삼삼오오 무리를 이뤄 동남아로, 일본으로 여행 가는 짐을 꾸리기에 바빴다. 나는 내가 과연 인턴 생활을 할 수 있을까 하는 생각에 마음 편하게 여행을 떠날 수 없었다. 먹고 자고 하면서 지친 몸에 휴식을 주는 것이 내가 할 수 있는 전부였다.

인턴 면접날, 면접 대기실에서 영하를 만났다. 웬만해서는 먼저 말을 걸지 않는 영하가 말을 걸어왔다.

"언니, 잘 지내지?"

나는 실습이 끝난 뒤 아무 연락도 하지 않은 일이 생각나서 조금 미안한 마음이 들었다. 이제 보니 영하는 평소와 달리 정장 차림에 옅은 화장까지 하고 있었다. 맞다, 오늘이 면접날이었지. 시간이 어떻게 흐르는지도 모르고 있었다. 무슨 일이 벌어질까 전전긍긍하면서 시간에 쫓기고 있었다.

"영하, 오늘 보니까 예쁘네. 우리 영하 선생님, 시집가도 되겠어."

나는 영하를 봐서 반가운 마음과 면접을 앞둔 두려운 마음이 뒤섞인 채 너스레를 떨었다. 그런데 영하는 이런 너스레에 반응하지 않았다. 영하는 누군가가 아플 때 '괜찮아?'라고 묻지 않는 사람이었다. 영하는 그냥 말없이 병원에 데리고 가고, 진료를 볼 때 옆에 있어주고 집까지 데려다주는 사람이었다. 영하는 나의 너스레에 걱정스러운 눈빛으로 한마디 덧붙였다.

"언니, 우리 병원은 브랜치지원가 많아서 인턴 많이 뽑잖아. 다른 학교에서도 여기로 인턴 오는 사람이 많아. 그러니까 본교 졸업생들이 본원 인턴 떨어지는 일은 거의 없어. 언니도 괜찮을 거야. 언니는 본원 출신이잖아."

생각해보니 본교 출신이 본원 인턴 선발에 떨어졌다는 말은 들어본 적이 없는 것 같았다. 이 병원은 지방 학생들이 인턴과 레지던트 생활을 서울에서 하기 위해서 많이 택하는 병원 가운데 하나였다. 이제 내가 면접장에 들어갈 차례였다.

면접이라고 해도 면접 대기실의 분위기는 밝았다. 본원 출신으로서 인턴에 떨어진 사람은 전무후무한 상황, 면접은 형식적인 것이었고 면접 대기자들도 서로 친한 친구들이었다. 먼저 면접을 보고 나온 사람들에게 대기자들이 무엇을 물어보았느냐고 물었다. 정말 궁금해서 묻는 것이 아니라 말하자면 말할 거리를 만들기 위해서 하는 질문이었다. 하지만 나는 남들처럼 마음이 가볍지 않았다.

면접장에는 면접관이 세 명 앉아 있었다.

"학생은 실습을 제대로 돌지 못했구먼."

수석 면접관의 첫마디였다. 질문은 왜 제대로 돌지 못했냐가 아니라 제대로 돌지 못한 것을 알고 있느냐는 것이었다. 필요한 것은 해명이 아니라 자아비판이었다.

"제가 몸이 좀 안 좋아서 실습에서 어려움이 있었습니다."

그리고 침묵.

"내용은 우리 모두 알고 있네. 이제 인턴이 되면 학생일 때랑은 달라. 인턴은 월급을 받고 병원에서 근무하는 사람이야. 당신이 일을 제대로 할 수 없으면 우리는 채용을 할 이유가 없어. 그리고 병원이라는 데가 어디 편하게 일하는 덴가. 하루에도 몇 명씩 죽고 살고 하는 데야. 그건 자네도 알 거 아닌가."

나는 고개를 들 수 없었다. 또다시 침묵. 면접관 하나가 분위기를 전환하기 위해 상투적인 질문을 던졌다.

"학생은 나중에 무엇을 전공하고 싶나?"

"저는 아무래도 액티비티activity, 활동성가 떨어지기 때문에 바이탈 vital을 잡지 않는 과에서 전공을 선택해야 할 것 같습니다. 지금으로 서는 지원 파트나 정신과 쪽이 어떨까 생각하고 있습니다."

바이탈 사인vital sign이란 활력 징후, 한 생명체가 살아 있는 것을 보여주는 사인을 말한다. 혈압, 맥박, 체온, 호흡을 보통 바이탈 사인 이라고 하며, 바이탈을 잡는 과란 보통 환자의 바이탈 사인이 수시로 흔들리는 중환자들이 있는 과를 뜻한다. 방사선과나 병리과와 같은 경 우에는 직접 환자를 상대하지 않고 타과 의사들의 진료에 도움을 주 는 해석을 하는 것이 주 임무이기 때문에 지원支援 파트라고 하며, 바 이탈을 잡는 과에 비하여 응급상황이 훨씬 적다. 나는 응급상황 대처 능력이 남들과 같을 수 없다는 것은 알고 있었다.

내 답변에 교수들은 고개를 끄덕였다. 여태까지 침묵을 지키고 있 던 면접관 한 명이 마지막으로 입을 열었다.

"나는 학생이 어떻게 실습을 돌았는지는 잘 모르네. 지금 내가 아 는 것은 단 하나, 자네가 나와 눈을 맞추지 못한다는 사실이네. 의사 는 환자를 상대해야 하는 사람이야. 아이컨택이 안 되는 의사를 어떻 게 믿을 수 있나. 내가 보기에 자네는 정신의 문제부터 극복한 뒤 의 사 생활을 해야 할 것 같네."

저 말은 불합격이라는 것일까. 유사 이래 본교 출신이 본원 인턴 모집에 떨어진 사례가 없다고 하는데 내가 그렇게 되지는 않겠지. 그렇다면 저 말은 후배 의사에게 해주는 충고일까. 면접장에서 정신의 문제까지 언급되자 비참한 기분이 들어 이곳에서 빨리 벗어나고 싶은 마음뿐이었다.

끝날 것 같지 않던 인턴 면접이 끝나고, 나는 면접장에서 나왔다. 면접장 밖에는 면접을 마친 여자 동기들이 삼삼오오 모여 있었다. 학교와 병원에서는 몰랐는데 정장을 하고 화장을 한 여자 동기들의 모습은 어색하기도 했지만, 사뭇 화사한 구석도 있었다. 이제 의사로서 사회에 첫발을 딛게 되는 설렘 때문이었을까. 면접장에서 나온 나는 그 티 없는 밝음에 질식할 것 같았다. 합격일까, 불합격일까 하는 것은 판단할 수 없었다. 그저 내가 눈을 맞출 수 있는 곳으로 나오고 싶었다. 면접장을 나오자 햇빛이 더없이 밝게 어깨 위로 쏟아지고 있었다.

며칠 뒤 전무후무한 결과가 나왔다. '본교 출신 본원 인턴 모집 불합격.' 처음엔 당황했지만 이내 화를 주체할 수 없었다. 내가 원해서 아프게 된 것도 아닌데, 왜 이런 일을 겪어야 하는가 하는 생각이 머리를 떠나지 않았다.

의대 시절, 정신과 공부를 할 때 죽음 수용의 다섯 단계를 배운 적이 있다. 우리는 다섯 단계의 첫 글자를 따서 DABDA로 외웠다. 죽음을 앞두면 사람의 마음이 답답해진다DABDA고 정리해서 외우곤 했다.

맨 앞의 D는 디나이얼denial, 부인. 시한부 인생을 선고받으면 사람은 우선 그 사실을 받아들이지 못하고 부인부터 한다고 한다. 그다음 A는 앵거anger, 분노. 왜 자신이 그런 일을 겪어야 하는지 화를 내게 된다고 한다. 왜 내가, 다른 사람이 아닌 내가 무슨 잘못을 했다고 나만 이런 일을… 같은 감정이 이 기간에 폭풍처럼 밀려온다. 바게닝 bargaining, 협상은 협상 과정이다. 이때 협상은 주로 운명의 신들과 한다. '하느님, 저에게 일 년만 더 살 수 있는 시간을 주신다면 기도도 열심히 하고 가족에게 좋은 사람이 되겠습니다' 와 같은 맹세를 이때 한다. 협상을 했는데도 병세가 악화되면 결국 우울감, 디프레션 depression에 이른다고 한다. 식욕도 떨어지고, 잠도 오지 않고, 왜 사나 하는 마음이 들면서 인생 전반에 회의가 생긴다고 한다. 이 우울의 늪을 지나고 나서야 비로소 자신의 병과 운명을 있는 그대로 받아들이는 수용acceptance에 이른다고 한다.

물론 다섯 단계를 다 거치고 나서 죽음을 받아들이는 사람도 있을 것이고, '내가 왜 이런 병에 걸려야 하지' 하면서 화를 내다가 죽음을 맞는 사람도 있을 것이다. 그리고 6개월 만에 다섯 단계가 완료되는 사람이 있는가 하면 20년이 걸려도 3, 4단계에 머물러 있는 사람도 있을 것이다. 만성적으로 질병을 앓고 있는 사람에게서 갑자기 암 선고를 받은 사람보다 이 과정은 더 느리게 진행된다. 내 경우도 그랬다.

다리를 다친 사고 이후 몸이 바뀌게 되었다는 사실을 나도 처음에는 부정했다. 하지만 시간이 흐를수록 통증은 현실이 되었다. 목발을 떼고 몇 달 뒤에 지하철을 탔다. 사고 이전까지 지하철은 가장 익숙한 대중 교통수단이었기 때문에 다른 교통수단을 이용해야 한다는 생각을 하지 못했다. 얼마 안 가서 자리가 나지 않자 밀려오는 통증을 참을 수 없었다. 그 뒤 지하철은 나의 '할 수 없는 일들 리스트'에 추가되었다. 그렇게 하나씩 하나씩 '할 수 없는 일들 리스트'가 늘어났다. 나는 친구들과 엠티를 갈 수 없었다. 만약 엠티 장소가 외진 곳에 있다면? 버스에서 내려서 엠티 장소까지 걸어가야 했다. 그렇다고 나 때문에 차를 세울 수 있는 곳으로 엠티를 가자고 할 수도 없는 노릇이었다. 엠티 가는 것, 그렇게 또 하나가 할 수 없는 일들 리스트에 추가되었다. 금요일 밤 강남에서 친구들과 술을 마시는 것도 자제해야 하는 일이 되었다. 이유는 간단했다. 금요일 밤 강남에서는 택시 잡기가 하늘의 별 따기와 같다. 콜택시가 지금처럼 보편화되지 않은 때에 택시를 탄다는 것은 택시를 기다리는 것까지 포함하는 일이다. 서서 기다리는 일도 내게는 할 수 없는 일이었다.

리스트는 점점 늘어났고 나는 이제 몸 상태에 대해서 부정할 수 없었다. 그렇다고 내 상황에 대해 화가 나서 견딜 수 없는 정도까지는 아니었다. 어쨌든 보기에는 아무 문제가 없었고, 남들보다 활동 반경이 줄어들기는 했어도 생활하는 데는 크게 지장이 없었다. 그러나 인턴 시험에 떨어지고 나니 화가 났다. 2단계 돌입이었다. 모교 인턴 선발에 떨어지니 이제 어떤 길도 보이지 않는 것 같았다. 나는 하늘과 협상을 시도했다. 한 번만 기회를 준다면 어떤 식으로든 해보겠다고. 협상은 성공이었다. 나는 후기 인턴 모집에 지원했고 합격통지서를 받았다.

그러나 앞으로의 일은 여전히 막막했다. 나는 합격통지서 옆에 놓인 소견서를 보았다. '양쪽 박리성 골연골염, 오른쪽은 연골조직의 괴사로 주변 조직 염증 소견까지 있음. 보존적 치료로 병의 진행을 막는 것이 현재로서는 최선임.' 소견서는 내 인턴 생활이 녹록지 않을 것이라고 말하고 있었다. '딸깍딸깍', 발목을 움직일 때마다 다리에서는 뼈의 파편이 부딪치는 소리가 났다. 나는 다리를 다시 한 번보았다. 근육이 거의 없는 다리가 무능하게 보였다. 이런 몸으로 과연 내가 병원 인턴 생활을 할 수 있을까. 다시 한 번 벽 앞에 섰다.

part **3**

아픈 발목이
인생의 발목을 잡았다

언제나 발목을 잡은 것은 아픈 발목

언제나 결정적인 순간에는 아픈 발목이 인생의 발목을 잡았다. 인생에서 처음 입사 시험을 본 중앙일보에서도 문제가 된 것은 발목이었다. 서울대학교 불문과를 졸업하고 진로를 고민하던 시절, 나는 몸은 불편했지만 세상에 대한 호기심이 많았다. 과 동기들은 대부분 안정적인 고시 준비에 몰두했으나 나는 더 넓은 세상을 알고 싶었다. 오래 걷지 못한다는 것을 고려하지 않았던 내가 무모했던 것일까, 아니면 용감했던 것일까. 이유야 어떻든 졸업을 앞두고 그저 막연히 더 넓은 세상을 알고 싶다는 생각만으로 시간을 보내고 있었고 고시 준비를 하기에는 너무 혈기왕성했다.

그러던 어느 날, 우연히 중앙일보의 기자 모집 광고를 보았다. 당시 언론사는 들어가고 싶어하는 사람은 많고 채용하는 인원은 적어서 입사하기가 쉽지 않았다. 그러다 보니 언론사 입사 시험은 언론고시라고 불렸다. 그리고 이 언론고시의 핵에는 상식 시험이 있었다. 상식 시험은 말 그대로 갖가지 상식을 가늠해보는 시험이었다. 최근 정권이 바뀐 나라의 당수를 묻는 질문이 있는가 하면, 유행하는 아이돌 그룹의 멤버 수가 몇 명인지 묻는 질문도 있었다. 상식 시험은 그 범위가 무한하다는 면에서 어떻게 보면 고시를 준비하는 것보다도 더 막막한 구석이 있었다. 상식 시험 준비를 하지 않은 나로서는 당연히 언론사 입사는 생각할 수도 없는 상황이었다.

그러던 어느 날 우연히 중앙일보의 입사 광고를 보았다. 당시 지면을 전면적으로 바꾸고 있던 중앙일보는 입사 시험도 이전까지와는 다른 파격적인 방식으로 치렀다. 이전의 상식 시험이 구태의연한 암기 시험이라는 평가를 내리고 유능한 기자를 뽑는 잣대가 되지 못한다는 결론을 내렸다. 성적증명서와 기사 작성, 이 두 가지가 중앙일보 시험의 전부였다. 언론사 시험 준비를 따로 하지 않았고 특별히 무엇을 해야 할지도 모르면서 막연히 넓은 세상을 경험하고 싶다는 생각만 하던 내게 이 이상의 기회는 없었다. 나는 바로 이력서를 만들고 중앙일보에 응시 원서를 냈다. 시험 준비를 어떤 식으로 해야 할까 고민하다가 동아일보 기자로 있던 대인 선배가 떠올랐다.

대인 선배와의 인연은 4년 전으로 돌아간다. 고등학교 3학년 때 사고를 당한 나는 한 달간 학교에 다니지 못했다. 당연히 성적은 곤두박질쳤다. 그래도 대학 입시를 안 볼 수는 없었다. 이과였던 내게 집에서는 의대에 가라고 했지만 나는 의대는 가기 싫다고 버티고 있었다. 내가 아는 한 의사는 항상 바쁘고 피곤한 사람들이었고 주변 사람들에게 관심을 가질 수 없는 사람이었다. 의사보다는 마음의 여유가 있는 직업을 갖고 싶었다.

이런 생각을 하는 내게 의사가 얼마나 안정적이고 의미 있는 직업인가 하는 말은 설득력이 없었다. 게다가 성적도 점점 떨어져 의대를 가려면 커트라인이 낮은 대학에 가야 하는 상황이 되었다. 어쨌든 나는 특수고등학교에 다니고 있었다. 그리고 그 시절은, 지금도 그렇지만, 서울대학교 간 학생 수로 그 학교의 명문 여부를 규정하는 사고방식이 지배하던 때였다. 나는 그런 사고방식을 질식할 것처럼 못 견뎌했지만, 막상 내 문제로 다가오니까 그것에서 자유로워지지 못하는 이중적인 모습을 보였다. 떨어지는 성적에 의대는 가기 싫다는 반항심 그리고 무엇보다 기브스를 하고 있던 양쪽 다리가 합작품이 되어 나는 연세대학교 의생활학과에 지원하게 되었다. 휠체어를 타고 입시를 치르던 내 모습은 의도하지 않게 인간 승리의 면모를 띠게 되었다.

연세대학교에 입학하자 과 동기들은 나를 휠체어 타고 시험 보던 애로 규정지었다. 입학 당시에는 휠체어를 타지 않았지만 양 손에는 목발이 있었고, 캠퍼스의 설레는 낭만을 느낄 여유가 없었다. 나는 목발을 짚고 버스와 택시를 타고 통학하며 한 학기를 보냈다. 한 학기 동안 수업시간에는 일반생물, 일반화학 같은 과목을 들었고, 수업이 없을 때는 학생회관에서 혼자 우두커니 시간을 보냈다. '목발을 짚고 다니던 조용한 이방인.' 이것이 당시 내 모습이었다.

그날도 우두커니 시간을 보내고 있는데 누군가가 다가왔다. '사는 게 힘들어 보이는데 같이 종교 활동을 하지 않겠냐, 나는 이 학교의 치대생이다' 라고 자기소개를 했다. 평상시 같았으면 별로 달갑지 않았겠지만 이방인의 삶에 지쳐가고 있었던 것일까, 나는 누군가와 대화한다는 것이 기뻤다. 치대 선배는 종교 활동을 하는 사람 특유의 친절함이 몸에 배어 있었다. 처음에는 그것이 부담스러웠으나 학교 선배라는 사실이 경계를 풀게 했다. 이런저런 이야기를 한 시간 정도 했을까, 치대 선배는 자신의 룸메이트와도 친구가 되어보겠냐고 제안했다. 나는 치대 선배의 룸메이트와도 친구가 되었고 우리는 말이 꽤 잘 통하는 선후배가 되었다. 우연히 만난 치대 선배의 룸메이트인 대인 선배는 내게 대학 신입생의 낭만을 처음 알게 해준 사람이었다.

대인 선배는 학창 시절부터 준비된 기자였다. 정치외교학을 전공하던 대인 선배는 일단 박학다식했다. 전공인 정치사회 분야는 말할 것도 없고, 인문학적으로도 해박한 지식을 자랑했다. 매사에 진지했고 사회 문제에 관심도 많았지만 한편으로는 문학청년이기도 했다. 대인 선배는 멋모르던 신입생인 내게 기형도의 『입 속의 검은 잎』이라는 시집을 선물했다. 그리고 기형도의 인생에 대해 덧붙이면서, 자신은 기형도가 현실과 동떨어진 문학을 하지 않아서 더 호감이 간다는 말을 했다. 나는 대인 선배 덕분에 내가 보고 싶었던 넓은 세상을 조금씩 볼 수 있었다.

그러나 대인 선배와의 인연은 1학기로 끝났다. 여름이 되어도 나는 목발을 뗄 수 없었다. 불편한 몸으로 원하지 않는 공부를 하자니 그저 쉬고 싶다는 생각만 들었다. 그러다가 대인 선배는 카투사에 입대하고 나는 휴학하면서 대인 선배와 연락이 끊어지게 되었다.

그 뒤 대인 선배를 다시 보게 된 것은 지면에서였다. 나는 휴학한 뒤 재수를 택했고 문과로 진로를 바꿔 서울대학교 불문과에 입학했다. 내가 불문과에 다니는 동안, 선배는 국방의 의무를 마치고 복학했다가 기자가 되었다. 대학 3학년 때였을까? 어느 날 동아일보 1면 기사에서 선배 이름을 보았다. '본지 기자, 몸으로 겪은 서울역 노숙자 생활 일주일.' 기사 옆에는 조그맣게 선배의 얼굴 사진이 실려 있었다. 그 기사를 보자 선배를 다시 만난 듯 반가웠다. 하지만 선배에게 다시 연락하려니 쑥스러워서 엄두가 나지 않았다. 그래도 졸업반이 되자 마음이 다급해졌다. 나는 4년 만에 선배에게 연락을 했다.

"선배, 저 류미예요. 오랜만이죠. 선배 기사는 종종 봤어요."

"야, 너 정말 오랜만이네. 학교 바뀌고 처음 연락하는구나. 그런데 웬일로?"

사회부 기자로 물이 오른 선배는 둘러가지 않았다. 나 역시 구구절절 사정을 설명할 필요가 없다는 것을 직감했다. 선배는 다른 두 군데 언론사에도 합격한 흔치 않은 기록을 가지고 있었다. 언론사에 입사하기도 어려운데, 언론사를 골라서 입사한다니 분명 쉽지 않은 일이었다. 선배는 몇몇 언론사 가운데 동아일보를 선택했다. 동아일보에 입사해서도 승승장구. 당연했다. 학창 시절부터 인문·사회·정치 전 분야에 관심이 많고 박식했던 선배에게 사회부 기자로 일한다는 것은 날개를 달아주는 일이었다. 선배는 신문사에 입사한 뒤 한층 더 적극적으로 사회 문제를 취재해 기사를 썼고, '타고난 사회부 기자'라는 평가가 아깝지 않은 사람이 되었다.

"선배, 저도 밥 먹고 살아야죠. 기자 시험 한번 쳐볼까 하는데 어떨까요?"

"너도 기자하게? 기자질이 힘들어도 재미는 있지. 그런데 상식 공부는 좀 했어?"

"아뇨. 그냥 요즘 중앙일보가 상식 없이 작문만으로 시험 본다고 하더라고요. 거기 쳐보려고요."

"그러니까 상식 공부는 따로 안 한 거네. 그럼 다른 신문사나 방송국은 힘들겠고. 가만 있자, 중앙일보라. 그쪽에서 좋아하는 스타일의 답변이 있지. 입장을 바꿔서 생각해봐. 중앙일보는 지금 지면을 대대적으로 바꾸고 있지. 입사 시험도 이전까지와는 전혀 다른 방식으로 치르겠다고 하고 있어. 말하자면 실험을 하고 있는 거지. 그렇다면 중앙일보에서는 쉽게 말하면 학점이 좋은 서울대 법대생보다는 교내 밴드에서 보컬을 하는 서울대 법대생을 찾고 싶은 거야. 물론 내가 있는 동아일보에서도 그랬어. 어떻게 보면 중앙일보만이 그런 게 아니더라고. 기본적으로 신문사에서는 발상의 반전을 보여줄 수 있는 영리한 인재를 선호하는 것 같아."

나는 선배의 유려한 언변에 고개만 끄덕일 뿐이었다. 선배는 후배에게 자신의 노하우를 줄 수 있는 한 모두 주고 싶어했다.

"내가 한 신문에서 작문 시험을 칠 때 전쟁에 대해 쓰라는 주제가 주어졌어. 어떻게 쓸까 생각하다가 시점을 바꿔서 생각하기로 했지. 나는 전쟁이 벌어지는 곳에 살고 있는 열 살 소녀의 편지 형식을 빌려서 기사를 썼어. 전쟁의 참상을 보여주면서 가장 현장감 있게 그곳 현실을 보여줄 수 있는 방식이었으니까. 그런데 몸은 괜찮아? 기자 일을 하려면 육체적으로 로딩이 무척 많은데."

선배가 내 몸 상태를 기억하고 있다는 사실이 고마웠다. 그렇지만 시험을 앞두고 조언을 구하는 처지에서 내 몸의 불편함을 말하는 것은 아무 도움이 되지 않았다.

"많이 좋아졌어요. 고마워요. 아무튼 앞으로도 선배 기사 항상 읽고 응원할게요."

"그래. 몸이 좀 불편해도 신문사 들어오면 또 네 몸에 맞는 일자리가 있을 거야. 사실 나도 나중에는 문화부, 경제부 일도 해보고 싶어. 출판 담당 기자 같은 것도 멋있잖아. 그런데 우리 데스크가 언제 나를 풀어줄지 모르겠네. 전화 들어온다. 다음에 또 연락하자."

이후 문화부 일까지도 해보고 싶다던 선배는 연성의 사회부 기사로 다시 한 번 특종을 터뜨렸다. 네 손가락의 피아니스트 이야기가 선배의 작품이었다. 나는 그 뒤 선배를 직접 본 적은 없지만 꾸준히 지면에서, 방송에서 볼 수 있었다. 기자 일을 그만둔 뒤 부동산 거품에 관해 발언하기도 하고 우리나라 조세 구조에 비판을 가하면서 선배는 논객으로 이름을 날렸다. 나는 기자 시험을 앞두고 가장 좋은 조언을 해줄 수 있는 사람에게 조언을 받은 셈이었다.

중앙일보와 등산, 인생의 첫 탈락

중앙일보의 작문 시험 날이 다가왔다. 주제는 김정일과의 가상 면담. 나는 다행히 첫 관문을 통과했다. 이후 1차 합격자들에게는 현장 취재와 기사 작성이 시험문제로 주어졌다. 소재는 '대학로.' 1월의 주중 대학로는 한산했다. 무슨 내용을 기사화해야 할까? 그때 나는 대인 선배가 충고해준 '발상의 전환'이라는 단어가 떠올랐다.

그렇다면 '겨울의 아이스크림'은 어떨까. 손을 호주머니에서 꺼내기도 힘들 만큼 추운 겨울날, 아이스크림을 먹는 사람들은 어떤 청개구리 심보를 가졌을까. 몇몇 사람을 만나보니 이유가 생각보다 다양했다. 여자친구와 내기를 해서 먹는 젊은 커플도 있었고, 입덧하는 아내를 위해 아이스크림을 같이 먹는 남편도 있었다. 진정한 아이스크림 마니아도 있었다. 그는 신제품이 출시되었는데 궁금해서 안 먹어볼 수 없다는 깔끔한 답변으로 내 질문을 무색하게 만들었다. 팥을 좋아해서 여름에는 빙수를 먹는데 겨울에는 팥아이스크림을 먹는다는 알쏭달쏭한 말을 하는 어르신도 계셨다. 이유야 어찌됐던 그들은 즐거워 보였다. 덩달아 내 기사도 즐거운 기사가 되었다. 나는 사회인의 길에 가까이 가고 있다는 사실에 설레었고 재미있는 글을 쓴 것 같아서 기뻤다.

기사를 제출하고 다음 날 나는 현장 취재 기사에서도 합격점을 받았다. 최종 서른 명 안에 내 이름이 올라가 있었다. 일이 이렇게 진행되니까 아무 준비도 없이 시험을 쳤던 처음과는 달리 최종 합격에 대한 욕심이 생겼다. 다리가 아픈 것이 다소 걱정되었지만, 시험을 치고 일단 붙기만 하면 어떻게든 되겠지 하는 마음이 들었다. 하지만 중앙일보는 그렇게 호락호락한 곳이 아니었다. 상식 시험을 없애고 작문 시험만 보겠다는 중앙일보의 파격은 최종 시험에서 더 빛을 발했다.

이전의 언론사 시험은 대부분 상식, 작문, 면접으로 구성되어 있었다. 중앙일보는 상식 시험을 없앴고, 작문 시험에도 현장 취재 작문을 도입했다. 면접이라고 의자에 임원이 쭉 앉아서 '당신은 왜 이 일을 하려고 합니까' 같은 썰렁한 질문을 하는 방식을 택할 리 없었다. 중앙일보도 물론 임원 최종 면접을 보았다. 그러나 최종 면접 전에 하나의 관문을 더 통과해야 했다. 최종 시험에 오른 사람들은 1박 2일 동안 콘도에 머무르면서 여러 종류의 다양한 시험을 거쳐야 했다.

중앙일보 사옥 앞 버스 안, 경쟁자이면서 동기이기도 한 우리는 서로 어색한 인사를 주고받았다. 이런 어색함도 잠시, 숙소에 도착하자 바로 프로그램이 주어졌다. 프로그램 첫날 논리 대결을 벌여야 했다. 변호사 취재, 자기 홍보 등이 과제로 주어졌다. 내가 속한 2조에서는 뇌사를 옹호하는 주장을 펼치면서 뇌사를 반대하는 1조와 논리 대결을 펼쳐야 했다. 이어 '변호사를 취재하라'에서는 각자 취재력을 겨루어보는 시간. 이름난 노동변호사가 예비 기자 다섯 명 앞에 앉아 있었다. 나는 나이도 지긋해 보이고 산전수전 다 겪은 변호사의 모습에 약간 주눅이 들었다. 그러나 될성부른 나무는 떡잎부터 알아본다고 했던가. 나와 함께 들어간 다섯 명 가운데 한 여학생은 처음부터 오히려 변호사에게 더 당당한 모습을 보였다.

"김 변호사, 주 5일 근무제가 반드시 노동자에게 유리하다고 말할 수 있나요?"

나중에 알게 된 사실이지만 기자는 어떤 경우에도 호칭에 '님'을 붙이는 것을 금기시한다. 대통령이나 동네 거지나 기자에게는 다 같은 취재원일 따름이다. 객관적으로 취재해서 자신의 시각으로 재구성하는 것이 기자가 할 일이지, 어떤 경우에도 취재원에게 저자세로 나가거나 무시해서는 안 된다. 그래도 이제 대학을 갓 졸업한 풋내기들이 일면식도 없는 아버지뻘 되는 사람에게 '김 변호사'라고 호칭하는 것은 쉬운 일이 아니다. 어떻게 보면 역설적으로 그 여학생은 그 한 장면만으로 기자 자질이 있다는 것을 보여준 셈이다.

자기 홍보 시간을 거쳐서 저녁 시간이 되었다. 시험 첫날 저녁 자리에는 예비 신문기자뿐 아니라 평기자, 심지어 데스크들까지 참여했다. 신문사에서는 대부분 취재와 기사 작성은 평기자들이 맡고, 평기자 생활을 10년 이상 한 사람들은 차장이나 부장급, 즉 데스크가된다. 나 역시 실제로 취재 현장을 누비던 기자 선배들을 보니까 가볍게 흥분되었다. 이때 옆에 있던 한 데스크가 말을 걸어왔다.

"류미 씨. 2차 시험까지는 성적이 좋던데. 글도 재미있게 잘 쓰고. 그런데 사회의식이 조금 약한 것 같아. 내일 분발해서 좋은 성적 거두기 바라네."

화기애애한 저녁 식사 분위기에 취해서 나는 지금 내가 시험을 치르고 있다는 사실도 잠시 잊고 있었다. 데스크의 충고는 내게 현실을 일깨워주었다. 내일 마지막 과제는 등산이었다. 가장 험난한 과정이 될 것이 틀림없었다. 어떻게 해야 이 마지막 관문을 넘을 수 있을까. 컨디션을 최상으로 만들어야 하는 그날 나는 잠을 이루지 못했다.

다음 날, 오전 기사 작성 시험이 끝나고 오후 등산 시간이 되었다. 참가자들은 여태까지의 시험과는 다르게 홀가분한 모습이었다. 나 역시 밖으로는 초조한 기색을 보일 수 없었다. 그리고 등산 시작. 30분이 지나자 나는 도저히 산을 오를 수 없는 상태가 되었다. 순간 어떤 식으로든 핑계를 만들어야 하지 않을까 하는 생각이 들었다. 여기까지 왔는데 이 일로 탈락권으로 떨어지고 싶지 않았다. '갑자기 생리를 하게 되었다고 말할까? 쥐가 났다고 할까? 그냥 갑자기 쓰러질까?' 하지만 그날은 아무 말도 할 수 없었다. 하산한 뒤에는 별도의 시험 없이 그대로 해산하게 되어 있었다. 다음 날에는 임원 면접이 있었다.

임원 면접에서 예상대로 질문은 등산을 하지 못한 것에 집중되었다. 면접 전날 생각해두었던 핑계는 면접 당일에는 하나도 말할 수 없었다. 그런 말을 한다는 것 자체가 구차하다고 생각되었기 때문이다. 나는 몸이 좋지 않아서 등산을 할 수 없었다고 간단하게 답변했다.

"2차 작문 때까지만 해도 관심 있게 봤는데 1박 2일 오디션을 거치면서 류미 씨는 기자 일을 하기에는 조금 힘이 부치지 않을까 하는 생각이 들었어요. 우리의 우려를 지워줄 수 있게 답변을 해보시겠어요?"

나는 그저 열심히 해보겠다, 몸이 불편한 만큼 남들보다 먼저 준비하고 기획하는 취재를 하겠다는 답변밖에 할 수 없었다. 불편한 다리가 엄연한 실체였던 데 반해 열심히 하겠다는 의욕은 실체가 없었다. 마음은 모호했고, 육체는 명료했다. 그리고 사회는 명료함을 선호했다. 첫 번째 직장 도전기는 이렇게 끝이 났다.

1박 2일 오디션으로 고배를 마셔야 했지만 그 오디션 덕분에 새로운 사람들을 알게 되었다. 이후 중앙일보의 최종심에 올랐지만 떨어진 사람들 몇몇에게서 연락을 받았다.

오디션 장소로 가는 버스에서 우리는 라이벌이었다. 최종 합격자가 발표되고 나서, 최종 합격자에 들지 못한 우리는 라이벌이라는 호칭을 떼고 만날 수 있었다. 우리는 이제 동기가 되었다. 언론사 입시 준비 동기. 우리들 사이에는 정체를 알 수 없는 연대감 같은 것이 형성되어 있었다.

"류미 씨, 요즘 뭐 해요?"

한문을 전공한 윤재는 비틀스 알기 경연대회 2등 수상이라는 특이

한 이력의 소유자였다. 르네상스적 인간이 꿈이라는 발언으로 꿈을 묻는 심사위원들의 시선을 끌었으며, 사회부 기자보다는 문화부 기자가 어울리는 타입이었다.

"그럼 우리랑 같이 공부할래요. 그때 안 된 사람들끼리 상식 스터디도 하고 작문도 해보기로 했거든요."

이름은 중퇴자 모임. '중앙일보에서 퇴출된 사람들의 모임'이라는 다소 자조적인 이름을 가진 모임에 합류하게 되었다. 그것은 행운이었다. 왜냐하면 나를 제외한 중퇴자들 모두 언론사 시험 준비에는 일가견이 있는 사람들이었기 때문이다. 그중에는 방송국 최종 시험에서 두 번 떨어진 사람도 있었다. 다른 신문사 최종 면접장에서 서로 만났던 사람들도 있었다. 이름은 중퇴자 모임이었지만 언론사 준비 프로들의 모임이었다.

우리는 일주일에 한 번씩 대학로의 학림에서 만났다. 첫 만남, 멤버 가운데 한 명이 농담을 던졌다.

"왜 하필 대학로야. 안 좋은 추억이 있는데."

우리는 모두 같은 생각을 하고 있었다. 불과 한 달 전만 해도 우리는 중앙일보 기자의 꿈을 안고 대학로를 취재했다. 그리고 이제 우리는 다른 이유로 대학로에 모였다. 언론사를 응시하는 사람들이라서 그런지 중퇴자 멤버 모두 소식이 빨랐다. 학림 다방 스터디 첫날, 합격한 열 명 중 누구는 지금 사회부 어떤 경찰서를 돌고 있다는 둥, 누구는 처음부터 편집부로 발령되었다는 둥의 이야기를 교환했다. 기분이 조금 이상했다.

이런 기분도 잠시, 스터디 살림꾼을 자처한 미성이 상황을 정리했다. 미성이 우리에게 보여준 것은 앞으로 있을 언론사 시험 일정이었다. 모두 가방에서 신문과 〈월간시사〉라는 잡지를 꺼냈다. 상식 공부를 해본 적이 없던 나는 그 잡지가 생소했다. 내가 그 잡지를 모르자 모두 의아해하는 표정이 역력했다. 어떻게 언론사 시험 준비를 하면서 그 잡지를 모를 수 있냐는 표정이었다.

나는 멤버들의 도움으로 시사 공부를 하기 시작했다. 신문을 읽고, 스크랩을 하고, 하나의 논술 주제로 글을 써보는 시간을 가졌다. '선수'들과 어울려 공부하면서 상식 시험에 자신감이 조금씩 생겼다.

그리고 두 달 뒤 경향신문사 편집기자직에 합격했다. 신입생이던 나의 낭보 덕에 중퇴자 모임은 이후 줄줄이 합격 소식을 전해왔다. 비틀스 대회 2등 출신 르네상스인은 한국일보에 입사했다. 그 뒤 장기를 살려 문화면 책 담당 기자로 주로 활동했다. 방송국 최종 시험에서 떨어졌던 미성이 그해 KBS 방송국 기자로 입사했다. 스터디하면서 미성은 우리에게 "KBS뉴스, 정미성입니다"라고 말하는 것이 꿈이라는 말을 종종 했다. 나는 그해 겨울 텔레비전 화면에서 'KBS뉴스, 정미성입니다'라고 말하는 미성이를 볼 수 있었다. 결국 기쁘게도, 중퇴자 모임은 반년도 되지 않아서 와해지경에 이르렀다. 모두 언론사에 입사했기 때문이다.

나는 상식 시험을 준비하지 못해서 중앙일보에 응시했다. 그리고 합격을 목전에 두고 아픈 발목 때문에 1박 2일의 오디션을 포기해야 했다. 그런데 역설적이게도 그 오디션 덕분에 중퇴자 모임의 멤버가 되었고, 중퇴자 모임 덕분에 경향신문 편집기자직에 합격하게 되었다. 인생은 아이러니 그 자체인지도 모른다는 생각이 들었다.

그러나 그것은 첫 번째 사소한 아이러니에 불과했다. 이후에도 인생은 끝났다고 생각되는 순간 작은 빛을 보여주었다. 그리고 행복의 끝에 도달했다고 생각하는 순간 어김없이 불행의 씨앗을 슬며시 보여주었다. 행운과 불행이 선창과 후창을 번갈아하면서 하모니를 내고 있다는 것은, 항상 그 둘이 오고 난 뒤에야 알 수 있었다. 어떻게 보면 이것이야말로 인생의 가장 큰 아이러니였다.

두 번째, 세 번째 아이러니 그리고 의대 입학

경향신문 기자 일은 육체적으로 힘든 것은 아니었다. 편집기자의 일은 취재기자가 작성한 기사를 지면에 배치하는 것이었다. 레이아

웃을 짜고, 제목을 뽑고, 기사 가치에 따라서 기사를 지면에 배분하고 때로는 자르기도 하는 것이 편집기자가 하는 일이었다. 3년간의 경향신문 기자 생활은 내게 두 가지를 안겨주었다. 직장 생활 경험과 친구 태율이. 친구 태율이는 그 뒤 내가 레지던트가 되기까지 물심양면으로 도와주었다.

몸은 불편하지만 내부에는 활달한 에너지가 많은 내게 편집기자 일은 무난하지만 오래 할 수 있는 일은 아니었다. 또 아무래도 몸이 불편하니까 조직 생활에서도 소극적으로 되는 경향이 있었다. 3년 정도 신문사 생활을 한 뒤 혼자 할 수 있는 일을 해야겠다고 생각했다. 혼자 할 수 있는 일을 생각하니까 아무래도 자격증을 따면 오래도록 유리하겠다는 결론에 도달했다. 그때서야 재수하면서 잠시 품었던 생각, 정신과 의사를 하면 어떨까 하는 생각이 다시 들기 시작했다. 한번 그런 쪽으로 생각이 기울자 일이 손에 잡히지 않았다. 사표를 내고 수능시험을 준비했다. 그때가 5월이었다. 고등학교 때 이과였다가 재수한 뒤 문과, 이제 다시 이과 시험 준비를 해야 했다. 마음이 바빠졌다.

6개월은 시험을 준비하기에는 충분하지 않았다. 특히 이과 수학은 학교 다닐 때보다 더 생소했다. 한림대학교에 응시했고, 당연히 떨어졌다. 이때까지만 해도 낙방은 내게 친숙한 단어가 아니었다. 중앙일보 시험에 떨어진 적이 있지만 그것은 신체적 약점이 결정적 이유였다. 몸을 다친 고등학교 3학년 때도 시험에는 어쨌든 합격했다. 시험 준비 기간이 충분하지 않았다는 것을 알았지만 시험에 떨어졌다는 사실을 인정하기가 쉽지 않았다. 나보다 태율이가 불합격을 더 마음 아파했다.

태율이는 내가 경향신문사에 입사한 뒤 아르바이트생으로 들어왔다. 작은 키에 다부져 보이는 태율이는 상황 판단이 빠르고 바지런해서 신문사에서 사람들의 귀여움을 받았다. 편집기자 생활을 하던 내게 태율이는 매일 아침 요구르트를 책상에 갖다놓곤 했다. 무심한 편인 나는 왜 이 요구르트가 내 책상에 있는지 생각해본 적도 없었다. 그러던 어느 날, 동기 한 명이 다가와서 말했다.

"류미 씨는 좋겠네. 아침마다 요구르트 챙겨주는 사람도 있고."

내 책상 뒷자리는 아르바이트생들이 신문을 정리하는 자리였다. 고개를 돌리고 태율이를 보았다. 태율이는 내가 자신을 보는지도 모르고 신문 정리에 여념이 없었다. 나는 태율이를 불러 아무 말도 하지 않고 '고맙다'고 했다. 그러자 태율이가 말했다.

"아침에 보면, 장이 안 좋아 보이셨어요."

조금 민망했다. 아침마다 얼굴이 얼마나 부스스해 보였으면 요구르트를 다 챙겨줬을까. 그때는 나도 어리고 태율이도 어렸다. 마음을 에둘러 표현하는 말 같은 것은 배우지 못한 때였다. 나는 태율이가 고마웠다.

요구르트가 인연이 되어서 이후 태율이는 경향신문에서 가장 많은 것을 말할 수 있는 사람이 되었다. 회사를 그만둔 뒤에도 태율이와 연락을 주고받았다. 인연이 길어서였을까. 내가 의대 시험을 준비할 때 태율이도 대학 시험을 준비했다. 미술에 재주가 있었던 태율이는 미대 입시를 준비했다. 둘 다 늦은 시작이었다. 우리는 함께 도서관에서 공부하면서 서로 격려했다. 요리에도 솜씨가 있던 태율이는 '그래도 누나보다는 내가 낫지' 하면서 도시락을 싸왔다.

어쩌면 태율이는 나보다 더 내가 새로운 인생을 살기를 바랐는지도 모른다. 그런 태율이에게 의대 시험 낙방이라니 면목이 없었다. 설상가상으로 태율이도 미대 입시에서 떨어졌다. 6개월간의 고3 시절이 부질없는 꿈처럼 느껴졌다. 어떻게 해야 할지 알 수 없는 날들이 흘러갔다.

다른 방법이 없을까 궁리하면서 보내던 어느 날 인터넷에서 의대 편입 뉴스를 접하게 되었다. 이전까지 편입은 한 번도 고려해본 적이 없었지만 막상 시험에 떨어지니 다른 길을 찾아봐야 했다. 날짜를 보니 시험이 한 달 남았다. 여러 대학 편입 요강을 비교해보다가 가톨릭대학교의 요강이 내게 유리하리라는 판단이 섰다. 다른 대학은 일반화학이나 생물 같은 과목을 시험 보는 데 비해 가톨릭대학교는 학점, 영어, 논술로 편입생을 뽑았다.

가톨릭대학교에 응시원서를 쓰려니 또 하나의 벽에 부딪히게 되었다. 일반화학이나 생물 시험을 보지 않는 대신 자연계열 과목 6학점 이수를 조건으로 내걸고 있었다. 불문학을 전공한 나로서는 일반화학 같은 과목은 들었을 리가 없었다. 하지만 궁하면 통한다고 했던가. 연세대학교에 입학해 의생활을 전공하면서 1학기를 다닌 것이 떠올랐다. 이후 재수를 하고 다시 문과로 바꿔서 불문학을 전공했지만 연세대에 다니는 1학기 동안 자연계열의 공부를 했다. 그러고 보니 어렴풋하게 실험실 같은 데에 갔던 기억도 났다. 가톨릭대학교 접수창구에 가서 나는 이런 사정을 설명했다.

"제가 졸업은 불문학과로 했는데 이전에 잠시 다니던 대학에서 이과 과목은 이수했거든요. 그 성적표도 제출하면 시험 자격이 되나요?"

그런 경우가 없었던지 창구 직원은 난감해하다가 어딘가에 전화를 걸어 통화한 뒤 대답했다.

"그런 경우는 없었는데요. 이론상 시험을 못 치게 할 이유는 되지 않는다고 하네요. 어쨌든 과목은 이수를 했으니까요. 그런데 화학과 생물 계열로 6학점 이상을 채워야 하는데 조건에 맞나요?"

이제 내가 해야 할 일은 자명했다. 나는 쏜살같이 택시를 잡아타고 연세대학교로 향했다. 떨리는 마음으로 성적증명서를 펼쳐보았다. 성적증명서에는 일반화학, 일반생물 C학점이라고 되어 있었다. 간신히 채운 연세대학교의 6학점과 서울대학교의 졸업증명서를 들고 가톨릭대학교 접수창구로 다시 갔다. 한 사람의 이름 앞에 대학 세 곳의 이름이 적혀 있었다. 순탄치 못했던 내 인생을 세 장의 서류 는 고스란히 보여주었다. 연세대학교 성적증명서, 서울대학교 졸업 장, 가톨릭대학교 응시원서. 서류를 본 여직원도 나와 비슷한 생각을 했던 걸까. 여직원은 빙그레 웃으면서 농담을 건넸다. "학생은 가방 끈이 참 기네요." 나는 농담을 받을 여유가 없었다. 열 명을 뽑는 데 200명이 지원했으니 경쟁이 치열했던 것이다.

어렵게 지원했기 때문일까, 나는 가톨릭대학교 편입 시험에 합격 했다. 문과 출신으로는 유일했다. 당연했다. 문과 출신이 일반생물과 일반화학을 전공 학점으로 이수하는 일이 드물었기 때문이었다.

결국 몸을 다쳐서 연세대학교에 입학하게 되었지만, 그것이 내게 다른 길을 가는 데 결정적인 물꼬를 터주었다. 그리고 여러 이유로 한림대학교 의대 시험에는 떨어졌지만, 그로써 예과 과정을 하지 않 아도 되는 본과 과정으로 바로 편입할 수 있었다.

지금 회상해보면 아픈 발목이 발목을 잡았지만, 한편으로는 내게 길을 만들어준 것은 아니었을까 싶다. 다리를 다쳐서 연세대학교에 입학했고, 그때 한 학기 동안 이수한 학점이 없었다면 의대 편입은 꿈도 꿀 수 없었다. 중앙일보 입사 시험에서 떨어졌지만 그 덕에 중 퇴자 모임의 일원이 되어 결국 경향신문에 들어갈 수 있었다. 이렇게 아픈 다리는 인생에 제동을 걸기도 했지만 한 계단씩 올라갈 때마다 결정적인 역할을 했다. 어쩌면 이번에도 아픈 다리 때문에 가톨릭대학교병원의 인턴 선발에 떨어졌지만 보훈병원이라는 새로운 길이 생겼는지 모른다. 이제 다시 한 번 나를 다독여야 했다. 천천히 가면 된다고, 길이 있을 것이라고. 눈부시게 빛나는 미래를 꿈꿀 수는 없었다. 다만 이 소심한 희망이 상처받지 않기를 바랐다. 드디어 내일, 보훈병원 첫 출근이었다.

part 4

시작부터 험난한 길,
인턴

ⓒ 김대홍

겪지 않으면 알 수 없다

●
●

　보훈병원은 서울의 가장 동쪽에 자리 잡고 있었다. 첫 출근 날, 인턴들은 대강당에 모였다. 출신 지역이나 학교가 대부분 달라서 서로 서먹한 모습이었다. 인턴들 개개인의 면모도 가톨릭대학교병원과는 차이가 났다. 일단 나이 많은 사람이 많았다. 그만큼 대학병원에서는 나이 많은 사람을 선호하지 않는다는 증거일 것이다. 그중에는 군대까지 마치고 온 사람도 있었고, 이미 결혼해서 아이가 있는 사람도 있었다. 나처럼 사회생활을 했던 사람도 있었다. 한마디로 굴곡을 겪은 사람들이 많았다. 출신 학교, 출신 지역도 다양했다. 가톨릭대학교병원에서보다 오히려 편안한 기분이 들기도 했다.

　보훈병원은 상이용사를 위해 특화된 병원으로 환자들도 대부분

나이가 많았다. 사지절단 환자와 고엽제 환자가 많은 특성 때문에 보훈병원에는 내과와 정형외과가 절대적인 위치를 차지하고 있었다. 인턴 일정을 정하는 첫 모임에서 우리는 "환자도 늙었고, 인턴도 늙었네"라면서 자조 섞인 이야기를 했다. 나는 먼저 소아과를 돌게 되었지만 그것이 무슨 의미인지 몰랐다. 그러자 옆에 있던 동기가 귀띔했다.

"좋겠네요. 소아과 먼저 돌게 돼서. 여기 소아과가 제일 편하다는데."

소아과 다음에 정형외과를 돌게 되어 있었지만 한 달 이후를 생각할 여유가 없었다. 어쨌든 인턴 생활을 시작하는 것이 중요했다.

종합병원에서 소아과는 내외산소 4대 메이저 과 가운데 하나다. 소아과 학생 실습을 처음 돌 때 소아과는 내과와 비슷한 과이지만 내과보다 다루는 영역이 작은 과 정도로 생각했다. 그러나 가톨릭대학교병원은 혈액암, 이른바 백혈병으로 특화된 병원이어서 소아과 실습엔 혈액암 병동 회진이 네 시간이나 포함되어 있었다. 소아암 병동 회진을 끝까지 하지는 못했지만 백혈병을 앓고 있는 소아들이 얼마나 힘들어 하는지 알게 되었다. 무균실에서 외부와 격리된 채로 병마와 싸워야 하는 아이들은 자신의 병 외에 외로움과 두려움 같은 감정과도 싸워야 했다.

부모에게 백혈병은 기다림의 다른 이름이었다. 조혈모세포 이식이 가능할지 기다려야 했고, 이식 가능한 가족이 있는지 찾아야 했고, 모든 상황이 갖춰졌다고 해도 수술 날짜를 또 기다려야 했다. 무엇보다 백혈병은 가족에게는 돈 그 자체였다. 비정하다고 생각할 수 있어도 가족 가운데 한 명이 백혈병을 앓게 되면 가정 경제는 파산하고, 그로써 가족 구조 자체가 흔들리는 경우가 많이 있었다. 백혈병 소녀의 창백한 미소라든지, 백혈병 아들로 오히려 가족의 유대가 더 끈끈해진다든지 하는 것은 백혈병 실습을 돌고 난 뒤 비현실적인 이야기로 들렸다.

소아 혈액암 병동의 무거운 분위기를 접하고 나서야 소아과 교과서의 첫 문장이 떠올랐다. '소아는 작은 어른이 아니다.' 소아는 약을 먹을 때도, 주사를 맞을 때도 철저하게 몸무게를 보고 용량을 계산한다. 하물며 항암 치료를 받는 소아들에게 기준이 더 엄격해야 할 것은 말할 나위가 없다. 그래서 소아과 영역 가운데서도 가장 어렵다고 평가받는 것은 신생아 부분이다. 신생아들은 킬로그램 단위로 치료하는 것이 아니라 그램 단위로 치료한다. 소아과 의사에게 정교함과 꼼꼼함은 필수다.

병원마다 상황이 다를 수 있다고 생각했지만 이렇게 다를 줄은 짐작하지 못했다. 나는 킬로그램, 그램 단위로 일정이 빡빡하게 돌아가는 소아과를 상상했다. 그러나 예상과는 정반대로 보훈 병원에서는 소아과가 가장 한적한 과였다. 소아과 인턴의 일정은 8시 30분에 시작했다. 내과 인턴의 일정이 새벽 다섯시부터인 것을 감안하면 엄청나게 늦은 시간이었다. 처음에는 어떻게 8시 30분에 일정을 시작할 수 있는지 궁금했다. 보통 종합병원의 외래는 아홉시에 시작하므로 교수들은 입원 환자 병동 회진을 일곱시경에 시작한다. 따라서 대부분의 과에서 인턴 일정은 일곱시 전후에 시작된다. 그런데 어떻게 이렇게 늦은 시간에 일정을 시작할 수 있지?

의문은 하루 만에 풀렸다. 보훈병원에서는 소아환자가 입원하는 일이 거의 없었다. 입원환자 대부분이 상이용사이므로 부모들은 아이를 보훈병원에 입원시키고 싶어하지 않았다. 당연히 소아 입원 병동이 없었다. 소아과장은 외래에 오는 질환이 가벼운 소아 위주로 진료했다. 소아과장을 서포트하는 레지던트 역시 소아과 전공의가 아니었다. 가정의학과 전공의가 소아과 외래에 파견된 형식으로 소아과 진료를 과장과 함께 보고 있었다. 소아과 인턴의 주 임무는 진료하는 것을 지켜보는 것과 진료할 때 환자를 달래는 일이었다. 외래 진료실에서 주로 앉아서 하는 소아과 인턴 업무는 나에게도 무리될 것이 없었다.

사람은 겪지 않은 일은 정말 알 수 없구나 하고 생각했다. 가톨릭대학교병원 소아과 학생 실습 때 본 소아과 인턴과 레지던트들의 삶은 전쟁이었다. 매일 들어오는 중환자들, 보호자와의 실랑이, 거기에 스태프들과 함께하는 강의 준비까지 내가 정상적으로 소아과 인턴을 할 수 없다는 사실은 자명했다. 그런데 보훈병원에서는 소아과 인턴 생활을 하는 데 아무런 무리도 없었다.

소아과 인턴 중반 무렵, 화창한 봄날이었다. 11시 30분이 넘어가자 오전 외래 환자도 더 이상 오지 않았다. 같이 실습하던 가정의학과 레지던트 2년차는 재빨리 주식 시세를 살폈다. 그는 군대도 갔다오고 결혼해서 아이까지 있었다. 대부분의 과가 전공의 과정이 4년이지만 가정의학과는 3년이다. 여태까지 내가 본 실습생들은 대부분 의대를 마치고 인턴을 시작했다. 결혼, 군대 같은 단어는 아직 낯선 사회초년생이었다. 그러나 그는 인생 2막을 준비하는 시점이었다. 그는 틈날 때마다 시황을 살폈다. 환자가 많은 병원의 바쁜 과에 속한 전공의로는 꿈도 꿀 수 없는 일이었다. 나는 인턴 생활을 앞두고 너무 긴장했던 터라 그의 이런 생활 태도가 편안하게 느껴졌다.

열두시가 되자 그가 물었다.

"우리도 한번 밖에서 식사하고 올까요? 오후 외래 전까지만 들어오면 되니까."

나는 함께 근처 유명 맛집에서 냉면을 먹고 왔다. 메이저 과의 인턴은 생각도 할 수 없는 호사였다. 인턴 생활의 첫 단추가 순조롭게 채워지고 있어서 다행이었다. 하지만 안도감은 소아과 턴이 끝나면서 바로 사라졌다. 다음 턴은 정형외과였다. 소아과 인턴을 마치기

이틀 전 김철수에게서 연락이 왔다.

"누나, 의국장한테 인사하러 가야 하는데, 누나는 시간 괜찮아요? 소아과는 편하잖아요. 아무 때나 괜찮죠?"

철수는 나의 첫 짝턴이었다.

파워지피가 되면 되겠네요

인턴을 돌 때 규모가 큰 과에서는 다른 인턴 한 명과 함께 그 과를 돌게 되는데 그 인턴을 '짝턴'이라고 불렀다. 짝꿍 턴의 약자쯤 될 것이다. 짝턴과의 궁합이 인턴 생활에 큰 영향을 미치는 것은 말할 나위도 없다. 의대 다니는 내내 한마디도 안 하고 지내다가 짝턴이 되어서 연애를 하는 경우도 있었고, 반대로 학창 시절에는 단짝이다가 짝턴을 하면서 의가 틀어져서 말 한마디 하지 않는 경우도 있었다. 같은 의대에, 같은 모교 병원을 다니는 경우에도 짝턴끼리는 친하면서도 미묘한 긴장이 흘렀다. 출신 지역도, 출신 학교도 대부분 다른 보훈병원에서의 짝턴은 경쟁심이 더했다. 보훈병원 인턴들은 나이도 갓 의대를 졸업한 사람부터 결혼해서 아이가 있는 경우까지 다양했다. 철수는 보훈병원 인턴 중에는 에이스였다. 철수가 에이스인 이유는 간단했다. 철수는 의대를 갓 졸업한 젊은 남자였다. 우리는 그들을 '현역'이라고 했다.

철수처럼 현역 남자가 보훈병원 같은 2차병원 인턴을 지망하는 일은 드물었다. 이런 경우 이유는 대개 한 가지다. 보훈병원에 있는 소위 인기과의 레지던트를 지망하기 위해서 미리 보훈병원 인턴을 지망하는 것이다. 철수는 정형외과를 하고 싶어했는데, 철수의 모교 병원에는 철수 말고도 정형외과를 지망하는 쟁쟁한 동기들이 많았다. 철수는 성적은 나쁘지 않았지만 모교에서 정형외과 레지던트 되기가 쉽지 않을 것이라는 사실을 간파했다. 철수는 보훈병원에서 인턴 성적을 잘 받고 보훈병원 정형외과 의국에 눈도장도 찍어둔 뒤 계속 정형외과의 레지던트가 되는 편이 나을 것이라는 판단을 내렸다. 어떻게 보면 병원을 포기하고 과를 먼저 선택한 셈이다. 정형외과 실습을 앞둔 철수의 각오는 당연히 남달랐다.

"소아과는 편하잖아요. 아무 때나 시간 내요"라고 명령조로 말하는 철수의 태도에는 약간 기분이 상했다. 문득 병원 실습을 처음 돌 때의 영준이와 재한이 생각났다. 이후 영준은 마취과로, 재한은 내과로 갔다는 소식을 들었다. 같은 학교 동기라는 것이 이렇게 좋은 것이었구나 하는 생각이 들었다. 나는 철수에게 어떻게 내 상황을 말해야 할지 엄두가 나지 않았다.

내과 실습을 돌던 철수는 분주한 모습으로 내 앞에 나타났다. 철수는 '빨리빨리'를 연발했다. 정형외과 의국에는 의국장은 자리를 비우고 아래 연차의 레지던트만 있었다. 정형외과 의국에 들어서자 철수는 내게 말할 때의 분주하고 거만한 모습은 온데간데없었다. 순한 양이 되어 90도 각도로 레지던트에게 인사하고 다음에 다시 찾아뵙겠다는 인사를 남겼다. 의국을 나와서 니는 철수에게 먼저 말을 걸었다.

"내가 몸이 좀 불편해서 OSorthopedic surgery, 정형외과 실습 돌 때 어려운 일이 좀 있을 것 같은데."

순간 철수의 얼굴에 싫은 표정이 역력했다. 지금 철수는 보훈병원 정형외과 의국에 최대한 좋은 인상을 남기는 것이 지상 최대의 과제다. 얼마 뒤 철수의 표정이 바뀌었다. 내 상황이 그렇게까지 좋지 않을 것이라고는 짐작하지 못한 철수는 내가 몸이 불편하다는 사실이 자신에게 유리하게 작용할 수도 있을 거라고 생각한 모양이다.

"그럼 내가 수술방도 메인으로 스크럽 서고 하지요, 뭐. 어차피 누나는 OS 안 할 거잖아요. 안 그래요?"

학생 실습 때 동기들도 비슷한 말을 했다. "누나는 수술 파트는 안할 거잖아요." 그때 그들은 나를 배려해서 그렇게 말했지만 지금은 달랐다. 미묘한 뉘앙스 차이였지만 철수의 말에는 내가 자신보다 인턴을 잘 돌지 못하게 된 것을 기뻐하는 감정이 담겨 있었다. 시험도 치르기 전에 예비 경쟁자 한 사람은 탈락했다고 철수는 말하고 있었다. 나는 OS 인턴이 쉽지 않을 것임을 직감했다.

4월 첫날 새벽 여섯시 정형외과 의국, 주변에는 아무도 없었다. 의국장은 스태프 앞에서 긴장하면서 오늘의 수술 스케줄을 보고했다. 스태프는 무표정하게 뒤를 돌아보며 "자네들이 이번 달 바뀐 인턴 선생들인가?" 하고 한마디 하고는 다시 엑스레이 사진을 보았다. 이 팽팽한 공기에 끼어들어 무슨 말을 할 엄두가 나지 않았다. 수술방이 배정되고 나서야 나는 의국장에게 내 상황을 말했다. 의국장은 간단하게 답변을 주었다.

"일단 수술방에 들어간 다음 말해요. 수술 끝나고 얘기합시다."

다른 방법이 없었다. 수술복으로 갈아입고, 손을 씻고 수술대 근처까지 갔다. 그리고 견딜 수 있는 한 스크럽을 섰다. 10분, 20분… 통증이 계속 몰려왔다. 더 버틸 수 없었다. 나는 의국장에게 인사를 하고 나왔다. 두 시간쯤 지나자 의국장과 짝턴이 차례로 의국으로 들어왔다. 내 행동에 화가 난 의국장이 먼저 말문을 열었다.

"스크럽을 설 수 없는 인턴은 필요 없어요. 여기는 충분히 바쁜 곳이에요. 이해 같은 건 바랄 수 없어요."

짝턴은 나의 이런 행동이 자신에게 불리하게 작용할까봐 전전긍긍하는 표정이 역력했다. 나는 몸이 불편하다는 말을 했지만 이것이 오히려 의국장의 화를 돋우는 결과가 되었다.

"그럼, 선생님은 우리를 속이고 병원에 들어온 거네요. 아무리 우리 병원이 만만하다고 해도 그건 아니지. 특히 우리 병원 정형외과는 전국적으로 알아줘요. 병상 규모가 몇 베드나 되는지 알아요?"

정형외과적 문제로 힘들어 하는 내게 의국장이 이런 말을 한다는 것 자체가 역설로 들렸다. 나는 울컥해서 나도 모르게 의국장에게 따지듯이 말했다.

"그렇다면 여기 병원의 발목 이식 성공 사례가 얼마나 돼요? 제가 이 병원 저 병원 다 가봤는데 특별히 뾰족한 치료를 받지 못했는데요. 그럼 내일 여기서 한 번 진료를 받아봐도 될까요?"

정형외과는 병원 안에서도 군기가 세기로 유명한 과 가운데 하나였다. 정형외과에서의 하루는 인턴이 레지던트 1년차를 깨우고 1년차가 2년차를 깨우고 2년차가 3년차를 깨우고 마지막으로 3년차가 4년차를 깨우면서 시작한다. 알게 모르게 레지던트들끼리 기합 같은 것도 세운다. 이런 곳에서 인턴이 의국장에게 말대답을 한다는 것은 용납할 수 없는 일이다. 의국장은 화가 단단히 난 것 같았다. 그리고 다른 승부수를 던졌다. 의국장은 감정을 한 번 고르고 짝턴을 쳐다보았다. 그리고 짝턴에게 질문을 던졌다.

"그래, 남자 인턴 선생은 무슨 과를 하고 싶나?"

짝턴은 기다렸다는 듯이 대답했다.

"저는 학교 시절 내내 OS 의사만 생각했습니다."

의국장은 기분이 조금 풀린 표정을 지었다. 그리고 이때를 놓치지 않고 공격을 개시했다.

"선생은 짝턴에 대해서 어떻게 생각하나? 같이할 수 있겠나?"

선배에게 평가를 받는 것과 동기에게 평가를 받는 것은 기분이 다르다. 짝턴은 같은 동기의 인턴이지만 인턴 점수를 두고 경쟁하는 경쟁자이기도 했다. 그리고 짝턴에게는 보훈병원을 지망한 확실한 목표가 있었다. 나는 짝턴의 대답을 기다렸다.

"저는 OS 의사가 되고 싶고, 류미 선생 때문에 OS 수술방에 더 들어가는 경험을 하게 된다면, 기꺼이 제가 더하고 싶습니다. 그러나 수술방을 들어갈 수 없으면서 인턴 일을 한다는 것은 불가능할 것 같습니다."

의국장은 다시 한 번 득의양양하게 나를 쳐다보았다. 때리는 시어머니보다 말리는 시누이가 더 밉다고 했던가. 나는 의국장보다 짝턴이 더 원망스러웠다. 인턴을 하고 안 하고는 내가 결정할 사항이었다. 게다가 나는 다른 과도 아닌, 지금 내가 인턴으로 있는 여기, 정형외과의 환자였다. 그런데 정작 정형외과에서 나를 가장 불필요한 존재로 못 박고 있었다. 기가 죽은 나는 단단한 벽 앞에서 아무 말도 할 수 없었다. 눈물이 핑 돌았다.

직감적으로 이 상황에서 내가 할 수 있는 일은 하나도 없다는 사실을 깨달았다. 학생 실습 때와는 달랐다. 학생 실습 때는 어떻게 해서든 같이 이 과정을 마친다는 공감대가 있었다. 하지만 인턴 때는 어떻게 해서든지 옆 동기보다 좋은 점수를 얻는다, 그래서 원하는 병원의 원하는 과를 지망할 때 유리한 상황이 된다는 것이 지상 과제였다. 경쟁자가 약점을 보였는데, 그것을 감쌀 이유는 하나도 없었다.

의국을 나서서 병원 현관 쪽으로 걸어갔다. 소아과 외래 옆을 지나쳤다. 한 달간 소아과 인턴을 하면서 인턴 일을 할 수 있으리라고 생각했던 나 자신이 얼마나 순진했는지를 뼈저리게 느꼈다. 병원의 3D 최전방, 인턴은 때로는 자신들이 하는 일을 화장실 청소에 비유했다. 레지던트들은 오더order, 환자에게 어떤 처치를 하라는 지시를 내린다. 드레싱dressing, 감염된 조직을 소독하는 일을 해라, 수술 준비를 해라, 환자 동의서를 받아라, 보호자에게 연락해라. 인턴은 아무 생각 없이 오더를 청소한다. 그러면 레지던트는 인턴을 무시한다. 아무 생각 없이 오더를 수행한다고. 그러면 인턴들은 생각을 하면서 오더를 수행한다. 생각을 하면서 오더를 수행하면, 인턴은 또 혼이 난다. 틀렸다고, 또는 느리게 했다고. 나는 이렇게 바쁘고 힘든 인턴을 하려고 했던 자신이 어리석다는 생각을 하면서도 막상 정형외과 의국을 나서니까 화나는 마음을 참을 수 없었다. 빨리 이곳에서 벗어나고 싶었다. 현관문을 향해 가는 나를 두고 짝턴이 한마디 했다.

"누나, 누나는 파워지피가 되세요. 파워지피 중에도 돈 잘 버는 사람도 있다던데요."

나는 아무 대답도 하지 않았다. 짝턴은 내가 벌써 인턴을 그만둔 것처럼 말했다. 나 때문에 자신이 좋지 않은 이미지를 주게 되었다는 듯이 짝턴은 볼멘소리로 빈정거리고 있었다. 파워 지피가 되라는 것은 인턴은 당연히 할 수 없을 것이고, 레지던트는 그러므로 더더욱 할 수 없을 것이라는 말이었다.

지피 GP, general physician는 일반의라는 뜻이다. 즉 지피는 의대만 졸업하고 의사 자격증은 있지만 레지던트 과정을 하지 않아서 전문의는 되지 못한 경우를 뜻한다. 지피 중에는 인턴 과정을 마친 사람도 있고 인턴 과정도 하지 않은 사람도 있지만 어쨌든 레지던트는 하지 못한 사람이다.

물론 지피로 병원을 개업하는 사람도 있다. 꼭 전문의 과정을 마치지 않아도 연수 교육을 다니거나 학회에 참석하면서 실용적인 지식을 배워 개업에 이용할 수도 있다. 사업 수완이 좋은 지피들은 개업해서 전문의만큼이나 환자를 많이 보기도 한다. 하지만 이런 경우는 극히 드물다. 전문의의 수가 비전문의에 비해 점점 압도적으로 많아지는 우리나라 현실에서 인턴과 레지던트 과정을 하지 않기는 쉬운 일이 아니다.

지피가 소수인만큼 지피들은 전문의들에 비해 알게 모르게 차별을 받는다. 월급에서 차이가 나는 것은 말할 것도 없다. 의학전문기자나 변호사 같은 일, 즉 의대를 졸업하고 의사가 아닌 다른 일을 하는 경우에도 의사들은 은연중에 그 사람이 지피인가, 전문의인가를 따진다. 지피들은 결국 인력을 구하기 어려운 지방병원 응급실 같은 곳을 여러 곳 돌면서 생계를 유지하는 경우가 많다. 24시간 체제인 응급실 생활을 몇 년 하면 몸이 축난다. 지피들은 대부분 의사로서 음지의 삶을 살게 된다.

짝턴의 말에 마음이 아팠지만 한편으로는 스스로 질문을 던지게 되었다. 정말 이 몸으로 내가 인턴을 할 수 있을까. 아니 인턴을 하려고 한다는 것 자체가 무모한 일 아닐까. 이건 나 하나의 문제가 아니라 조직에도 폐를 끼치는 행동이 아닐까. 나는 점점 작아졌다.

그날 이후 나는 그대로 보훈병원에 출근하지 않았다. 아니 출근할 수 없었다. 작아진 마음은 육체의 통증까지 더욱 크게 느끼게 했던 걸까. 보훈병원을 그렇게 나와 집에 들어온 뒤 이틀 동안 고열에 시달렸다. 몸이 아파오니까 더욱더 될 대로 되라는 심정이 되어버렸다. 보훈병원 정형외과에는 연락도 하지 않았다. 예상대로 그쪽에서도 나를 찾지 않았다. 벌써 없는 사람 취급을 하고 있었다. 다른 방법이 없었다. 열이 떨어지고 이틀 뒤 보훈병원에 가서 사표를 냈다. 아무도 모르게 사표를 내고 보훈병원을 나서는데 눈물이 뚝 떨어졌다. 그저 쉬고 싶었다.

자가연골이식술 그리고 다시 인턴 탈락

•
•

　그로부터 두 달 뒤, 휴식은 에너지를 충전해주었다. 사람은 망각의 동물이었다. 시작도 못했던 모교 인턴, 한 달 만에 그만두어야 했던 보훈병원 인턴의 기억은 어느새 또 옛날 일이 되었다. 당시 내 일과는 기상 후 식사, 수영 그리고 식사, 신문 읽고 텔레비전 보기가 전부였다. 단순한 생활은 머리도 단순하게 만들어주었다. 그리고 자괴감 같은 복잡한 감정이 들어서 있던 자리를 서서히 청소해주었다. 파워지피가 되는 대신 다시 발목 치료법을 알아보기 시작했다.

　본과 1학년 때 나는 재수술을 받았었다. 당시 내가 받았던 수술은 드릴링. 좋지 않은 발목뼈에 구멍을 내어 그곳에서 조직이 재생되기를 바라는 수술이었다. 집도의조차 큰 기대는 걸지 말라고 했던 그 수술은 예상대로 별 효과가 없었다. 이후에도 나는 틈만 나면 다른 치료법을 알아보았지만 한번 망가진 연골과 뼈의 구조는 쉽게 복구되지 않았다.

　인턴을 하지 못한 것에 초점을 맞추지 말고 다시 치료법을 알아봐야겠다고 생각하자 인생은 또다시 다른 모습으로 비춰졌다. 수술해서 조금이라도 나아진다면 또 다른 길이 열릴 수 있을 지도 모른다는 막연한 기대감이 생겼다. 나는 다시 마음이 바빠졌다. 그리고 세브란

스병원에서 연골이식술을 해볼 수 있다고 했다.

"이식할 연골은 류미 씨 무릎에서 떼어낼 거예요. 체중이 실리지 않는 부위에서 떼어내서 이식하는 건데, 아무리 그렇다 해도 나중에 무릎 쪽에 부담이 생길 수도 있어요. 그리고 이식한다고 해서 발목 쪽에 그것이 잘 생착되어 재생까지 갈지도 미지수이고. 그래도 지금 류미 씨 상황에서 해볼 수 있는 가장 어그레시브한 수술법이에요. 해보겠어요?"

또다시 선택의 기로에 놓였다. 오래 서 있지도 못하고 오래 걷지도 못했지만, 무릎에는 아무 이상이 없었다. 불편한 발목에 비하면, 무릎은 자랑거리이기도 했다. 그런 무릎에 칼을 대야 한다니, 잘못했다가는 그나마 성하게 남아 있는 무릎까지 나빠질 수 있는 수술이었다. 그렇지만 다른 방법이 없었다. 나는 자가연골이식술을 받기로 했다.

퇴원한 뒤 두 달가량 기브스를 해야 했다. 기브스를 여러 번 해봤던 나는 요령을 알고 있었다. 기브스를 오래 하면 씻지 못해서 기브스한 부위가 간지러워진다. 이때 가장 좋은 방법은 선풍기 바람을 쐬면서 자는 것이다. 만약 가려움증을 견디지 못해 젓가락이나 바늘 같은 것으로 발바닥을 긁게 되면 상황은 더 나빠진다. 점점 더 가려워지기 때문이다. 편안한 생활은 아니었지만 기브스를 하고 있는 동안 마음이 편했다. 기브스를 풀고 나면 좀 더 오래 걸을 수 있을 것이라는 희망이 있었기 때문이었다. 여름이 되고 기브스를 풀었다. 가을쯤 이면 기브스를 푼 보행에 익숙해질 테고 다시 인턴 모집에 도전하면 될 것이라고 내심 계획을 잡고 있었다. 하지만 계획대로 순탄하게 진행되지 않았다. 가을 무렵 기브스를 풀고 보행에 익숙해졌지만 30분 이상 걸을 수 없었다. 수술 전과 달라진 것은 아무것도 없었다. 다행이라면 무릎에 특별히 다른 통증이 없었다는 것 정도였다. 수술로 바뀔 수 있으리라고 생각한 내가 또 순진했던 것일까. 언론에서는 의학 기술이 눈부시게 발달했다고 하는데 왜 나처럼 간단한 통증 하나 고치지 못하는 걸까. 희망이 좌절로 바뀌었다.

시간은 더욱 빨리 흘러갔다. 어느새 다음 해 인턴 모집 기간이 다가왔다. 나는 모교는 지원하지 못하고 서울의 한 2차병원에 지원했다. 지원하는 마음가짐은 작년 보훈병원을 지원할 때와 비슷했다. 일단 합격하고 그다음 길을 찾자. 하지만 설상가상이었다. 지원했던 국립의료원은 역대 최고 인턴 경쟁률을 보였다. 인턴 모집이 경쟁이 되는 경우는 드물다는 사실을 생각하면, 설상가상이라고밖에 말할 수 없는 상황이었다. 성적도 좋지 않고 나이도 많은 여자 졸업생, 절대적으로 불리한 상황이었다. 또다시 인턴 모집에서 탈락. 이제는 탈락하는 것이 새삼스럽지도 않았다.

올드보이

모교 인턴 모집에 탈락, 후기 인턴 모집엔 합격했지만 한 달 만에 포기 그리고 이듬해 전기 인턴 모집에 또 탈락. 이렇게 되니까 자연히 의기소침해졌다. 먼저 사람들을 만나는 것이 싫어졌다. 지금 무슨 일을 하느냐고 시작되는 안부에 자연히 위축되었다. 의대를 졸업하고 조금 쉬고 있다고 답하면 적지 않은 나이에 빨리 과정을 밟아야 하지 않느냐고 걱정스러운 염려를 덧붙였다. 이런 일이 몇 번 반복되니까 외출할 때도 자주 모자를 썼다. 모자를 쓰면 좀 더 숨을 수 있을 것 같았다. 홍대 앞이나 강남 같은 곳을 가도 먼저 알아보지 않는 한 내가 먼저 인사하지 않았다. 점점 외출하는 횟수도 줄어들었다. 식사 때문에 하루 한 번은 집을 나가던 버릇도 사라져갔다. 집에서 배달음식을 먹으면서 술과 텔레비전을 친구 삼아 점점 '올드보이'가 되어갔다. 쪼그라진 마음에는 외로움도 자리를 잡을 수 없었다.

그날도 느지막하게 일어나서 신문을 보고 있었다. 나와 다르게 자신의 인생을 잘 개척해나가는 사람들의 이야기가 지면마다 넘쳤다. 모두 자신만만해 보였다. 나는 그들이 부럽기도 하고, 내 인생에 화가 나기도 했다. 그러다가 한 사람의 기사가 눈을 사로잡았다. 건국대학교병원 정신과 교수의 책에 대한 기사였다. 기사 자체는 특별할 것이 없는 북리뷰였다. 책 내용 역시 정신과 의사가 자신의 환자들을 상담한 사례를 읽기 쉽게 열거해둔 비교적 평이한 책이었다. 그런데 그때 그 순간, 왜 그런지는 알 수 없었지만 이 교수를 만나봐야 한다는 생각이 들었다. 영화감독 아버지를 둔 교수의 특이한 이력 때문이었을까, 아니면 정신과 의사라는 직업 때문이었을까, 아니면 젊고 자유로워 보이는 교수의 분위기 때문이었을까. 어쩌면 이 교수를 만나고 싶은 것이 아니라, 내가 누군가를 만나고 싶은 것은 아닐까. 더 이상은 힘들다, 라는 내면의 외침이 그저 누군가에게 SOS를 청하게 했던 것은 아닐까. 나는 겉으로는 아닌 척하면서 의대를 졸업하고 휴식을 취하고 있다고 말하고 다녔다. 하지만 내면에서는 굴절된 인생에 대한 고통과 외로움으로 신음하고 있었다.

어쨌든 다분히 충동적으로 건국대학교병원을 찾아가 정신과 접수센터 앞에 섰다.

"하지현 교수를 만나고 싶습니다. 저는 다른 학교 의대를 졸업한 학생입니다."

노련한 간호사는 믿지 않았다. 그 대신 가장 간단한 말로 내가 교수를 만날 수 있는 길을 제시해주었다.

"환자분, 교수님을 만나려면 여기에 인적 사항을 기재하고 기다리셔야 해요."

나는 현재 공식 직업이 없음을 다시 한 번 떠올렸다. 사실 나도 교수를 왜 만나러 왔는지 막연했다. 한편으로는 현재 상황에 대해 작은 출구라도 보여줄지 모른다는 실낱같은 희망이 있는 것도 사실이었지만 다른 한편으로는 그저 신세를 한탄하고 싶은 마음도 있었을지 모른다. 간호사는 의도하지 않았겠지만 어쨌든 통찰력 있는 깔끔한 해결책을 제시해준 셈이다.

교수는 생각보다 젊었고 신료실은 생긱보다 직았디. 수많은 환자 가운데 하나였을 내게 교수는 언제나 하던 첫 질문을 던졌다.

"지금 어디가 가장 불편하시죠?"

나도 인생 문제를 단답형으로 답변할 수 있다면 좋겠다는 생각이 들었다. 그제야 이곳에 오는 사람들도 정신과이기는 하지만 '환자'라는 생각이 머리를 스쳤다.

"발목 통증이 심해요."

교수는 의아하다는 표정을 지었다.

"그렇다면 정형외과를 가셔야 하는데 이쪽부터 오셨네요."

그리고 나는 회심의 한마디를 덧붙였다.

"작년에 의대를 졸업했어요."

다른 직종도 마찬가지겠지만 의사들은 특히 의사를 환자로 상대하게 되면 좀 더 친절해지는 경향이 있다. 자신들만의 세계에 대한 특권 의식이 무의식에 묻어 있기 때문일지도 모르겠다. 그때부터 진료를 맡은 의사들은 의학 용어를 사용한다. 하지현 교수도 예외는 아니었다.

"앵클 프랙처ankle fracture, 발목 골절가 있었던 건가요? 오피operation, 수술는 몇 번 받은 건가요?"

나는 조용히 현재 내 상황을 말했다. 몇 번의 수술과 낙담을 겪은 뒤라 몸 상태를 말하는 것에 감정적이지 않을 수 있었다. 떠나간 오랜 연인을 이야기하는 것처럼 내 마음은 의외로 담담했다. 꿈에서도 뛰어본 적이 오래되었다. 꿈에서라도 등산하는 꿈을 꾸고 싶다고 생각하던 시절이 있었지만 불편한 육체는 생각보다 훨씬 힘이 셌다. 깨어 있을 때의 의식을 좌지우지하는 것으로도 성에 차지 않아 무의식의 자유 공간인 꿈에서까지 내 영혼을 자신의 그늘 아래 두었다. 포기이든 체념이든 수용이든, 어쨌든 나는 아픈 육체를 가진 사람이 되었다.

내가 당시 교수에게 어떤 것을 기대했는지는 모르겠다. 다만 교수의 답변이 무척 의외였던 것은 기억난다. 교수는 한 의사 이야기를 했다.

"인천엔가 휠체어를 탄 선생님이 있다는 말을 들은 적이 있어요. 잠깐 가만히 계셔보세요. 제가 인터넷으로 찾아볼게요."

그때까지만 해도 휠체어라는 단어는 내 인생과는 거리가 먼, 남의 나라 단어였다. 다리가 불편하지만 보기에 아무 이상이 없기 때문에 한 번도 휠체어를 생각해본 적이 없었다. 비단 나뿐만 아니라 주변의 누구도 휠체어라는 단어를 언급한 적이 없었다. 여기에는 물론 내 상태를 주변에 애써 숨겨왔기 때문에 이 정도 중증이라는 것을 주변 사람들이 모르는 것도 일정 부분 이유가 있을 것이다. 그렇다고 해도 상황 파악이 빠르거나 관심이 있는 사람이라면 한 번쯤 휠체어를 이용할 수도 있지 않을까 하고 말해볼 수도 있었을 것이라는 생각이 스쳤다. 그러나 대부분의 사람들에게 휠체어는 다른 나라의 단어다. 단어에 대해 사람들이 가지고 있는 감정적 거리를 재는 척도가 있다면 휠체어는 아마 최하위권일 것이다. 아마 지구 반대편에 있다고 하는 에펠탑과 템스 강보다도 휠체어는 순위가 떨어질 것이다. 이래저래 휠체어는 무척 많은 일을 하면서도 고독한 존재다. 나는 그 단어가 주는 이질감과 왠지 모를 불편감에도 교수의 시각 자체가 신선하게 느껴졌다. 아니 시각이 신선하다 운운하는 것은 그때를 회상하기 때문일 것이다. 당시 나는 절박했고 이제 다시 인천의 휠체어 탄 의사를 만나야 한다는 생각뿐이었다.

"여기, 주소가 있네요. 제가 여기 적어드릴게요. 시간 되면 한번 찾아뵈세요. 아무래도 도움이 되는 이야기를 해주지 않겠어요. 직접 뵌 적은 없지만 사회 활동도 많이 하고 적극적인 분이시니까, 아마 저보다 더 좋은 말씀을 해주실 거예요."

나는 감사 인사를 하고 진료를 마치고 나왔다. 나에게 처방된 항우울제는 없었다. 나는 환자가 아니라는 사실에 묘한 안도감을 느꼈다. 손에 쥔 것은 교수의 명함 한 장뿐이었다. 명함 뒤쪽에는 휠체어를 탄 의사의 이름과 병원이 적혀 있었다. 후배 의사를 따뜻하게 대해준 교수가 고마웠다. 교수는 나가려는 내게 다시 한 번 용기를 주었다.

"어떤 식으로든 길이 생길 거예요. 다만 우리는 그 길이 어떻게 생기는지 방법을 알지 못하는 것뿐이죠. 아마 류미 씨도 시간이 지나서 과거를 돌아보면 그 일이 어떻게 그렇게 해결되었는지 탄복하는 일들이 있을 거예요. 나중에 어떤 전공을 할지 모르겠지만 인턴만 마치고 나면 조금 불편한 몸으로도 할 수 있는 전공의는 많이 있어요. 너무 기죽지 말고 인생은 길다, 이렇게 한 번 생각해보세요. 다 사는 방법이 다르니까요."

그때였을까, 내가 정신과 의사를 하면 좋겠다는 생각이 다시 든 것은. 고등학교를 다니고 재수를 하면서 어렴풋이 정신과 의사를 하고 싶다는 생각을 한 적이 있다. 경쟁 위주의 특수고등학교에는 우울한 학생들이 언제나 차고 넘쳤다. 한 학년 위의 선배는 동기들끼리의 경쟁에서 오는 스트레스를 이기지 못해 농약을 먹었다. 선배는 극적으로 살아났지만 성대를 다쳤다. 이후 선배는 마음을 다잡고 다시 경쟁 체제에 올인했지만 다친 성대는 복구가 안됐다. 선배의 사정은 온 학교가 다 알고 있었다. 선배는 조회 시간에 마이크를 잡고 쉿소리가 나는 목으로 조회를 섰다. 학교는 잔인했다. 선배는 죽음을 마주했던

흔적을 전교생들에게 알려야 했다. 하지만 그 나이에 다른 사람들이 하지 못한 경험을 한 선배는 그 사건 이후 의연한 사람으로 거듭났다. 선배는 이후 언제 그런 일이 있었냐는 듯이 계속해서 좋은 성적을 올렸고 이른바 명문대에 입학했다.

선배가 그 뒤 어떤 인생을 살고 있는지는 알지 못한다. 그러나 나는 사건 이후 의연해진 선배가 더 조미조마했다. '차라리 힘들다고 말해. 차라리 크게 소리치면서 울어' 하는 것이 솔직한 심정이었다고나 할까. 그때였다. 막연하게 정신과 의사를 꿈꾼 것은. 학창 시절을 힘들게 보내는 우리나라 고등학생들에게는 '어른 친구'가 없다. 요즘 식으로 말하면 멘토 정도가 되겠지만 그렇게까지 거창하지 않아도 좋다. 어른과 친구만 있는 요즘 청소년에게 어른 친구 역할을 할 수 있다면 정신과 의사도 의미 있는 직업이겠구나 하는 생각을 했다.

휠체어 탄 산부인과 선생님

병원에서 인천까지는 오십 킬로미터쯤 되었다. 오랜만이었다. 알 수 없는 흥분으로 가슴이 뛰었다. 상습 정체 구간인 경인고속도로를 통과하면서도 도로가 막힌다는 생각이 들지 않았다. 아무 생각도 들지 않았다. 주괄 선생님을 빨리 뵙고 싶었다.

주차장이 복잡한 큰 건물 앞에 왔다. 오래된 오피스텔 건물이 대부분 그렇듯이 그곳에도 작은 사무실이 수십 개 입주해 있었다. 이름도 들어보지 못한 여행사, 무슨 일을 하는지 도대체 알 수 없는 수십 개의 무역회사, 간판도 없이 호실만 적혀 있는 사무실 간판이 1층에 빼곡하게 적혀 있었다. 그리고 그중 한 층에는 역시 예외 없이 병원이 입주해 있었다. 내과, 치과, 한의원. 모두 수술실이 필요 없는 과였다. 이런 곳에 수술실이 필요한 산부인과가 있다니. 그것도 몸이 불편한 의사 선생님이 있는 산부인과라니 눈으로 보기 전까지는 상상할 수 없는 광경이었다.

선생님의 산부인과는 7층 복도 가장 끝에 있었다. 문을 열고 들어서자 접수실의 간호사가 반갑게 맞았다. 병원은 매우 아담했다. 문을 열면 바로 앞으로 접수실이 있고 양쪽으로 작은 벤치만 두 개 있을 뿐이었다.

"아까 전화 주신 선생님 맞죠? 원장님이 기다리고 계세요. 오셨다고 말씀드릴게요. 잠깐만 기다리세요."

미리 전화하기는 했지만 드나드는 환자가 많을 텐데 한눈에 나를 알아본 간호사가 신기하게 생각됐다. 더욱 의아한 것은 나를 선생님이라고 부르고, 원장님이 기다리신다면서 반갑게 맞는 태도였다. 가슴이 뛰기 시작했다. 너무 오랫동안 이런 대우를 받아본 적이 없었다. 멀리는 고등학교를 졸업하고 나서부터, 그리고 가까이는 병원 실습하면서부터 나는 스스로 본의 아니게 남들에게 폐를 끼칠 수밖에 없는 존재로 여겨왔다. 다른 사람처럼 기능할 수 없다는 사실은 자존감이 생길 여지를 주지 않았다. 나도 모르게 생긴 열등감은 스멀스멀 몸에 스며들어 좋지 않은 기운을 풍기고 있었다. 누군가 나를 대우해주면 일단 그것을 불편하게 여기는 사람이 되어 있었다. 하지만 칭찬은 고래도 춤추게 한다고 하지 않았든가. '원장님이 기다리는 선생님'이 되자 굳건하게 걸어 잠근 마음의 문이 무장 해제되는 것을 느낄 수 있었다. 주눅들 이유가 없었다.

"웰컴, 닥터 류. 그래, 휠체어 없이 걷는 것은 어느 정도 괜찮은가? 좀 불편하다는 말을 들었는데."

나는 순간 하 교수가 따로 주 원장에게 연락을 했음을 알 수 있었다. 개인적으로는 일면식도 없는 두 교수가 서로 연락을 주고받았다는 사실에 좀 멍한 기분이 되었다. 내가 이제까지 아는 세상은 모르는 사람들에게 그렇게 적극적으로 도움을 주는 세상은 아니었다. 더욱이 의사 사회는 능력이 되지 않으면 도태되는 경쟁이 지배하는 사회였다. 하 교수가 부드러우면서도 말없이 적극적인 사람이라면 주 원장은 정열이 온몸으로 보이는 문자 그대로 적극적인 사람이었다.

진료실은 크게 두 부분으로 나뉘어 있었다. 외래 환자를 진료하는 책상에는 모니터가 두 대 놓여 있었다. 그리고 진료실 왼쪽으로는 미니 수술실이 마련되어 있었다. 수술침대와 각종 드레싱 세트들이 놓여 있고, 침대 뒤쪽으로는 현미경이 놓여 있었다.

주 원장은 이목구비가 부리부리한 호인이었다. 중저음의 목소리는 낭랑하고 힘이 있었다. 떡 벌어진 어깨와 상체는 나이를 가늠하기 어렵게 했다.

나는 무슨 말부터 해야 할지 몰라 진료실을 둘러보았다. 그러자 주 원장이 자신이 앉아 있던 의자를 내게로 더 가까이 끌면서 다시 말을 던졌다.

"류 선생, 휠체어를 탄 사람끼리 만나잖아. 그럼 보자마자 둘은 십 년지기 친구가 돼."

주 원장은 나를 진심으로 반기고 있었다. 몸이 불편한 의사 후배, 자신의 몇 십 년 전 모습과 어딘가 닮아 있을 그 모습을 한 의사 후배. 주 원장의 큰 눈이 형형했다. 주 원장은 나를 반기고 있을 뿐 아니라 어떤 식으로든 도와주고 싶어했다. 그 순간 주 원장과 나는 십 년지기 친구가 되었다.

"류 선생, 여기가 작아 보여도 웬만한 치료는 다해. 물론 분만은 못하지. 분만은 응급을 커버해야 하는데 그런 상황까지는 안 되니까. 그래도 저기 수술실에서 환자들 소독도 하고 수처도 하고 그래."

주 원장의 목소리에는 힘이 있었다. 자신의 수술실을 구경시켜주겠다고 했다. 그때까지도 나는 그가 하반신 마비라는 것을 인지하지 못하고 있었다. 그가 진료의자에서 휠체어로 능숙하게 옮겨 탔을 때 그의 불편한 몸이 엄연한 현실이라는 사실을 깨달았다. 그의 동작은 빠르고 정확했다. 휠체어의 잠금장치를 하고, 두 손을 짚어서 진료의자에서 휠체어로 몸을 이동시켰다. 그리고 휠체어를 90도 회전한 뒤 수술실로 직진했다. 이 모든 행렬을 가만히 보고 있는 내게 주 원장이 농담을 던졌다.

"류 선생, 오늘은 특별히 스크럽은 안 해도 되네. 류 선생은 오늘 특별대우야."

수술대 앞에선 주 원장의 표정은 서전의 그것이었다. 서전에게는 세상에서 가장 편안한 곳이 수술방이다. 그곳에는 환자의 고통도 없고 보호자의 불평도 없다. 나와 내 손과 환자의 몸만 있는 곳. 주 원장도 수술대 앞에서 그런 표정을 지었다. 아니 더 정확하게는 수술대 앞이 아니라 수술대 아래라는 것이 맞는 표현일 것이다. 왜냐하면 산부인과에서는 검사와 시술이 대부분 환자가 다리를 올리고 의사가 아래에서 위로 보는 자세로 행해지기 때문이다. 이제 수술대 앞에서 주 원장은 휠체어에서 수술의자로 다시 한 번 자신을 이동시켰다. 이제 '수술 준비 완료'라고 말하는 것 같았다.

어느새 나는 내가 왜 이곳에 왔는지 잊었다. 그저 그가 열어둔 세계에 빠져들어 그 세계를 보고 있었다. 이심전심이었을까. 주 원장이 덧붙였다.

"내가 수처도 꽤 잘해. 이것 보게. 여기서 조직을 적출해서…."

어느새 주 원장은 수술대 뒤 조직실의 현미경 앞으로 이동해 있었다.

"마이크로로 병리소견까지 보지. 물론 병리전문의처럼 정확하게는 못해도 1차 진료로는 무리가 없지. 요즘은 태반주사도 놓고. 개업의니까 다 하지, 허허."

사실 내 사정을 이야기도 하기 전에 자신의 진료실과 수술실을 라운딩하는 주 원장이 처음에는 당황스러웠다. 어쩌면 나는 본인이 어떻게 휠체어를 타게 됐는가 하는 쓸쓸한 이야기부터 할 거라고 나도 모르게 생각했는지도 모르겠다. 그 시절 우리나라에서 휠체어를 타고 산부인과 전문의를 딸 수 있었을 것이라고는 생각할 수 없었다. 그렇다면 그의 개인사는 어떤 것일까. 어떤 일을 거쳐서 저기 저렇게 앉아 있는 것일까.

주 원장은 과거에 사는 사람이 아니었다. 주 원장은 과거를 이야기하지 않고, 현재를 이야기함으로써 기선을 제압했다. 나는 인턴도 할 수도 없을 것이라고 생각했는데 그는 메스를 이야기하고 수처를 이야기했다. 어리둥절했다. 저 근거 없는 자신감과 긍정의 에너지는 도대체 뭘까. 나는 공황 상태가 되어 그저 고개만 숙이고 있었다. 그때 접수실의 간호사가 노크를 했다.

"원장님, 송미희 씨 오셨습니다. 오늘 호르몬 수치 체크하러 왔다고 합니다."

간호사는 다시 한 번 미소를 건넸다. 주 원장이 말했다.

"저 간호사랑도 이제 10년이 넘어가네. 우리 집은 다 오래됐어. 구식이지. 원장도 구식, 환자도 구식, 간호사도 구식. 그래도 류 선생, 그거 아나. 아무도 내가 휠체어를 탔다고 다른 병원에 가야겠다고 하지 않아. 그저 나는 그들에게 오랜 산부인과 주치의야. 내 말이 거짓말 같나. 한번 진료할 때 옆에서 보면 어떻겠나. 류 선생도 이제 어엿한 의사이지 않나. 내가 아끼는 후배 여선생이라고 하면 환자들도 좋아할걸세."

나는 그럴 용기가 나지 않았다. 주 원장과 만난 지 이제 30분밖에 지나지 않았다. 나를 만난 의사들은 대부분 내가 몸이 불편하다고 하면 어디가 어떻게 아프냐고 먼저 물었다. 육체적 증상과 치료, 예후 같은 것들이 그들이 관심을 갖는 주제였다. 그런데 주 원장은 휠체어가 필요 없느냐는 말을 한 번 물었을 뿐 그 밖에 내 몸 상태에 관해서는 묻지 않았다. 그의 접근 방식이 낯설었고, 어떤 면에서는 조금 불편했다.

불편하고 어색한 마음이 경이로움으로 바뀌는 데는 반나절도 걸리지 않았다. 깨달음은 어쩌면 꾸준한 배움에서 오는 것이 아닐지도 모른다. 마찬가지로 사고의 전환도 계단을 뛰어넘듯이 순간적으로 오는 것인지도 모른다. 다만 첫 계단에서 두 번째 계단으로 넘어가는 동안의 추진력이 되어줄 섬광 같은 순간이 필요한 것이겠지. 아무렇지도 않게 현재를 보여주고 미래를 이야기하는 주 원장의 태도는 그 자체로 한 대 얻어맞은 것 같은 발상의 전환을 하게 해주었다. 그래도 나는 환자를 볼 용기는 나지 않았다.

"그럼, 밖에서 조금 기다리게. 나는 류 선생과 이야기를 좀 더 하고 싶은데, 괜찮겠나?"

진료가 끝나고 주 원장은 그제야 자신의 인생 이야기를 하기 시작했다. 대학을 졸업하고 산부인과 전문의가 된 뒤 의료사고로 하반신 마비가 되었다는 이야기부터 그 자신 의사로서 의료사고로 자신의 인생이 달라진 것에 대해 처음에는 받아들이기 어려웠다는 이야기까지 남달랐을 몇 십 년의 세월이 몇 문장으로 정리되었다. 주 원장은 유쾌한 사람이었고 농담을 좋아했다. 소설 같은 인생사의 화룡점정을 농담으로 정리했다.

"나는 쌍둥일세. 지금도 나랑 똑같이 생긴 형이 나랑 같은 교회에 다니지. 사람들이 처음에는 우리를 구별하지 못했지만 이제는 그럴 일이 없어졌지. 우리 형은 서 있는 사람이고 나는 앉아 있는 사람이니까 말이야. 같이 앉아서 회의할 때는 좀 헷갈리려나? 허허."

주 원장은 아무것도 설교하거나 강요하지 않았다. 굳이 그럴 필요가 없었다. 그에게는 남들은 겪지 않는 고통을 극복하고 일어난 사람

특유의 에너지가 있었기 때문이다. 주눅이 들어 있던 내게 그 에너지는 신선하기도 했지만 한편으로는 내 것이 아닌 것 같은 이질감을 주기도 했다. 나는 여전히 주 원장의 농담에 아무 말도 못하고 있었다.

"류 선생, 많이 바쁘지 않지? 그렇다면 다음에 다시 한 번 진료실로 놀러오게. 그때까지 나는 류 선생한테 해줄 수 있는 일이 뭐가 있을지 좀 찾아볼 테니, 류 선생도 즐겁게 생활하고 있게. 참, 말이 나왔으니 말인데, 내가 몸이 불편해도 오지랖이 좀 넓네. 몸이 바뀌어도 사람은 안 바뀌더군. 내가 원래 이곳저곳에 관심이 많고 활달한 편일세. 그래서 여기저기 친구들 만나는 것도 좋아하네. 다음에 왔을 때 류 선생이 관심 있는 과가 있다면 그곳 선생들도 좀 소개해줄게. 꼭 다시 한 번 오게."

나는 인사를 건네고 진료실에서 나왔다. 주차장에 들어와 시동을 켜니 갑자기 눈물이 왈칵 쏟아졌다. 정체를 알 수 없는 눈물이었다. 처음 나는 이런 작은 병원에까지 와서 인턴을 해보겠다고 길을 찾는 나 자신에 대한 연민 때문에 눈물이 났다고 생각했다. 그러나 연민 때문이었으면 울면서 가슴이 뛰지는 않았을 것이다. 눈에서는 눈물이 계속 흐르는데 심장은 계속 쿵쾅거렸다.

차 안에서 울다가 웃다가, 또 울다가 웃다가를 반복했다. 눈가에는 눈물이 흐르고 귓가에는 주 원장의 농담이 계속 맴돌았다. 이제 우리 쌍둥이를 사람들이 헷갈릴 일은 없지, 허허. 류 선생은 오늘 스크럽 안 서도 돼. 류 선생은 오늘 특별대우야. 그제야 어렴풋하게 나는 눈물의 정체를 깨닫게 되었다. 나는 잊고 있었다. 내가 의사라는 사실을. 오랜 실습 생활과 인턴 시험 실패로 내가 의사 자격을 통과한 사람이라는 사실조차 잊고 있었다. 작아진 마음은 이미 이룬 것은 쳐다보지 않게 하고 이루지 못한 것에만 초점을 맞추도록 했다. 그리고 그것은 내 작은 마음을 더 쪼그라들게 했다.

주 원장은 아무런 강요나 훈계 없이 내가 의사라는 사실을 깨닫게 했다. 더 나아가서 자신이 앉아서 집도하는 모습을 보여줌으로써 수술은 절대 불가능할 것이라고 생각했던 편견도 흔들리게 만들었다. 나는 몸으로 알고 있었다. 남들과 다른 실습 생활을 하고 인턴 시험에 연거푸 떨어짐으로써 내가 인턴 생활을 하기 힘들 것이라는 것을. 몸으로 알게 된 것은 머리로 알게 된 것보다 훨씬 고집이 셌다. '방법이 있을 거야. 힘을 내. 세상에 불가능이란 없잖아'라고 머리로 하는 설교는 나 자신을 더욱 냉소적으로 만들 뿐이었다. 역설적이게도 몸이 불편한 주 원장이 몸으로 주는 가르침이 훨씬 더 설득력이 있었다.

주 원장은 매사에 적극적이었다. 다음 날 전화했을 때 그는 빨리 와서 내가 갈 길을 모색해보자고 먼저 요청했다. 당시 나는 전기 인턴 모집에서 떨어진 뒤 후기 인턴 모집에 지원할 병원을 고르고 있었다. 상황을 말하자 주 원장은 병원이 결정되면 자신을 꼭 다시 찾아오라고 했다. 그리고 덧붙였다.

"류 선생이 특별히 생각해둔 병원이 있는 것이 아니라면 내가 같이 알아볼까? 아무튼 나는 항상 여기 있는 사람이니까 언제든지 와서 이야기하자고."

나는 적어도 어떤 병원을 지원해야 할지는 알아본 다음 다시 주원장을 봐야 한다고 생각했다. 주 원장은 수화기에 다시 한 번 쩌렁쩌렁한 목소리로 당부했다.

"류 선생, 뜻이 있는 곳에 길이 있어. 지금은 믿지 않겠지만 언젠가는 류 선생도 그것을 알게 될 날이 올 거야. 류 선생은 그냥 그 사실만 기억하면 돼. 믿기 어렵겠지만 뜻이 있는 곳에 길이 있다, 라고 말이야."

나는 병원이 결정되면 다시 연락드리겠다고 말하고 전화를 끊었다.

제생병원 인턴 지원

주 원장의 에너지를 받아서였을까, 나는 다시 후기 인턴 모집에서 분당의 한 2차병원에 지원하기로 마음먹었다. 내가 제생병원을 선택하게 된 데는 컴퓨터를 전공한 친구 한솔이의 도움이 컸다.

한솔이는 물리학을 전공하고 컴퓨터 프로그래밍을 하는 친구였다. 고등학교 한 해 후배였지만 나이가 동갑이어서 한솔이와 나는 서로 친구처럼 지냈다. 내 사정을 알고 있던 한솔이에게 나의 거듭된 실패는 마음 아픈 일이었다. 그는 나를 돕고 싶어했다. 물리학을 전공하고 프로그래밍을 직업으로 삼은 한솔이에게 말로 하는 위로는 별로 '효용' 없는 일이었다. 한솔이가 준 도움은 어떻게 보면 간단한 일이지만 한솔이가 아니면 할 수 없는 일이기도 했다. 한솔이는 최근 5년간 전국의 인턴·레지던트를 뽑는 병원을 모두 데이터베이스화해서 자료로 건네줬다. 엑셀 파일에 저장된 자료는 가나다순으로 정리되어 있었다. 자료에는 병원 이름과 위치, 전화번호는 기본이고 인턴의 인원, 시험 요강과 특이 사항, 심지어 어떤 병원은 의국장의 성향까지 정리되어 있었다. 한솔이는 열 장으로 정리된 파일을 출력한 뒤 다시 형광펜으로 자신이 생각할 때 중요하다고 생각되는 사항까지 체크해두었다. 비밀 암호같이 보이는 그 자료를 보면서 나는 물었다.

"여기 병원은 왜 표시해둔 거야?"

한솔이는 무표정하게 답했다.

"노란 형광펜은 가능한 병원이고, 주황색은 가능해보이지만 절대 안 될 것 같은 병원이야. 용인병원은 주황색으로 되어 있지? 2차병원이고 서울 근교에 있어서 언뜻 생각하기에는 너처럼 전기 인턴 모집에 떨어진 애들이 응시하기에는 만만해 보이지. 하지만 용인병원은 사실 연세대학교병원의 자회사나 다름없는 곳이야. 교수들은 거의 다 연대 출신이고, 그곳 레지던트들도 거의 다 연대 출신이야. 네가 그 병원에 있다고 생각해봐. 연대 출신의 젊은 남자애들과 붙었을 때 누구를 뽑을지."

그것이 나를 생각하는 한솔이의 방식이었다. 주 원장이 몸으로, 또 긍정 에너지로 힘을 줬다면 한솔이는 어쨌든 먼저 현실을 직시해야 한다는 사고방식을 지닌 사람이었다. 한솔이의 자료 앞에서 나는 몇 가지 스펙으로 정리됐다. 여자, 나이 든 사람, 성적이 좋지 않은 학생. 처음에 나는 자료집을 만들어준 한솔이의 노력에 감격스러워했다. 그 자신도 바쁜 직장인이면서 이런 자료를 만든다는 것은 쉽지 않은 일이었을 것이다. 그러나 한솔이가 내 현실을 하나하나 깨우쳐주자 나에 대해 냉정하게 평가하는 그가 원망스러워졌다. 나도 모르게 화를 냈다.

"됐어, 됐어. 이 주제에 무슨 인턴이야. 나이도 많고, 공부도 못하고 몸도 시원치 않은데. 그냥 생긴 대로 살지 뭐. 이 주제에 무슨."

한솔이도 지지 않았다. 한솔이의 반격은 화를 내는 것이 아니라 더 냉정해지는 것이었다.

"아니야. 너는 한 가지 잘못 생각하는 것이 있어. 무슨 일이 있더라도 너는 인턴 시험장에서 네 몸 상태를 말하면 안 돼. 너는 사람이 좀 순수한 구석이 있어서 뭐든지 상황을 네 위주로 생각하는 경향이 있어. 면접장에서 사람들은 네가 아픈지 몰라. 대한민국에 인턴을 뽑는 병원이 수백 개야. 네가 실습을 마친 병원 빼고는 네 몸이 불편하다는 것을 다른 병원에서 알 확률은 현실적으로 매우 적어. 물론 좁다면 좁은 것이 그쪽 동네 사정일지도 모르지. 가톨릭대학교병원의 의사들이 다른 병원 의사들에게 네 이야기를 했을 수도 있어. 그런데 너도 알다시피 종합병원 의사들은 매우 바쁜 사람들이야. 실습생 이야기를 다른 병원 의사들한테 시시콜콜 말할 여유가 없어. 또 한 가지, 그들은 네 사정에는 관심이 없어. 그건 우리에게는 좋은 일이야. 너한테 관심이 없다는 것은 네 상태를 다른 사람들에게 전할 이유가 없다는 말이기도 하기 때문이야. 류 선생, 좀 영악해져봐. 한 번만 입장을 바꿔 생각해보라고. 네가 시험관들에게 네 몸 상태를 말하는 게 맞는지 말하지 않는 게 맞는지 말이야."

폭포처럼 쏟아지는 말에 나는 잠시 할 말을 잃었다. 그래도 여전히 심통이 났다.

"그럼 거짓말을 하라는 거야? '나는 하나도 아프지 않은 사람입니다' 하고?"

그도 지지 않았다.

"야, 누가 그렇게 말하래? 너는 미필적고의도 모르냐. '나는 아프지 않은 사람입니다'라고 말할 필요가 없지. 마찬가지로 '나는 아픈 사람입니다' 라고 말할 필요도 없어. 왜 너 자신이 불리한 일을 남들에게 알리지 못해서 안달하냐."

그의 말을 이해하지 못하는 것은 아니었지만 완전히 동의할 수도 없었다. 학생 실습 시절, 내 다리가 불편하다는 사실은 30분이면 누구나 알게 됐다. 학생 실습은 주로 배움과 참관이었기 때문에 그래도 그럭저럭 양해에 양해를 얻어 마칠 수 있었다. 그런데 인턴은 달랐다. 월급을 받고 병원에서 일하는 직원이었다. 그곳은 양해 같은 따뜻한 말이 있는 곳이 아니었다.

한솔이의 의도를 알 수 없던 나는 되받았다.

"그렇게 해서 설령 인턴이 된다고 해도 하루면 내 상황을 다 알게 될 텐데 어떻게 그럴 수 있냐? 미리 MRI도 들고 가서 읍소하면서 '그래도 열심히 하겠습니다' 라고 말해야 하는 거 아니야?"

MRI까지 말하고 나자 실습 때의 기억이 되살아나면서 나는 풀이 조금 죽었다. 한솔이는 여전히 냉정한 모드로 자신이 원하는 결과를 얻기 위해 프로그래밍을 진행 중이었다.

"류 선생님, 왜 그렇게 소심해지셨어. 현실적으로 생각해보서. 당신이 염려하는 일은 일단 당신이 인턴이 되고 나서의 일이야. 말하자면 당신 몸이 불편한 것을 알지 못한 데는 병원 책임도 있는 거라고. 당신이 인턴이 되는 것은 당신이 원해서가 아니라 그 병원에서 당신을 뽑았기 때문에 되는 거야. 당신에게는 일단 인턴으로 들어가는 것이 중요해. 몸이 아니더라도 당신 약점은 충분히 많아. 왜 안 보이는 약점까지 광고하시려고. 류 선생님, 면접 때 입을 옷은 있어? 그런 생각할 시간에 지금 나랑 면접 때 입을 옷이나 사러 갑시다."

한솔이의 진심을 알게 된 나는 주 원장을 만났던 일을 이야기했다. 그러자 냉정하던 한솔이는 이제 격려 모드가 되었다.

"당신의 이런 면 때문에 어떤 점에서는 당신을 절대 못 당해. 당신은 충동적이고 제멋대로이지만 본능적으로 자신에게 도움이 되는 사람들을 가려내는 능력이 있어. 나는 항상 내가 혼자 해결해야 한다고 생각하거든. 지금도 봐봐. 내가 왜 이런 걸 해주지? 할 일이 태산 같은데."

어떻게 보면 한솔이의 말은 어느 정도 사실이었다. 한솔이가 말한 대로 그때 나는 본능적으로 알게 되었다. 인턴 생활을 하게 되면 한솔이가 내 전략 참모 역할을 해주리라는 것을. 고비마다 그의 충고가 아프지만 결국 내가 인턴 생활을 마치게 하는 데 큰 도움이 되리라는 것을. 인턴 면접은 3일 앞으로 다가왔는데 그의 말대로 나는 변변한 정장 한 벌 없었다. 그가 덧붙였다.

"내가 모레는 시간이 없으니까 지금 옷을 사러 갑시다. 지금은 마트밖에 문 연 곳이 없겠네. 별수 없지. 마트 가서 사는 수밖에. 마트 가서 정장 입고 내일 주 원장 찾아가서 '이 옷 입고 제생병원에 응시하기로 했습니다' 하고 인사해. 원장님이 좋아하실 거다."

그렇게 한솔이와 나는 마트가 문을 닫기 직전 정장을 사러 마트로 갔다. 그제야 아이컨택도 하지 못한다고 타박을 들었던 첫 인턴 면접의 악몽이 생생하게 떠올랐다. 화사하게 빛나던 동기들의 모습, 사회생활을 한 발 앞둔 초년생들의 상기된 표정, 어두운 얼굴로 면접장을 나서던 내 어깨 위로 쏟아지던 천진한 햇살까지. 이제 또다시 면접이었다.

　전기 인턴 모집에서는 내가 지원했던 병원이 예상치 않게 경쟁률이 높아서 고배를 마셔야 했다. 후기 인턴 모집에서는 행운의 여신이 내 편이었다. 여러 데이터를 종합해서 한솔이가 추천했던 제생병원은 후기 병원 중에서 선호도가 높은 병원이었고 인턴 시험이 경쟁이던 때도 여러 번 있었다. 그런데 이번 제생병원 인턴 시험에는 이례적으로 지원자가 미달되는 사태가 생겼다. 지원자는 100퍼센트 합격자가 되는 상황에서 나는 어렵지 않게 면접을 치를 수 있었다. 그리고 제생병원의 인턴이 되었다.

part **5**

**휠체어 탄 여자 인턴,
봄—여름**

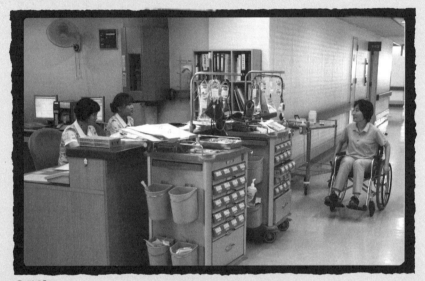

© 김대홍

인턴의 제1법칙, 선착순

인턴 숙소는 병원 4층 구석에 있었다. 숙소는 말 그대로 '잠을 자는 곳.' 인턴 숙소는 최소한의 공간에서 최대한의 인원이 수면을 취하도록 되어 있었다. 우리 방은 401호로, 방에 있는 것은 침대 세 개와 책상 두 개뿐이었다. 여자 인턴 여섯 명이 2층 침대 세 개에서 생활해야 했다.

숙소에 짐을 풀 때 인턴 생활에서 가장 큰 원칙을 알게 되었다. 원칙은 다름 아닌 '선착순.' 그것은 경쟁 사회에서 가장 간단하게 순서를 정하는 나름대로 합리적인 방법이었다. 내가 401호에 도착했을 때는 인턴 세 명이 이미 숙소에 짐을 풀고 있었다. 선착순에서 밀린나는 이층침대의 1층을 차지할 수 없었다.

사실 '선착순'은 의대 다닐 때부터 알던 원칙이기는 했다. 의대에 편입한 뒤 수업을 들으면서 놀란 것은 크게 두 가지였다. 첫째는 강의실을 옮기지 않고 한 강의실에서 계속 수업을 듣는 것이었다. 여덟 시에서 다섯시까지 한자리에서 수업을 듣다 보면 여기가 대학교인지 고등학교인지 구분이 되지 않았다. 두 번째로 의대 수업에서 인상적이었던 것이 바로 '선착순'이었다. 수업을 들을 때도 자리 정하기는 선착순이었다. 수업 10분 전이 되면 수업도 가장 잘 들리면서 교수의 집중 질문을 피할 수 있는 이른바 로열석은 이미 다 찼다.

야마가 모자라게 될 때도 원칙은 선착순이었다. 야마단은 학생 수에 맞춰서 복사실에 야마를 맡기지만 복사실 사정상 한 번에 백 부씩 찍지 못할 때도 있다. 복사실 아저씨는 "절반 정도만 금요일까지 되고, 나머지는 주말 지나야 될 거야"라고 말한다. 야마가 나왔다는 소식이 들리면 빨리 복사실에 가서 야마를 찾아야 한다. 그렇지 않으면 남들보다 공부를 늦게 시작할 수밖에 없는 운명에 처할 수도 있다. 게으름을 피우면 알게 모르게 불이익을 받는다. 이것이 의대의 생존 법칙이었다.

이제 당장 내일부터 인턴에 투입될 예비 인턴들이 강당에 모였다. 스무 명 인턴이 짝턴을 뽑고 인턴 도는 과의 순서를 정하기 위해서였다. 어떻게 보면 이는 가장 민감한 문제였다. 대부분의 병원에서 레지던트를 뽑을 때는 인턴 점수가 절대적으로 중요하다. 인턴 점수는 크게 A, B, C로 나뉜다. A는 상위 20퍼센트, C는 하위 20퍼센트다. 전형에서 인턴 점수의 비중이 20퍼센트 정도에 불과할지라도 인턴 점수의 중요성은 그 이상이다. 간단히 말하면 인턴 점수가 C이면서 인기 있는 과에 합격하기는 거의 불가능하다. 인턴 점수 C는 병원에서 주홍글씨인 셈이다.

문제는 아무도 인턴을 불성실하게 돌지 않는다는 것이다. 모두 열심히 일하는 상황에서, 즉 상향 평준화된 상태에서 인턴 점수 C를 받지 않는다는 것은 생각처럼 호락호락한 일은 아니었다. 80퍼센트 안에만 들면 된다는 것이 아니었다. 20퍼센트 안에 들면 안 되는 것이었다. 예비 인턴들이 이것을 모를 리 없었다. 이런 상황에서 인턴이 과를 도는 순서와 어떤 짝턴을 만나는지가 중요한 변수가 될 것이었다. 모두 긴장한 기색이 역력했다.

나의 첫 턴은 NS neurosurgery, 신경외과였다. NS는 뇌와 척추 수술을 하는 곳으로 중환자들이 많은 과 가운데 하나였다. 당장 내일 아침부터 NS 인턴으로 투입되어야 했다. 일단 신경외과 의국에 가서 오리엔테이션을 받는 것이 중요했다. 병원 밖에서는 태율이와 한솔이가 기다리고 있었다.

신경외과 병동의 국민사위

신경외과 의국에 들어서자 액자가 하나 눈에 띄었다. '가장 정확하게, 가장 신속하게, 가장 정교하게.' 뇌수술을 하는 신경외과 의사들의 자부심이 묻어나는 표어였다. 아무렇게나 벗어둔 가운, 먹다 남은 음료수, 여기저기 널려 있는 종이들이 바쁜 의국 생활을 증명했다.

다른 인턴 동기들도 각각 처음으로 돌게 된 과로 인사를 가기 위해 부산했다. 나도 신경외과 의국에서 대기 중이었다. 잠시 후 NS 1년차 노 선생이 바쁘게 문을 열었다.

"선생님이 새로 돌게 된 인턴 선생님이세요? 처음부터 우리 과에 오다니 선생님도 힘들겠어요. 일단 나는 저녁을 좀 먹어야 할 것 같은데, 선생님도 안 먹었으면 저거 같이 먹어요."

노 선생은 체구가 건장하고 서글서글한 호남형이었다. 눈 깜짝할 사이에 의국 책상에는 사발면 두 개가 놓였다. 라면을 먹는 동안에도 노 선생의 비퍼는 쉼 없이 울렸다. 응급실에서, 병동에서, 스태프에게서, 또 선배 레지던트에게서. 그래도 노 선생은 싫은 표정 한 번 짓지 않았다. 당시 나는 그런 노 선생의 행동이 얼마나 대단한 것인지 알지 못했다. 노 선생이 대단하다는 생각이 든 것은 그것이 얼마나 어려운 일인지 알고 나서였다.

저녁을 먹고 나자 바로 오후 드레싱이었다. 신경외과 병동은 505병동으로 환자들은 대부분 뇌수술을 받아 거동이 불편했다. 기관절개술에다가 중심정맥라인까지 잡은 환자들도 있었다. 말 그대로 주렁주렁 선을 달고 거즈를 붙였다. 노 선생은 노련하게 드레싱 카트를 밀면서 소독을 해나갔다.

2병실에 들어가자 보호자들이 앞 다투어 노 선생을 반겼다. 저녁마다 와서 환자의 상처를 소독해주고 보호자들의 말을 들어주는 노 선생은 인기가 좋았다.

"아이고 우리 선생님, 이것 좀 드셔보세요."

보호자 한 분이 오렌지 하나를 노 선생 입에 집어넣었다. 다른 보호자도 노 선생에게 와서 인사를 했다. 신경외과 환자들은 대부분 3개월 이상 입원한 경우가 많고, 식물인간 상태로 있어서 의사소통이 되지 않는다. 보호자들은 가족인 경우도 있지만, 입원 기간이 길어짐에 따라 간병인을 두는 경우도 많았다. 간병인들은 24시간 환자와 붙어살면서, 환자의 식사를 챙기고 심지어 대소변까지 챙겼다. 사정이 이렇다 보니 의사와 보호자 사이도 다른 병동의 의사-보호자 사이보다 밀접했다. 라뽀가 좋은 것이다. 병원에서는 의사와 환자, 보호자의 관계를 라뽀rapport라고 하고, 치료에서 가장 중요한 것이 라뽀 형성이라고 한다.

나는 노 선생 뒤에서 드레싱하는 모습을 지켜보면서 병실을 돌았다. 의학 드라마의 한 장면이 계속 연출되었다. 사위를 삼고 싶다는 보호자, 노 선생 앞에서 하나라도 먹을 것을 챙겨주고 싶어하는 간병인, 눈물을 흘리는 보호자. 훈훈한 풍경과는 대조적으로 발목은 점점 아파왔다. 나는 노 선생에게 다리가 좀 아프다고 말했다. 노 선생은 의아한 표정을 짓더니 의국에 먼저 가 있으라고 했다.

의국에서 기다리는데 한솔이에게서 문자가 왔다. 친구 둘은 내가 인턴 생활을 성공적으로 시작할 수 있기를 학수고대했다. 한솔이는 회사에 연가까지 내고 병원 근처에서 나를 기다렸다. 하지만 인턴을 도는 것은 나였다. 직접 도와줄 수 없는 그들은 안타까워하면서 내 소식을 기다렸다. 나는 문자로 그들에게 상황을 알렸다.

"신경외과 당첨. 저녁 드레싱 도중 다리가 아파서 의국에서 기다리고 있음."

바로 답장이 왔다.

"지금 저녁 먹고 주차장 차 안에 있다. 여기는 걱정하지 말고 네 일만 생각해라. 그리고 절대 섣부르게 판단하지 마라. 자세한 이야기는 나중에."

한 시간쯤 지났을까. 노 선생이 들어왔다.

"선생님, 어디가 불편한 거예요?"

나는 사실대로 말했다. 환자를 보는 노 선생의 따뜻한 모습을 봐서 그랬을까. 지역도 다르고 학교도 달랐지만 노 선생이 편안하게 느껴졌다. 신경외과 병동의 환자나 보호자의 심정이 되어서 노 선생에게 내 증상, 어려움, 상태 등을 털어놓았다. 이야기를 다 듣고 난 노 선생이 나에게 제안을 했다.

"선생님도 많이 힘들겠네요. 나도 여기서 막내라 도와줄 수 있는 것은 크게 없어요. 그런데 말을 들어보니 일단 선생님은 동선이 길수록 힘들어지는 거잖아요. 그럼 차라리 먼저 응급실을 도는 것은 어때요? 물론 응급실이 힘들죠. 24시간 근무니까. 그런데 응급실은 딱 응급실 한군데에서만 있어요. 그리고 환자가 많을 때는 바쁘지만 없을 때는 그냥 대기하면서 의자에 앉아서 기다리면 돼요. 여기 인턴은 동선이 엄청나게 길어요. 하루에도 이 건물을 수십 번씩 왔다 갔다 해야 해요. 응급실에, 병동에, 수술실에, 의국에."

일면식도 없는 내게 마음을 써주는 노 선생이 고마웠다. 하지만 응급실이라니, 그것도 처음부터. 나는 판단이 서지 않았다. 게다가 그렇게 하려면 다른 인턴들과 턴을 바꿔야 했다. 인턴들 간에 턴 순서는 민감한 부분 가운데 하나다. 간단하게 말하면 일하기 편한 턴을 처음 도는 것이 점수 받는 데 유리하다. 여름쯤 되면 술기도 몸에 익고, 병원 생활도 적응된다. 이때 돌기 힘든 과를 도는 것이 점수 받는데 좋다. 그러다가 봄에 편한 과, 여름에 어려운 과, 가을 무렵 다시편한 과, 이것이 인턴이 가장 선호하는 코스다. 가을에 편한 과를 돌면 레지던트 필기시험 준비를 할 시간을 벌 수 있기 때문이다.

머뭇거리는 내게 노 선생이 다시 말을 이었다.

"학교 후배 중에 김 선생이 지금 인턴으로 들어왔어요. 김 선생은 우리 과 들어오고 싶어서 우리 병원 인턴 어플라이apply, 지원했거든요. 김 선생은 학교 때 성적도 괜찮고 해서 인턴 생활만 성실히 하면 우리 과장님도 뽑고 싶어하실 거예요. 지금 김 선생이 응급실 돈다고 하던데, 내가 김 선생한테 한번 말해볼까요? 김 선생은 지원하고 싶은 과에 먼저 눈도장 찍어서 나쁠 것 없을 거고, 선생님도 응급실이 확실히 신경외과보다는 나을 거예요. 그럼 오늘은 쉬고, 내일 6시 30분까지 지하 영상의학과 방으로 오세요. 그때까지 어떻게 할지 생각해보고, 과장님 뵙고, 나머지 일은 내일 결정하지요."

인턴 첫날, 이 이방의 공간에서 적어도 나를 배척하지 않는 사람, 아니 나를 도와주려는 사람을 만나게 된 것은 큰 행운이었다. 그래도 불안하고 자신이 없었다. 몇 번의 실패, 시시각각 몰려오는 통증은 계속 내게 포기하라고 말했다.

알파와 오메가

●

●

　주차장에서는 태율이와 한솔이가 자고 있었다. 그들은 기다림과 걱정에 지쳐 곯아떨어져 있었다. 내가 문을 열자 태율이가 먼저 깼다. 싹싹하고 밝은 태율이는 내 표정을 먼저 살피더니 오히려 호들갑스럽게 반겼다.

　"류 선생, 가운 입은 모습 멋있는데. 이제 진짜 의사 같다. 어휴, 한솔이 형 또 잔다. 하여간 잠을 참 잘 자."

　나는 애써 아무렇지도 않은 척하면서 밝은 분위기를 만들려는 태율이가 안쓰러웠다. 우리 둘이 떠드는 소리를 들었는지 한솔이가 눈을 비비면서 "왔냐?" 하고 말했다. 기분 전환이 필요했다. 우리는 차를 타고 일단 병원을 나섰다. 커피 한잔이 절실했다. 한솔이가 운전대를 잡고 나와 태율이는 뒷좌석에 앉았다.

　늦은 저녁의 분당 거리는 낮보다 더 화려했다. 사방에서 오락거리가 행인을 유혹했다. 술집, 노래방, 음식점, 옷집. 내 눈에 들어온 것은 모두 병원 간판이었다. 동안피부과, 토털에스테틱, 김내과, 우리아이 소아과. 저 병원의 원장들은 어떤 사람일까? 나는 한솔이에게 말을 걸었다.

　컴퓨터 프로그래머인 한솔이의 장기는 상황 판단과 분석이었다.

태율이가 내 마음을 달래주고 분위기를 부드럽게 해주었다면, 한솔이는 독설을 해서라도 상황을 정확하게 알려주었다. 나는 한솔이의 매운 말이 때로는 섭섭했다. 그러나 좋은 약은 입에 쓰다고 했던가. 결과적으로 봤을 때 한솔이의 판단이 틀린 적은 거의 없었다. 인턴 생활을 앞두고 나는 머리는 한솔이에 의지하고, 마음은 태율이에 의지했다. 병원이라는 서대 조직 앞에서 여러 불리한 상황을 가지고서 혼자 힘으로 맞서기에는 역부족이었다. 태율이와 한솔이는 내 인턴 생활의 알파와 오메가가 되었다. 태율이는 경향신문에서 내가 기자 생활을 할 때 아르바이트생으로 인연을 시작했다. 한솔이는 고등학교 후배였다. 태율이는 나보다 일곱 살이 어렸고, 한솔이는 나보다 한 살이 어렸다. 하지만 둘 다 나를 생각하는 마음은 어느 어른 못지않았다.

"한솔아, 저 병원 원장은 전문의겠지?"

간판을 보면서 물었다. 간판에는 '미소에스테틱, 진료과목 성형외과'라고 적혀 있었다. 인턴과 레지던트 모집 요강을 엑셀파일로 만들어준 한솔이는 머리가 비상했고 새로운 정보를 배우는 속도가 빨랐다. 나와 친하게 지내면서 한솔이는 웬만한 의대생보다 의대 생활을 더 잘 알게 되었다. 한솔이가 대답했다.

"성형외과 전문의는 아니겠지. '진료과목 성형외과'라고 밑에 쓰는 것은 성형외과 보드board, 전문의 자격증가 아니잖아. 저기 보이는 김 소아과, 저런 게 소아과 보드지. 아니 류 선생은 나보다 돌아가는 걸 더 몰라서 어떡해?"

나는 다시 간판을 둘러보면서 물었다. 저 중에 전문의 보드가 없는 사람은 얼마나 있을까?

"글쎄, 정확하게는 모르겠지만 이런 신도시에서 전문의 보드도 없으면서 개업할 수 있는 배짱이 있는 사람이 있을까? 여기 주민들은 소식도 빠른 사람들인데 견뎌낼 수 없을걸. 아까 포털사이트의 의사답변 잠깐 봤는데 그것도 전문의 자격이 있어야 답변할 수 있더라. 이 나라에서 전문의 보드 없이 성공한 사람들은 더 대단한 사람들이지. 그 사람들은 의사 아니라 뭘 했어도 성공했을 거야. 그런데 우리 류 선생이 왜 마음이 약해져서 그런 생각을 하지. 왜 인턴 안 하게?"

당장 내일 일도 어떻게 될지 모르는 상황이었다. 막막하고 답답했다. 그런데 한솔이는 술술 이야기를 풀어놓으면서 여유가 있었다. 나는 한솔이가 얄밉게 느껴졌고 순간 울컥했다.

"왜 네 일 아니라고 그렇게 쉽게 말이 나오냐?"

옆에 있던 태율이가 당황했다. 태율이는 분위기 중재에 나섰다.

"형이 계속 기다리면서 얼마나 고생했는데 왜 그래? 그리고 형이 누나 생각해서 그러는 거잖아."

나는 태율이의 말에 다소 누그러졌다. 한솔이는 머리가 좋고 상황 판단이 빨랐지만 다혈질적인 면이 있었다. 내가 따지듯이 말하자 한솔이도 섭섭했던지 목소리가 격해졌다.

"야, 내가 나 좋으라고 이러고 있냐. 나도 너 인턴하는 거 보고 싶어서 그러는 거잖아. 정신 좀 차려. 그리고 너, 내 말 똑똑히 들어. 네가 모르는 게 한 가지 있는 것 같은데 기억해야 할 건 딱 하나야. 네가 이 병원을 네 발로 나가기 전까지 절대 이 병원에서는 너를 먼저 못 내쫓아. 알겠어?"

역시 한솔이는 통찰력이 있었다. 커피숍에서는 한솔이의 목소리만 낭랑하게 울려 퍼졌다. 태율이가 한솔이에게 물었다.

"형, 그게 무슨 말이야?"

한솔이는 다시 이성을 찾았다. 나도 흥분을 가라앉혔다. 우리의 카페라테 회동은 다시 시작되었다. 안건은 내 인턴 생활이었고 태율이가 사회, 한솔이가 주 패널이었다.

"생각해봐. 병원에서 인턴은 병원의 모든 잡일을 도맡아 하는 사람이야. 인턴 한 명이 없으면 병원에서는 또 다른 인턴을 새로 뽑아야 해. 일단 번거로운 일이지. 행정적인 일이 엮이면 병원에서는 피곤하거든. 그런 면에서도 아무리 못하는 인턴이라도 없는 것보다는 있는 게 나아. 그렇지 않겠어?

그리고 또 하나, 어쨌든 이 병원에서는 지금 너를 채용한 거야. 내가 지난번에도 말했듯이 네 몸이 불편한 것을 병원이 알지 못한 것은 병원 책임이야. 너는 말할 이유가 없지. 네가 그만두겠다고 먼저 말하지 않는 한, 병원에서 너를 자르는 것은 엄청나게 번거로운 일이야. 네가 몸이 불편하다고 병원에서 너를 해고한다? 이것이 가능할 것 같아? 이렇게 되면 정말 일이 커져. 인권 문제로도 말이 나올 수 있고. 병원으로서는 가장 피하고 싶은 상황이지. 너는 그러니까 그것만 명심하면 돼. 내 발로 걸어 나오지 않는다. 오케이? 물론 쉽지는 않겠지. 네 다리에 관해서도 어떻게 해야 할지 아직 대책이 안 서 있고 여러 불편한 시선과 부딪쳐야 할지도 몰라. 그래도 어쨌든 네가 나오지 않으면 길은 생겨. 그리고 너도 알다시피, 인턴만 마치면 레지던트는 여러 길이 있잖아. 인턴이 고비야. 알겠지?”

어느새 마시지 못한 커피는 식어 있었다. 한솔이의 통찰은 정확했다. 가장 중요한 것은 내가 먼저 포기하지 않는 것이었다. 보훈병원 정형외과에서의 악몽이 떠올랐다. 상황이 어떤 식으로 펼쳐질지는 알 수 없었다. 나는 일단 오늘 노 선생과 드레싱했던 저녁 회진 이야기를 했다. 태율이와 한솔이의 얼굴이 밝아졌다. 한솔이가 다시 말했다.

“너는 역시 운이 참 좋다. 첫날부터 네 편이 되어주겠다고 자처하는 사람이 레지던트 1년차로 있고. 앞으로 노 선생님이 하는 말은 다 들어도 될 것 같은데.”

인턴 시작 바로 전날, 상황은 계속 긴박하게 돌아갔다. 그때 노 선생에게서 전화가 걸려왔다. 노 선생은 항상 존칭을 사용했다.

"류 선생님, 내가 성구에게 말해봤더니 성구도 좋다고 하네요. 자신이 먼저 NS를 돌겠다고 해요. 선생님하고 성구는 내일 오전 회진에 과장님 뵙고, 사정 이야기하고, 선생님은 내일부터 응급실로 가면 될 것 같아요. 그리고 이건 조금 다른 이야기인데요. 선생님, 여기서 인턴 못할 거 없어요. 여기는 대학병원에 비하면 규모가 작은 편이라서 모든 인턴이 과를 모두 돌아야 하는 건 아니에요. 그러니까 선생님도 적응을 하고, 또 턴을 어떻게 정해서 도느냐에 따라 충분히 인턴 생활을 마칠 수 있어요. 외과 같은 경우도 인턴 둘이 도는데 교대로 스크럽을 서거든요. 그러니까 외과 의국하고 짝턴하고만 말이 잘되면 선생님은 다른 일을 커버하면 돼요. 그러니까 일단 버텨봐요. 점점 길이 보일 거예요. 그리고 내일 절대 지각하면 안 돼요. 과장님 무섭습니다."

우리의 회동은 노 선생의 전화로 마무리되었다. 한 가지는 확실했다. 내가 먼저 포기하지 말 것, 노 선생도 같은 이야기를 했다.

인턴 첫날, 신경외과에서 응급실로

신경외과의 하루는 새벽 6시 30분에 영상의학과 필름 판독실에서 시작되었다. 나이가 쉰이 넘어 보이는 과장은 익숙한 모습으로 삼각 김밥과 우유를 먹었다. 저 사람은 몇 년을 이 시간에 일어나서 필름 보는 일로 하루를 시작했을까. 문득 학생 때 신경외과 교수가 했던 말이 생각났다.

"우리 과에서는 수술실에 들어가면 반은 살고, 반은 익스파이어 expire, 사망하지. 환자가 익스파이어하면 도망가고 싶을 때가 한두 번 이 아니었어. 그렇지만 어려운 수술을 끝낸 환자가 서서히 회복하는 모습을 보면 보람은 말로 할 수 없지. 처음에는 혼자서는 숨도 쉬지 못했던 환자가 나중에 혼자 외래로 오면 고맙다는 생각이 들어."

지금 뇌 MRI를 보고 있는 신경외과 과장 역시 그런 인생을 살았을 것이다. 삼각 김밥과 우유로 하루를 시작하고, 중환자를 상대하고, 죽음과 삶을 매일 상대하는 삶. 나는 과장의 비장한 표정 앞에 아무 말도 할 수 없었다. 신경외과 의사로서 초년생인 노 선생도, 신경외 과 의사를 꿈꾸는 성구도 마찬가지였다. 영상 회진을 마치고 병동 회 진을 가려고 과장이 일어섰을 때 노 선생이 과장을 불렀다.

"새로 온 인턴 선생님들입니다, 과장님."

"올해부터는 인턴 두 명 배정받나?"

노 선생이 상황을 설명했다. 턴이 바뀌어서 인사를 드리고 간다고 간단하게 설명했다. 과장은 나를 보면서 의미심장한 한마디를 덧붙 였다.

"우리 과는 돌지 마. 힘들어. 선생, 신경외과 할 거 아니잖은가."

아무렇지도 않게 새벽부터 일과를 시작하는 일이 과장도 힘들지 않은 것은 아니었다. 과장의 말은 짧았지만 울림이 있었다.

인사를 마치고 바로 응급실로 향했다. 응급실은 24시간 체제로 운영되고 있었다. 교대 시간은 오전 여덟시. 아직 과장은 오지 않았다. 아침 여덟시, 응급실은 의외로 평화로웠다. 텔레비전에서 볼 때 응급실은 항상 흡사 전쟁터 같은 곳이었다. 분초를 다투는 환자들이 이송되고, 그 환자를 처치하고 있으면 또 다른 환자가 들어오고. 응급실 하면 가장 먼저 생각나는 장면은 심폐소생술을 하고 있는 응급실 의사들의 모습이었다. 여기도 지난밤에는 폭풍이 지나갔을까.

여덟시가 되고, 응급실 회진이 시작되었다. 대부분 배탈, 복통 같은 경미한 증상을 보이는 환자들이었고 응급실 안은 비교적 안정적이었다. 회진이 끝나고 나는 다른 인턴 한 명과 함께 본격적으로 업무에 투입되었다.

응급실에서 인턴이 하는 일은 병원마다 조금씩 다르다. 환자가 들어오면 예진을 보는 것은 대부분의 병원이 공통적이다. 그런데 인턴이 시행하는 술기는 조금씩 차이가 있다. 어떤 병원에서는 소독과 수처를 인턴이 하기도 하고, 어떤 병원에서는 드레싱도 인턴이 하는 경우도 있다.

어떤 병원에서는 인턴이 응급실에서 심전도를 찍는다. 심전도를 찍기 위해서는 몸통에 리드라고 불리는 물체를 붙여야 한다. 어렵지 않은 일이지만 의외로 몸통에 리드 붙이는 일이 잘되지 않는 경우가 있다. 환자가 급성흉통을 호소하면 가장 먼저 해야 하는 일 가운데 하나가 심전도를 찍는 일이다. 급성흉통을 호소하는 병 가운데 가장 무서운 것은 심근경색이다. 심근경색은 그야말로 분초를 다투는 초응급 상황이다. 이런 상황에서 인턴이 능숙하지 않아서 심전도를 붙이는 데 시간을 지체하면, 그것은 말 그대로 재앙이다.

인턴에게 어려운 술기 중 하나는 ABGAarterial blood gas analysis다. ABGA는 동맥혈 가스 분석의 약자로, 의사는 환자의 동맥에서 혈액을 채취해야 한다. 가장 손쉽게 동맥을 채취할 수 있는 곳은 환자의 손목이다. 동맥이라고 해도 심장처럼 크게 팔딱거리는 것도 아니고 미동만 있을 뿐이다. 인턴은 환자의 손목을 촉지하고, 그곳에서 동맥을 찾고, 작은 바늘을 찔러 혈액을 채취한다. 잘못해서 동맥에서 혈액을 뽑지 않고 정맥에서 뽑으면 검사 결과에서 바로 차이가 난다. 환자가 호흡곤란을 보일 때 먼저 하는 술기 가운데 하나인 ABGA에서 인턴이 시간을 지체한다면, 이 또한 응급실에서는 재앙이다.

옆에서 보호자가 이런 상황을 다 보고 있으면 상황은 더 좋지 않다. 가운을 입은 사람들은 보호자에게는 모두 그냥 의사다. 누가 숙련되고 누가 미숙한지 그런 것을 고려할 이유가 없다. 보호자의 불만 소리는 점점 커진다.

"그렇게 계속 피를 뽑으면 어떻게 해요. 그러다가 빈혈 걸리겠어요."

이런 때는 인간의 몸의 70퍼센트가 체액이며, 그중 8퍼센트가 혈액이라는 사실을 보호자에게 설명하고 싶지만 할 수 없다. 결국 인턴이 ABGA에 실패하면 보다 못한 응급실 레지던트가 바늘을 들고 나선다.

그래도 역시 응급실 인턴 일의 하이라이트는 '노티'다. 인턴이 보고하는 대상은 타과의 레지던트들이다. 새벽 두시 응급실에 두통 환자가 왔다고 치자. 두통 환자는 일단 신경과나 신경외과가 주로 본다. 환자의 두통 양상을 보니까 뇌 쪽에 기질적인 문제가 있을지도 모른다는 생각이 든다. 인턴은 새벽 두시에 신경과 레지던트 1년차를 깨운다. 그리고 노티를 한다.

"응급실에 41세 여자 환자 헤드에이크headache, 두통로 내원했습니다"로 시작하는 노티다. 잠에서 깬 레지던트들은 피곤하기 그지없다. 응급실 인턴의 호출은 밤에 울리는 호출 가운데 가장 힘든 것이다. 어떤 레지던트는 인턴 목소리만 들어도 짜증을 낸다. 존재 자체가 짜증이 되는 경험을 인턴이 되면 누구나 한다.

오전 내내 응급실은 한산한 편이었다. 나는 노 선생 말처럼 응급실을 처음 돌기 시작한 게 잘한 일일지도 모른다는 생각을 했다. 그러나 점심이 지나고 나자 버스 추돌 사고 환자가 한꺼번에 몰려들었다. 인턴 첫날, 나는 환자들의 엑스레이 오더를 내느라 정신이 없었다. 그리고 예상대로 다리에 통증이 몰려왔다. 나는 상황을 일단 알려야겠다고 생각했고, 응급의학과 의국장은 과장에게 내 상황을 보고했다. 과장이 나를 방으로 불렀다.

"응급실이 쉽지가 않은데, 먼저 응급실을 돈다고 바꿨다지?"

나는 동선을 보니 신경외과보다는 나을 것 같다는 말을 할 수 없었다. 그런 발언은 미묘하게 과장의 자존심을 건드릴 수 있다는 판단이 들었다. 과장은 젊었고 합리적이었다. 과장은 상황을 파악한 뒤 일단 다른 선생님과 상의하겠다고 했다. 다시 대기 상태. 나는 한솔이가 한 말을 다시 한 번 되새겼다. '네 발로 그만두겠다고 걸어 나오지만 않으면 돼.' 과장은 어딘가 전화를 한 뒤 말했다.

"일단 교육연구부장님을 뵙고 오세요. 그분이 인턴 교육을 총책임지는 분이니까. 우리 과에서 일하는 것은 부장님과 다시 상의하고 말하지요."

산 넘어 산일까, 길이 보이는 것일까. 알 수 없었다.

여풍당당, 교육연구부장

"류 선생, 반가워요. 내가 지금 진료 중이라서 길게 이야기는 못하고 일단 인사부터 나눕시다. 우리 초면이죠?"

교육연구부장인 백현숙 부장은 한번 만나면 잊을 수 없는 사람이었다. 소프라노 톤의 목소리에는 자신감이 충만했고, 만면에 환한 웃음을 띠고 있었다. 체구는 작았지만 꼿꼿했고 한 치의 흐트러짐도 없었다. 미국 공화당의 노련한 여정치인을 보는 것 같다고나 할까. 세트로 맞춘 것이 틀림없는 의상과 화장은 세련미를 풍겼다. 잘 다린 가운 안에서는 진주 목걸이가 빛났다.

처음에는 백 부장의 목소리와 모습이 다소 연극적으로 느껴졌다. 응급의학과 김 과장에게서 내 이야기를 들었을 테고, 그렇다면 나를 만나는 것이 무엇인가 골치 아픈 상황일 것이라는 점도 알 터다. 그런데 이렇게 나를 반겨주다니. 백 부장은 진료 중이었다. 내과 중에서도 소화기 내과를 전공한 백 부장은 외래 환자와 입원 환자로 항상 눈코 뜰 새 없이 바빴다. 게다가 교육연구부장이라는 간단치 않은 병원 행정 직책에 대한여의사회 간부직까지 백 부장이 가지고 있는 타이틀만 열 개가 넘었다.

그러나 중요한 것은 타이틀이 아니었다. 백 부장의 가장 특별한 점은 끝없는 긍정성이었다. 자신감에 찬 목소리와 모습은 겉으로만 보이는 것이 아니었다. 그것은 마음 깊은 곳에서 밖으로 뿜어 나온 것이었다. 백 부장과의 첫 만남에서 나는 긍정의 에너지가 있다는 것을 알았다. 그것은 막연하게 어려움을 극복하라고 강요하는 것과는 차원이 달랐다. 그 자신이 긍정으로 똘똘 무장되어 있어 상대방에게도 자연스럽게 할 수 있다, 하면 된다는 느낌을 갖게 해주는 것이었다.

외래 환자가 어느 정도 정리되자 나는 다시 백 부장 방으로 들어갔다. 병원 행정 생활을 오래 해서인지 백 부장은 상황 파악이 빨랐다.

"지금 어디가 어떻게 불편한지 내게 말해줘요."

나는 잠시 머뭇거리다가 가지고 온 영상 CD와 진단서를 냈다. 그리고 일상생활에서 겪는 임상 증상을 덧붙였다. 학생 실습은 동기들의 도움을 받아서 했고, 오래 걸을 수 없으며, 서 있는 것은 더 불편하다고. 백 부장은 찬찬히 내 말을 들었다.

"그럼 일단 여기 재활의학과 임 선생을 보고 와요. 임 선생이 발에 관해서는 전문가니까 다시 한 번 진료를 받아보는 게 좋겠어요."

임 선생은 40대 초반의 여선생이었다. 교육연구부장에 재활의학과 과장까지, 그야말로 병원 내 여풍이었다.

"지금 상황으로는 인턴 생활은 힘들겠어요. 보조 장치를 이용하면 조금 시간을 늘릴 수는 있겠지요. 예전에 보조기를 한 적이 있어요?"

당연히 있었다. 몇 번의 수술과 치료가 좌절된 뒤 보조기로 눈을 돌렸었다. 때마침 독일의 보조기 장인이 우리나라에 왔다. 나는 50만 원이 넘는 보조기를 특수 제작했다. 결과는 시원치 않았다. 내 발에 맞추어 제작한 보조기는 중고로 팔 수도 없었다. 결국 보조기는 애물단지로 전락해서 창고로 들어갔다.

내 답변에 임 선생은 상황을 간단하게 정리해주었다.

"그렇다면 결국 휠체어를 타는 수밖에 없어요. 지금 인턴을 할 수 있는 건 그 방법밖에 없어요. 예전에 휠체어는 탄 적이 있죠?"

재활의학과는 말 그대로 중도장애인의 재활을 돕는 과다. 중도장애인은 크게 뇌척수 병변이 있는 경우와 근골격계 병변이 있는 경우로 나뉜다. 내 경우는 후자에 속하고, 척수 수술을 받다가 하반신 마비가 된 주 원장은 전자에 속한다. 중도장애인이 된 경위야 어쨌든 간에 재활의학과 환자들에게 휠체어는 아주 친숙한 존재다. 물론 재활의학과 의사들도 휠체어가 친숙하다.

수술은 단시간에 끝난다. 아무리 길어도 하루를 넘기지 않는다. 하지만 재활은 긴 여정이다. 척수 사고를 당한 환자의 경우, 먼저 의사는 배뇨에 관련된 신경이 살아 있는지 살핀다. 배뇨 문제를 스스로 해결할 수 있는 것과 할 수 없는 것은 삶의 질에서 큰 차이가 나기 때문이다. 다행히 배뇨근이 살아 있다 해도 투병 기간이 길어지면 환자가 그것을 조절할 수 있는 것은 별개 문제다. 이럴 때 재활의학과 의사는 환자에게 한걸음 한걸음 할 수 있는 것을 알려주고, 할 수 있도록 치료해준다.

결국 환자의 몸 상태에 맞게 인생 전반을 리모델링하도록 해주는 일, 그것이 재활의학과 의사가 하는 일이다. 당연히 지구력과 좋은 품성이 필요한 직업이다. 재활의학과 의사라면, "당신은 지금 다리가 불편하니까 달리기는 할 수 없어요"라고 말하지 않는다. 그 대신 "당신은 지금 다리가 불편하니까 수영을 해서 먼저 근육을 키우는 게 좋겠어요. 그러고 나면 가까운 공원 산책 정도는 서서히 해볼 수 있을 거예요"라고 말할 것이다. 수퍼맨이라고 불리는 사나이, 하지마비에도 우수한 성적으로 인턴을 마치고 존스홉킨스대학교병원에서 근무하는 사나이 이승복이 재활의학과 의사인 것은 시사하는 바가 크다.

그런 의미에서 백 부장이 정형외과 의사 대신 재활의학과 의사를 만나게 한 것은 큰 행운이었다. 정형외과 의사들은 서전이다. 그들은 수술하거나 수술하지 않거나 둘 중 하나다. 인턴으로서 또 환자로서 내가 정형외과 의사를 만났다면, 그들은 지금 당장 할 수 있는 수술이 없다는 말을 했을 것이다. 현재 할 수 있는 수술이 없다는 것은 서전에게는 환자로서 이유가 없다는 뜻이다. 그러면 상황은 하나도 변하지 않았을 것이다.

그러나 휠체어라니. 순간 머리가 복잡해졌다. 물론 나도 휠체어를 탄 적이 있다. 사고 직후 양발에 기브스를 한 뒤 혼자서는 조금도 움직일 수 없었다. 그렇다고 기브스를 했다고 학교를 결석할 수는 없었다. 고3 가을, 입시는 100일 앞으로 다가왔다. 나는 휠체어를 타고 등교했고, 휠체어를 타고 대학 입시를 치렀다. 양발에 기브스를 한 사람에게는 휠체어 말고 다른 방법이 없었다. 그리고 그 뒤 휠체어는 까맣게 잊고 살았다. 정상적으로 보행할 수 있는데 휠체어를 탈 이유가 없었다. 오래 걷지 못하고 오래 서 있지 못한다고 해서 휠체어를 탄다는 생각은 해본 적이 없었다.

나에게 두 번째 휠체어는 주원장의 휠체어였다. 주 원장에게 휠체어는 말 그대로 제2의 다리였다. 주 원장은 휠체어를 이용해서 어느 곳이나 다녔다. 휠체어는 주 원장을 진료실에서 수술실로 이동시켜주었다. 수술을 마친 주 원장이 퇴근하면 휠체어는 이번에는 주 원장을 병원에서 엘리베이터로, 주차장으로 데려다주었다. "나는 전동휠체어는 좋아하지 않아. 수동휠체어를 타야 상체 근육을 키울 수 있거든." 튼튼한 상체 근육을 이용해서 주 원장은 다시 휠체어에서 자가용 운전석으로 옮겨갔다. 주 원장의 손 운전은 능숙했다. 주 원장은 자신의 상황에 맞게 모든 것을 최적화해서 세팅해두었다. 그런 모든 일이 익숙해지기까지 얼마나 오래 걸렸을까.

나는 주 원장에게 이 모든 상황에 적응하기까지 시간이 얼마나 걸렸는지 물을 기회가 있었다.

"내가 장애인이 되었다는 것을 받아들이는 것, 그게 시간이 걸렸어. 류 선생도 나를 봐서 알겠지만 나는 가만히 있지를 못하는 사람이야. 항상 사람들하고 어울리고 활동하는 것을 좋아하지. 전문의를 따고 얼마 뒤 사고를 당했고 수술이 잘못됐어. 일종의 의료사고였지. 의사가 의료사고를 당해서 장애인이 되었다는 사실을 받아들인다는 것이 쉽지 않았어. 원망도 많이 하고 방황도 많이 했지.

그런데 류 선생, 그거 알아? 깨달음은 순간적으로 다가오지. 내가 이 모든 것에 적응하는 열쇠가 무엇이었는지 아나? 그건 '나는 장애인이다. 그리고 그건 내 잘못이 아니다' 하는 것을 받아들이는 것이었어.

내가 장애인이라는 사실을 인정하고 나니까 그다음부터는 모든 게 너무 쉬워졌어. 운전도, 수술도, 진료도 못할 게 없었어. 상황에 맞추어 내가 할 수 있는 방향으로 만들기만 하면 됐어. 적응하고 말 것도 없었어. 그다음부터는 일이 거의 자동으로 진행됐으니까. 그래, 이만하면 답이 됐나?"

우문현답이었다. 그렇지만 나는 주 원장과 사정이 달랐다. 걸어 다닐 수 있는데 휠체어 탄 인턴이라니, 한 번도 생각해보지 못한 선택이었다. 임 과장은 내게 다시 물었다.

"류 선생, 개인 휠체어는 가지고 있지요? 아무래도 병원 생활하면서 타려면 가벼운 것이 좋을 텐데 어떤 회사 것을 가지고 있어요? 적당한 게 없다면 내가 어떤 종류가 좋은지 추천해줄 수 있거든요."

임 과장은 이제 내가 휠체어를 탈 것이라는 사실을 당연하게 생각하는 것 같았다. 나는 기브스를 하지 않은 상태에서 휠체어를 타본적이 없었다. 은연중에 휠체어는 나와 거리가 먼 것으로 생각했다. 그건 자존심이었을까, 오기였을까. '나는 어쨌든 정상적인 모습으로 보행을 할 수 있다. 남들보다 많이 걷지는 못하지만 장애인은 아니다. 내가 휠체어를 탈 수는 없다.' 어쩌면 그건 자존심도 오기도 아니었다. 그저 내가 아프다는 사실을 받아들이기가 싫었다. 휠체어를 탄다는 것은 남들보다 불편하다는 것을 인정해버리는 것이었다. 그 사실을 공표하기가 싫었다. 그러나 역설적이게도 그런 마음이 내가 더 자유롭게 되는 것을 방해했다. 주 원장이 말했다. 받아들이는 것, 거기에서 모든 것이 새로 시작됐다고.

문득 주 원장이 휠체어를 언급한 것이 기억났다. 주 원장을 찾아간 첫날, 주 원장은 씩씩하게 악수를 청했다. 그리고 머뭇거리는 내게 주 원장이 말했다. '휠체어를 탄 사람끼리 만나면 그 순간 모두 십년지기가 돼.' 주 원장의 목소리가 생생하게 들리는 것 같았다. 그때 나는 휠체어를 타지 않았지만, 주 원장은 나를 휠체어를 탄 십년지기로 대했다. 주 원장은 내게 현실을 세련된 방법으로 넌지시 알려준 것이다.

휠체어가 등장함으로써 상황은 2막을 향해 가고 있었다. 나는 목소리를 가다듬었다.

"임 과장님, 병원에서 타려면 어떤 게 좋을까요?"

임 과장이 적어준 쪽지를 들고 잠시 병원 내 카페로 향했다. 병원 내 카페에서는 피곤한 기색이 역력한 태율이와 한솔이가 기다리고 있었다.

인턴 대책회의

다시 인턴 대책회의. 휠체어 이야기를 하자 태율이와 한솔이는 다른 반응을 보였다. 휠체어를 생각해본 적이 없는 태율이는 어리둥절한 표정이었다. 반면 한솔이는 반색했다. 한솔이는 다시 계산기를 두드리며 바뀐 상황을 정리하느라 바빴다. 이윽고 커피 한잔을 앞에 두고 우리의 회의는 재개되었다. 한솔이가 다시 브리핑했다.

"상황은 너에게 엄청나게 유리하게 바뀌었어. 너는 이제 휠체어라는 카드를 하나 갖게 된 거야. 그게 무슨 의미인지 알아?"

학생 실습 생활을 가까이에서 지켜봤던 태율이가 한솔이에게 되물었다.

"수술방 들어가서는 어떻게 하는데. 그게 사실 제일 걱정 아니야,

형?"

　나도 태율이와 같은 생각이었다. 응급실에서 휠체어를 타고 이동하는 모습은 이제 어느 정도 상상이 되었다. 응급실은 스무 평 남짓한 평지이니 그 안에서 휠체어를 타고 이동한다면 24시간 근무라도 다른 사람들과 차이가 없을 것 같았다. 응급실 다음은 바로 성형외과였다. 소아과 인턴을 한 달 하고 정형외과 인턴을 그만두어야 했던 일 년 전의 악몽이 떠올랐다. 한솔이가 다시 말문을 열었다.

　"사실 지금 인턴을 그만두기는 쉽지. 그런데 한 달 있다가, 두 달 있다가 그만두는 건 어떨까? 점점 더 어려워지지 않을까? '여기까지 어떻게 버텨왔는데 그만둬야 하나' 하는 생각이 들겠지. 너도 물론 그런 생각일 테고 그건 병원도 마찬가지야. 네가 한 달 두 달 어떤 식으로든 인턴 생활을 하게 되면 병원으로서도 너를 점점 더 인턴을 마치게 하려는 쪽으로 일을 진행하게 될 거야. 시간이 갈수록 너는 유리해지는 거지. 그러니까 내 말은 지금 같은 경우는 처음이 가장 어렵다는 거야. 어차피 인턴은 한 달씩 돌잖아.

　네가 휠체어 타는 것을 정말 마음에 들어 하지 않는 교수가 있다고 치자. 네가 다섯 번째 턴에서 그 과의 인턴 실습을 돌게 되었어. 그런데 어찌어찌해서 네가 네 번째 인턴까지 큰 사고 없이 인턴 일을 해왔다고 치자. 물론 휠체어를 타고겠지. 환자도 보고, 동의서도 보고, 드레싱도 하고. 한마디로 휠체어를 탔다는 차이만 있지 다른 인턴들이 하는 일을 다 했다고 치자. 그러면 다섯 번째 턴의 그 과장이 너한테 인턴을 그만두라고 말할 수 있을까? 절대 그럴 수 없지. 자자, 정리합시다. 이제 큰 고비 하나는 넘겼어.

그럼 우리가 해야 할 일이 뭔지 알겠지? 빨리 휠체어를 구하는 일이야. 참, 그전에 백 부장님에게 상황 보고는 먼저 드려야지. 무슨 일이 있든 지금 네 인턴 생활에서 가장 먼저 알려드려야 할 분은 백 부장님이서. 그분은 어떤 식으로든 너를 도와주려고 하실 거야. 네가 먼저 포기하지 않는 한. 아니, 네가 포기하려고 해도 포기하지 않도록 도와주실 거야. 자, 류 선생님, 뭐하셔요? 빨리 부장님 뵙고 와야지."

다시 백 부장을 만나서 상황을 얘기했다. 인턴을 돌기 위해서는 휠체어의 도움을 받아야 할 것이라고. 나는 멀쩡하게 걸어 들어와서 휠체어가 필요하다고 말하고 있었다. 받아들이기 쉽지 않은 상황이었다. 하지만 백 부장은 의사로서 또 의료행정가로서 산전수전 다 겪은 사람이었다. 백 부장이 이 상황을 어떻게 처리해야 할지 판단하는 데는 5분이면 충분했다.

"임 과장이 그렇게 말했다면 그것이 가장 현실적인 방법일 거예요. 임 과장이 말한 대로 하는 게 좋아요. 류 선생은 내가 속한 교육연구부 직원이고, 나는 내가 할 수 있는 최선의 방법으로 류 선생이 인턴 일을 하도록 도와줄 거예요. 병원 조직은 보수적인 곳이고 나와 생각이 다른 사람들도 많아요. 류 선생이 휠체어 탄 모습을 받아들이지 못하는 선생님들도 분명 계실 거예요. 그럴 때는 류 선생이 융통성과 순발력을 발휘해서 일하는 모습을 보이세요. 물론 남들보다 두 배 더 성실히 일해야겠지요. 선생님 몸이 휠체어 탄 것을 의식도 못하도록 만들어버리는 거예요. 류 신생, 힐 수 있겠지요? 그럼 빨리 휠체어를 준비해오세요. 응급의학과 과장에게는 내가 말해둘게요. 류 선생, 왜 아래를 보고 있어요? 자, 나를 보고 한번 크게 웃어봐요. 파이팅. 자, 파이팅."

문득 모교 인턴 면접 당일이 떠올랐다. 그때도 나는 아이컨택을 하지 못했다. 그때 나는 피면접자가 아니라 꾸중을 듣는 학생과 같은 느낌이었다. 꾸중이 커지면 커질수록 고개를 들기는 더욱 어려웠다. 고개를 떨어뜨린 채 내 눈은 바닥을 향했다. 꾸중을 들을 때 눈을 맞추는 사람은 없다. 이미 혼나는 학생의 마음이 되어버린 나는 고개를 들 수 없었고, 그것이 다시 면접에서 마이너스가 되었다. 그리고 결과는 모교 인턴 탈락이었다.

그런데 지금 백 부장은 내게 고개를 들라고 말했다.

"류 선생이 잘못해서 그렇게 된 게 아니잖아."

나는 여전히 백 부장과 눈을 맞추지 못했다.

"류 선생, 류 선생은 몸이 불편한데도 포기하지 않고 이렇게 인턴을 하러 왔잖아. 나는 그것만으로도 류 선생이 대단하다고 생각해요. 이렇게 대단한 사람이 도움을 청하러 오니까 그게 기뻐요. 류 선생, 한 번 더 자랑스러운 사람이 되어주세요. 류 선생은 충분히 그럴 능력이 있어요. 자, 다음번에 만날 때는 조금 더 씩씩한 모습으로 보는 거예요. 알았죠?"

학생 실습, 인턴 탈락 그리고 중도 포기. 계속되는 어려운 상황에 진이 빠져 있었다. 나는 한 번도 나 자신을 백 부장이 말한 것처럼 생각해본 적이 없었다. 못하는 사람, 안 되는 사람으로 나도 모르게 규정하고 있었다. 그런 내게 백 부장은 자랑스러운 사람이라고 말해주었다. 천천히 고개를 들어서 백 부장의 눈을 바라보았다. 백 부장이 말한 것과 같은 씩씩한 목소리, 당당한 태도 같은 것은 아직 꿈도 꿀 수 없었다. 고개를 들어 백 부장의 눈을 보기 시작했다. 아이컨택을 시작한 것이다. 그것은 첫걸음마였다.

백 부장과 임 과장을 만나기 전까지 태율이와 한솔이는 대기 상태였다. 그때는 나도, 태율이도, 한솔이도 무엇을 할지 몰라 막막해했다. 상황은 휠체어라는 새로운 변수를 맞게 되었다. 이제 둘은 새로운 상황에 바로 대처해야 한다고 직감했다. 태율이의 행동력과 한솔이의 판단력이 힘을 합쳤다. 백 부장과 면담을 마쳤을 때, 내 눈 앞에는 휠체어가 한 대 놓여 있었다.

"언제 구했어?"

어리둥절해하면서 물었다. 한솔이가 대답했다.

"여기가 재활 전문 병원인데 휠체어 구하는 것이 뭐가 어렵겠어. 오늘은 일단 이걸로 하루 보내고 다음에 병원 생활하기에 적당한 걸로 하나 구하자. 이걸로 한번 지내봐. 류 선생님, 빨리 응급실로 가셔야지. 환자들이 류 선생님 목 빼고 기다리고 있어."

다리에 기브스를 하지 않은 채 휠체어를 타기가 어색하기 그지없었다. 일 년 만에 입은 가운도 어딘가 모르게 불편했다. 가운을 입고 휠체어를 탄 채 환자를 만나는 것, 이것이 앞으로 일 년 동안 내가 가장 익숙하게 여겨야 할 자신의 모습이었다. 응급실 유리창 뒤로 안쓰러운 마음을 숨기고 일부러 더 밝게 웃고 있는 태율과 한솔이의 모습이 비쳤다. 그들이 손을 흔들어 작별 인사를 했다. 나도 그들을 보고 일부러 더욱 밝게 웃었다.

응급실 복귀

시간은 오후 네시. 나는 휠체어를 타고 응급실로 들어갔다. 병원은 생명을 다루는 곳, 의사 전달은 신속하고 효율적으로 일어난다. 응급실에 들어갔을 때 응급실 직원 가운데 휠체어를 탄 내 모습을 보고 놀라는 사람은 아무도 없었다. 이미 과장을 통해 레지던트로, 레지던트를 통해 간호사로 내 상황은 간단하게 브리핑되어 있었다. 응급의학과 의국장이 불렀다.

"선생님이 움직이는 데 불편함이 있는 건 알아요. 그런데 여기는 응급실이에요. 말 그대로 응급한 환자들이 오는 곳이죠. 예외는 없어요. 선생님도 다른 인턴 선생님들처럼 똑같이 인턴 잡을 해야 해요. 오래 서 있고 다니는 데만 문제가 좀 있는 거잖아요. 다른 시술을 못하는 것은 용서가 안 돼요. ABGA, 관장, 폴리foley catheterization, 소변줄을 넣는 일 같은 것은 오더가 떨어지면 바로 선생님이 자동적으로 해야 하는 일이에요. 응급실 문을 열고 신환새로운 환자이 들어온다, 그러면 빨리 그 사람한테 가서 히스토리 테이킹history taking, 병력을 문진하는 것하고 차팅하고 오더 내리는 것까지 해야 해요. 알았죠?"

의국장이 말한 대로 나는 신환이 오면 달려가서 문진하고, 간호사들이 "선생님, 여기 관장이요"라고 말하면 부지런히 호스를 항문에 꽂았다. 저녁 여섯시, 저녁을 먹을 시간이었다. 가운을 입고, 휠체어를 타고 엘리베이터를 탔다. 그리고 휠체어를 탄 채 직원식당에 들어갔다. 휠체어를 타고 직원식당에 들어서니 여기저기에서 나를 쳐다보는 시선을 느낄 수 있었다. 나는 상황을 다 알고 있는 응급실로 빨리 돌아가고 싶었다. 반나절 사이에 이 병원에서 응급실이 가장 친숙한 공간이 되어버렸다. 밥을 먹는 둥 마는 둥하고 다시 응급실로 돌아갔다.

정규 병원 진료가 끝난 저녁 시간부터 응급실은 진료가 시작된다고 해도 지나친 말이 아니다. 저녁 시간의 응급실은 낮 시간과는 완전히 다른 공간이었다. 환자들이 몰려들기 시작했다. 갑자기 배가 아프다는 평범한 증상부터 아기가 딸꾹질을 멈추지 않는다, 머리를 자르다가 귀를 다쳤다는 황당한 경우까지 저녁 시간 응급실은 그야말로 전쟁터를 방불케 했다. 바쁜 응급실의 바쁜 의사들 사이에서 환자들도 덩달아 바빠졌다. 휠체어를 탄 나를 처음에는 의아하게 보던 환자들도 내가 "몸을 좀 다쳤습니다"라고 말하면 자세히 묻지 않았다.

새벽 네시쯤 되니까 응급실이 좀 조용해졌다. 술을 깨야겠다고 주사를 달라던 40대 남자도 잠이 들었다. 열이 내린 아기들은 대부분 집으로 돌아갔다. 응급실 근무 첫날 내게도 잠이 몰려왔다. 응급실 인턴을 돈다는 것은 24시간 동안 잠을 자지 않는다는 뜻이기도 하다. 주변을 돌아보니 응급의학과 레지던트 선생님들은 이런 상황에 완전히 익숙해진 듯 하나도 졸려 보이지 않았다. 나는 엎드려 자고 싶었지만 그럴 수는 없었다.

다음 날 오전 여덟시에 퇴근했다. 아직 내 상황을 듣지 못한 인턴 B조 동료들은 휠체어 탄 내 모습을 보고 놀랐다. 나는 그런 것을 신경 쓸 여력이 없었다. 빨리 누워서 자고 싶었다. 한잠 자고 일어나니 저녁 여섯시. 깜짝 놀랐다. 많이 되었어야 두시쯤 되었을 줄 알았다.

낮밤을 바꿔서 잠을 잔다는 것은 완전히 다른 리듬이 요구되는 일이었다. 처음에는 이렇게 하루 종일 자고도 밤에 또 잠이 올까 싶었다. 그런데 신기하게도 열한시 정도만 되면 다시 졸음이 밀려왔다. 24시간을 12시간씩 나누어서 사는 것이 아니라 48시간을 24시간씩 나누어서 사는 것, 인턴을 하면서 가장 먼저 경험하게 된 것이었다. 한 달 동안 내게 짝수일은 없는 날이었다. 하루 종일 자고, 저녁에 잠깐 일어나서 밥 먹고 씻고 또 자는 날, 3월은 한 달이 15일이었다.

이틀이 한 번에 지나가서였을까, 응급실 한 달은 생각보다 훨씬 빨리 지나갔다. 그리고 ABGA도 폴리도 처음보다는 익숙해졌다. 응급실에 있으면 술기를 연습할 기회가 다른 과에 비해 절대적으로 많다. 그래서 첫 턴으로 응급실을 돌면 몸은 고되어도, 장기적으로 인턴 일을 하는 데는 도움이 된다고 말하는 사람도 많다.

그리고 또 하나, 응급실 턴을 돌면서 내게는 새로운 휠체어가 생겼다. 응급실을 한참 돌던 어느 날, 태율이와 한솔이는 나의 새로운 다리가 되어줄 휠체어를 사들고 왔다. 그것은 병원에서 빌린 휠체어보다 가볍고 빨랐다. 나는 응급실 인턴을 도느라 새로운 휠체어를 살 엄두도 내지 못하고 있었다. 나도 잊었는데 이런 것까지 신경을 써주다니 태율이와 한솔이가 새삼 고마웠다. 감격해하는 나를 보면서 한솔이가 또 뭔가를 꺼냈다. 언뜻 보기에 커다란 유리판처럼 보였다.

한솔이가 휠체어를 펴더니 그것을 휠체어 손잡이에 끼워 넣었다.

그것은 아크릴로 만든 휠체어 상판이었다. 상판을 끼워 넣으니 휠체어는 간이 책상이 되었다. 한솔이가 덧붙였다.

"이것은 주문 제작한 거야. 응급실 끝나면 병동 돌잖아. 병동 돌면 위에 물건 같은 것을 들고 다닐 일도 많을 텐데 휠체어로 이동해야 하니까 손이 묶이잖아. 그때 이거 끼우고 다니면 아무래도 기동성이 있겠지. 우리 류 선생님 바쁘실 때는 식사도 이 위에서 하셔. 여러모로 쓸모가 있을 거야. 참, 이것은 태율이 아이디어다."

응급실 생활에 적응될 무렵, 나는 다음 턴을 준비해야 했다. 다음 턴은 성형외과였다. 제생병원 성형외과는 규모가 크지는 않았지만 어쨌든 수술 파트였다. 내게 외과는 수술이었고, 수술은 스크럽이었다. 성형외과 인턴 생활을 어떻게 해야 할지 막막했다. 하지만 지난번 인턴 때와는 사정이 달랐다. 내게는 휠체어라는 든든한 원군이 있었다. 이번 성형외과 인턴을 무사히 마치게 된다면 다른 외과 파트 인턴을 돌 때도 훨씬 수월할 것이라는 판단이 섰다. 그런데 휠체어를 타고 스크럽을 어떻게 서지.

드레싱으로 시작해서 드레싱으로 끝나다

그러나 부딪쳐보기 전까지는 알 수 없는 일이었다. 보훈병원에서 처음 소아과 인턴을 하던 때가 생각났다. 학생 실습 때의 경험만으로 내게 소아과는 항상 바쁘고 일이 많은 과였다. 그런데 보훈병원 같은 경우 소아과는 입원 환자도 없는 과였다. 제생병원 응급실도 환자가 상당히 많은 바쁜 과에 속했다. 그렇지만 휠체어를 타자 응급실 인턴도 전혀 하지 못할 것은 아니었다. 이제 수술 파트 인턴을 어떻게 해야 할지 대책을 세워야 할 때가 왔다.

문제는 의외로 쉽게 해결됐다. 당시 제생병원 성형외과에는 레지던트가 없었다. 성형외과는 교육보다는 진료와 수술에 주안점을 두고 운영되었다. 다른 과들이 보통 레지던트들이 수술 보조를 서는 데 반해, 제생병원 성형외과에서는 간호사와 응급구조사들이 수술 보조를 섰다. 물론 인턴이 스크럽을 서야 할 때도 있었다. 그런데 이곳에서 인턴의 주 업무는 스크럽이 아니었다. 제생병원 성형외과에서 인턴의 주 업무는 성형외과 환자들의 병동을 관리하는 것이었다.

병동 관리는 여러 가지를 포함했다. 일단 주치의로서 환자들의 오더를 내는 일이 병동 관리의 첫 번째 임무였다. 수술 전 금식, 엑스레이 사진, 심전도 체크 같은 것부터 수술 후 항생제 처방, 영양 상태

점검까지 모두 인턴이 체크해야 하는 오더였다. 나는 성형외과 501 병동을 부지런히 뛰어다녀야 했다. 물론 휠체어를 타고 말이다.

성형외과 인턴 일의 하이라이트는 드레싱이었다. 수술 환자가 많지 않았던 제생병원 성형외과에는 욕창환자가 많이 입원해 있었다. 오랜 기간 만성 질환을 앓거나 하반신을 사용하지 못하는 환자는 조직이 괴사되는 일이 자주 있었다. 침상에 접히는 부분인 엉덩이 쪽의 욕창이 가장 흔했다. 엉덩이 쪽에 욕창이 생기면 처음에는 동그랗게 살이 파여 나간다. 살이 없어진 부위에 염증이 생기면서 욕창 부위는 점점 더 넓어지고 깊어진다. 욕창 부위가 깊어지면 환자의 뼈가 노출되기도 한다.

뼈가 노출될 정도가 되면 환자는 누워 있을 수 없다. 그럼 옆으로 눕는다. 이런 생활이 길어지면 이번에는 옆으로 누웠을 때 침상과 마찰이 생기는 부위, 즉 복사뼈와 옆 골반뼈 같은 쪽 조직이 썩어 들어간다. 썩어 들어간 조직에는 균이 똬리를 튼다. 혐기성 세균이 욕창 부위에 생기면, 조직에서는 이상한 오물 냄새 같은 것이 진동한다. 어떤 세균은 욕창 부위의 디스차지discharge, 분비물를 녹색으로 만들어버리기도 한다. 욕창환자의 드레싱은 이 모든 과정을 총괄한다. 드레싱하면서 조직 상태가 어떤 정도인지 점검하는 것, 욕창이 얼마나 깊이 넓게 퍼져 있는지, 조직의 색깔과 냄새는 어떤지 등을 점검한다. 한번 생긴 욕창은 잘 치료되지 않는다. 중환자실 환자들의 체위를 두 시간에 한 번씩 바꿔주는 것도 욕창을 예방하기 위해서다.

드레싱의 또 다른 한 축을 이루는 환자는 화상 환자들이다. 화상 환자는 사용하는 드레싱 키트부터 다르다. 그리고 화상이 입원 치료를 받을 정도라면 대부분 범위가 넓다. 끓는 솥에 엉덩방아를 찧은 중년의 아주머니는 3주째 입원 중이었다. 다른 환자들의 드레싱이 끝나면 아주머니는 나와 함께 드레싱실로 옮겨간다. 나는 휠체어를 타고, 아주머니는 목발을 짚고 드레싱실로 들어간다. 나는 침상에 걸터앉은 다음 아주머니의 양 다리와 엉덩이에 감겨 있는 거즈와 압박붕대를 하나하나 풀어간다. 상처 부위에 붙어 있는 거즈를 그냥 떼면 아프기 때문에 생리식염수를 부어가면서 뗀다. 푸는 것만 족히 10분은 걸린다. 다 풀고 나면 화상 드레싱을 시작한다. 화상 드레싱에는 보통 상처에 가장 많이 쓰는 빨간약인 베타딘을 쓰지 않는다. 그 대신 실마진크림이라고 하는 크림을 화상 부위에 듬뿍 바른다. 크림을 다 바르고 나서 다시 거즈를 붙이고, 압박붕대를 맨다. 한 사람을 드레싱하는 데 족히 30분이 걸린다.

아침저녁으로 드레싱해야 하는 환자가 많아지면, 드레싱하는 데만 하루에 네다섯 시간이 걸리기도 한다. 그래도 휠체어에 의지해서 병동을 다닐 수 있었기 때문에 다리에 통증은 없었다. 상처 부위를 소독 받는 것은 병원에 입원한 환자라면 누구나 다 원하는 일이다. 자연히 나를 찾는 환자가 많아졌다. 일이 많아져서 힘들기도 했지만 누군가 나를 찾는다는 느낌에 자신감이 생겼다. 그렇게 성형외과 인턴 생활도 지나가고 있었다.

오전 일곱시 일과 시작, 회진을 돌면서 오늘 수술 환자를 체크한다. 간호사와 구조사들이 수술방에 들어가는 아홉시에 나는 병동으로 향한다. 오전 드레싱이 시작된 것이다. 스무 명 넘는 환자를 모두 드레싱하려니 드레싱 카트cart가 필수다. 카트의 위 칸에는 도시락처럼 생긴 드레싱 키트kit가 차곡차곡 쌓여 있다. 한 사람씩 드레싱을 마치면 사용한 드레싱 키트는 아래 칸으로 이동한다. 위 칸의 드레싱 키트가 아래 칸으로 모두 이동하면 그날 드레싱은 끝난다.

휠체어를 타고 드레싱 카트를 미는 것은 쉬운 일이 아니었다. 발로 휠체어를 밀어가면서 손으로 드레싱 카트를 몰았다. 며칠째 이 일을 하니까 드레싱 시간이 되면 1호실의 보호자 한 분이 드레싱 카트를 준비하는 내게 왔다. 그러고는 자신이 드레싱 카트를 1호실로 옮겨두었다. 드레싱 카트가 먼저 도착하고, 내가 1호실에 도착했다.

상처 부위를 소독 받는 일은 하루 일과 가운데 환자와 보호자가 가장 기다리는 일의 하나였다. 내가 1호실에 도착하자 카트를 옮겼던 그 보호자가 환자와 보호자들에게 말했다.

"우리 의사 선생님 차 도착했어요. 모두 기다리세요."

나는 어느새 성형외과 병동의 환자와 보호자들 사이에 가장 낯익은 의사 선생님이 되어 있었다. 방을 나가려고 하면 어떤 보호자는 휠체어 뒤에 달려 있는 주머니에 음료수를 넣어주기도 했다.

밤이 되면 응급실에서 노티가 오기도 했다. 같은 동료 인턴에게 노티를 받는다는 것이 좀 어색했지만, 성형외과 레지던트가 없는 이 병원의 특수한 사정으로 성형외과 인턴은 노티를 받아야 했다. 대부분 싸우다가 코가 부러진 환자들이 성형외과로 노티가 왔다. 나는 노티를 받으면 휠체어를 타고 응급실로 내려갔다. 한 달 전 내가 있었던 자리였을까? 응급실에 내려가면 마음이 편했다. 내가 할 일은 코스화되어 있었다. 부어 있는 환자의 코를 촉진하고 엑스레이를 찍은 뒤 입원해서 수술 받게 될 것이라고 설명하는 일이었다. 응급실 상황을 정리하고 나면 숙소로 귀원했다. 여섯 명이 한 방을 썼지만 밤 시간에 여섯 명이 다 침대에 누워 있는 경우는 드물었다. 불규칙한 삶은 인턴의 숙명이었다.

다음 달 턴에도 나는 성형외과를 돌게 되었다. 다른 과를 돌게 된 인턴 동기가 사정이 있다면서 바꿀 수 없냐고 물어봤다. 나는 당연히 좋다고 했다. 과가 바뀔 때마다 새로운 상황에 적응해야 하는 나로서는 같은 과를 두 달 도는 것은 적응 기간을 한 번 덜 거치는 것이었다. 5월에도 성형외과 턴이었다.

과장님도, 병동 간호사도 이전에 있던 환자들도 모두 익숙했다. 업무도 손에 익었다. 하지만 한 가지, 5월이 되어 새로 입원한 환자가 몇 명 있었다. 이 사람들이 복병이었다. 몸은 바빴지만 평화로웠던 4월의 성형외과 인턴 생활을 되풀이할지 알 수 없었다. 김 간호사가 말했다.

"선생님이 또 성형외과예요? 그럼 뭐 하시는지 다 아시겠네요. 잘됐네요."

나도 반갑게 인사를 나눴다. 그러자 김 간호사가 말했다.

"선생님, 그런데 이번에는 강적이 몇 명 있어요. 소어 sore, 욕창 환자 중에 좀 까칠한 환자가 몇 있으니까, 드레싱할 때 이것저것 요구해도 그냥 그런가보다 하세요. 특히 3호실의 강 씨는 입원할 때부터 과장님 애를 많이 먹였거든요. 아무튼 젊은 사람이 엄청 까칠해요. 선생님도 상대 잘하셔야 할 거예요."

성형외과 병동은 익숙했다. 간호사가 겁을 줬어도 나는 크게 걱정하지 않았다.

오 마이 배큠

강▲은 나보다 두 살 많았다. 대학교까지 마치고 무난하게 직장 생활을 하다가 사고로 척추를 다쳤다. 홀어머니를 모시고 사는 강에게는 청천벽력이었다. 생각하는 것도 느끼는 것도 사고 이전과 바뀐 것은 아무것도 없었다. 그것이 강에게는 더 힘든 일이었다. 이렇게 멀쩡한데 움직일 수 없다니. 처음에 강은 대소변도 혼자 처리하지 못했다. 어머니에게는 죄송스러웠고, 자신에게는 수치스러웠다. 자존심이 강했던 강은 하나하나 재활했고 혼자 화장실에 가서 대소변을 보는 일까지 할 수 있었다.

시간이 가면 적응이 될 법도 한데 아직도 강은 자신의 축 늘어진 다리를 볼 때마다 화가 났다. 그렇더라도 누구에게 화를 낼 것인가. 병수발을 하느라고 부쩍 더 늙어버린 노모에게 화를 낼 수는 없는 노릇이었다. 자기 자신에게 화를 내기에는 자신이 너무 측은했다. 설상가상으로 침상 생활을 주로 했던 강에게 욕창이 생겼다. 엉덩이에 한번 생긴 욕창은 낫는가 싶으면 커지고, 집중적으로 치료하면 조금 나아졌다가 또다시 생기기를 반복했다. 지긋지긋했다. 강은 욕창만 아니어도 무엇인가 다른 일을 해볼 수 있다고 생각했다. 이제 강은 운명의 저주를 모두 욕창에 퍼부었다. 욕창 치료에 극도로 예민해지는 것은 당연했다. 이 상황에서 내가 강을 맞닥뜨려야 했다.

휠체어를 타고 3호실에 들어갔다. 새로운 얼굴이 두 명 있었다. 문쪽에 누워 있는 최崔는 전직 교사 출신에 푸근한 인상의 아저씨였다. 욕창환자 대부분이 그렇지만 최 역시 욕창은 그의 주 질환이 아니었다. 최의 주 질환은 당뇨와 만성신부전이었다. 당뇨는 혈관이 분포되어 있는 조직에는 모두 다 합병증을 남긴다고 해도 과언이 아니다. 눈에 침범하면 최악의 경우 실명이 되고 발에 침범하면 절단까지 해야 한다. 콩팥에 침범하면 눈이나 발처럼 그렇게 심각하게 보이지는 않는다. 그러나 콩팥은 우리 몸의 청소 공장이다. 소변을 제대로 걸러내지 못하면 생명에 위협이 온다. 청소를 할 수 없게 된 신장은 결국 투석이라는 인공 장치를 빌려야 한다. 일주일에 서너 번 몇 시간씩 투석하는 것은 보통 일이 아니다. 만성신부전 환자들의 삶의 질은 엉망이 되는 경우가 많다.

당뇨와 만성신부전을 10년 넘게 달고 살아온 최와 최의 부인은 말하자면 '프로' 환자였다. 욕창을 치료하려고 성형외과 병동에 입원해 있었지만 최는 당뇨와 신부전으로 다른 내과 의사 두 명의 진료도 받고 있었다. 3호실에 들어서자 최의 부인은 능숙하게 남편의 소독 부위를 열어주면서 덧붙였다.

"집에서 제가 아침저녁으로 소독을 해주거든요. 그리고 일주일에 세 번씩 병원에 와서 투석도 받고요. 그런데 일주일 전부터 여기 욕창 부위에서 녹색 고름이 나오더라고요. 예전에도 보니까 녹색 고름이 나오면 약이 바뀌었거든요. 그래서 내과 선생님한테 말씀드렸더니 이번에는 입원 치료를 한번 해보면 어떻겠냐고 하시더라고요. 선생님, 앞으로 잘 부탁드릴게요."

보호자 말대로 욕창 부위는 뼈가 노출되기 일보 직전이었다. 나는 큐렛curette, 상처 부위를 긁어내는 데 쓰는 외과 도구으로 죽은 조직을 조금 긁어내고 균이 보이는 부위를 채취했다. 균 검사가 나오면 최는 또 다른 항생제를 써야 할지도 모른다. 당뇨, 고혈압, 만성신부전, 욕창에 새로운 감염까지. 이래저래 고달픈 만성 내과 환자의 운명이다.

이윽고 강의 차례가 왔다. 휠체어 탄 모습을 힐끗 보더니 먼저 말을 걸었다.

"의사가 몸이 불편한데 제대로 치료하겠어요?"

휠체어를 탔지만 지금 내 상태가 어느 정도인지 그는 몰랐다. 나는 휠체어에서 내려와 환자 침대 아래에 있던 보호자 간이침대로 옮겨 앉았다. 그리고 드레싱 세트를 간이침대 옆에 펼쳐두었다.

"우리 선생님은 별로 불편하지는 않은가 보네. 자 여기 한번 봐주세요. 그런데 이거 이렇게 하루 두 번만 해서 언제 낫습니까? 좀 더 자주해야 하지 않겠어요?"

강은 내가 휠체어를 탄 모습도 불만스러워 했고, 휠체어에서 보호자 침대로 옮길 정도로 보행이 되는 것도 마음에 들어 하지 않았다. 기분이 상했지만 화를 낼 수는 없었다. 일단 드레싱을 하고 설득을 해야 했다.

강의 욕창은 최와 비교하면 크기가 훨씬 작았다. 가로세로 5센티미터 정도 될까. 만성 내과 질환으로 염증 상태에 취약한 최의 욕창은 크기도 비정형이었고 깊이도 들쭉날쭉했다. 분비물도 불규칙했고, 욕창에서 냄새도 심했다. 그에 반해 강의 욕창은 깨끗한 원 형태를 띠고 있었다. 분비물도 최와 비교하면 적었다. 다만 활동이 제한되는 척추 환자의 특성상 강의 욕창은 깊이가 깊었다.

　문득 학생 실습 때 외과 선생님이 했던 말이 생각났다. "우리에게 환자는 매스mass, 종양덩어리고 운드wound, 상처고 그렇지. 사실 수많은 환자를 상내하다 보면 환자 얼굴은 가물가물할 때가 많아. 그런데 신기하게도 운드를 보면 딱 환자가 생각나. 환자 얼굴보다 운드가 더 익숙한 거지."

　성형외과 인턴 생활 5주째인 나도 욕창환자를 보면 욕창 부위가 먼저 떠올랐다. 강의 욕창은 작고 동그랗고 깊었으며, 최의 것은 녹색 고름이 나오는 커다란 욕창으로 기억되었다. 드레싱을 하는 동안에도 강은 계속 코멘트를 했다.

　"지금 가운데에는 소독약이 안 들어간 것 같은데, 어머님 맞지요?"

　환자의 간병에 지친 어머니는 말이 없었다. 강 한 사람을 드레싱하는 것이 이 병실의 나머지 다섯 명을 드레싱하는 것보다 피곤했다. 몸이 피곤해지니 나도 자연스럽게 냉소적인 생각이 들었다. '아니 저 부위는 감각도 없을 텐데 어떻게 저렇게 할 말이 많을까?' 강의 고단했던 과거사 같은 것은 이제 나도 안중에도 없었다. 드레싱이 끝나고 강에게 소독이 다 되었음을 말하는 내 말투에도 피곤이 묻어 있었다. 그러자 강이 다시 물었다.

"하루 두 번은 너무 적습니다. 제가 나가면 할 일이 많은 사람입니다. 여기에는 욕창 집중치료를 받으러 왔는데 제가 필요할 때마다 소독을 받지 못한다는 게 말이 됩니까?"

나도 질 수 없었다.

"약이 조직에 흡수되어 조직이 아무는 데는 시간이 걸립니다. 그리고 드레싱 말고 다른 약물 치료도 병행하니 하루 두 번 드레싱하는 것으로도 당분간은 충분할 것 같습니다. 환자분의 상황에 대해서는 과장님과 상의를 드리겠습니다."

나는 다시 휠체어로 자리를 옮겼다. 강은 내 말을 듣는지 안 듣는지 눈을 감고 있었다. 사람을 상대하는 일을 하다 보니 의사 노릇도 만만치 않았다. 환자를 지식으로만 알았던 학생 때와 직접 상대해야 하는 인턴은 천지차이였다.

모든 환자를 드레싱하고 나니 오전 시간이 훌쩍 지나가 있었다. 식당에 내려갈 기력도 없었다. 나는 보호자들이 준 음료수와 병동 간호사들이 챙겨준 과자로 점심을 대신했다. 휠체어용 간이책상이 이번에는 식탁으로 변했다. 정신없던 오전이 지나간 뒤 휴식도 잠깐, 다시 병동에서 호출이 왔다.

"선생님, 죄송한데요. 강 씨가 드레싱 다시 해달라고 계속 병동에 와서 컴플레인complain, 불평하네요. 보니까 거즈가 떨어진 것도 아니어서 저희가 설득했거든요. 저녁에 선생님이 다시 오신다고요. 그런데 선생님도 아시잖아요, 그 성격. 환자를 우습게 안다는 둥 하면서 오히려 저희한테 신경질이에요. 선생님, 한 번만 다시 올라와주시면 안 될까요?"

바쁠 때 이런 호출을 받았다면 나도 약간 짜증이 났을 것이다. 약간의 휴식 덕이있을까, 마음이 조금 너그러워져 있었다. 그리고 환자와 의사 사이에 끼어서 전전긍긍하는 간호사도 참 고생이 많다는 생각이 들었다. 사실 간호사가 나한테 죄송할 게 뭐가 있겠는가. 나는 식사만 마치면 바로 올라가겠다고 말하고 다시 출동 태세를 갖추었다.

간호사가 말한 대로 소독 부위는 오전과 비교해서 달라진 것이 없었다. 거즈의 한쪽 면 테이프가 약간 떨어진 것 말고는. 나는 강에게 상태에 대해 설득해도 소용이 없을 것이라는 생각이 들었다. 나는 기계적으로 소독을 다시 했다. 이번에는 강도 나도 아무 말이 없었다. 상황은 어떻게 전개될지 알 수 없었다. 팽팽한 긴장감이 침묵 속에서 흘렀다. 침묵도 잠시뿐, 드레싱을 마친 나는 바쁘게 성형외과 의국으로 향해야 했다. 한 제약회사가 신제품 설명회를 하기로 했기 때문이다.

의국에 도착해보니 제품 설명회가 한창이었다. 모두 다 모였다고 해도 과장, 응급구조사 두 명에 나까지 모두 네 명밖에 되지 않았다. 응급구조사들은 주로 수술방에서, 나는 주로 병동에서 일하기 때문에 이렇게 모이는 것은 흔치 않은 일이었다. 무엇인가 새로운 일이 생길 거라고 직감했다.

제약회사에서 들고 온 제품은 이른바 '배큠vacumm'이라고 하는 새로운 욕창 치료 기계였다. 과거의 욕창 치료는 보통 매일 상처 부위를 손으로 소독하고, 염증 소견이 보이면 염증 치료를 하는 것이 전부였다. 욕창 소독은 아무리 짧게 잡아도 두 달 이상은 해야 할 때가 많다. 시간도 시간이지만, 욕창 치료에서 가장 힘든 일은 욕창이 잘 낫지도 않고 재발도 많다는 점이다. 치료자도 그렇고 환자도 그렇고 진이 빠지는 병이다.

배큠은 흡입장치, 호스, 계기판으로 구성된 의료기기다. 흡입장치는 환자의 욕창 부위에 부착된다. 흡입장치는 화장실 변기가 막혔을 때 쓰는 '뚫어뻥'에 달려 있는 고무와 같은 모습이다. 흡입장치 끝에는 두 가지가 연결되어 있다. 하나는 석션호스인데 이 호스를 통해 흡입장치에는 음압이 걸린다. 양압이 누르는 압력이라면 음압은 빨아들이는 압력이다. 음압이 걸리면 욕창 부위의 분비물은 호스를 통해 빨려 들어간다. 분비물이 공기와 접촉하지 않고 빨려 들어가기 때문에 콘타contamination, 오염 위험성도 적다. 균이 접촉함으로써 조직이 오염되는 것을 줄여서 콘타라고 한다. 그리고 가장 큰 콘타의 소스는 역설적이게도 의료인의 손이다. 의료인의 손을 통해 환자의 오염균이 또 다른 환자로 옮겨갈 수 있기 때문이다. 배큠을 이용하면 의료인의 손이 환자의 욕창 부위에 닿을 일이 없으니 당연히 욕창 부위에 청결 관리가 잘된다.

흡입 장치 한쪽에 석션 호스가 연결되어 있다면 다른 한쪽에는 컨트롤러가 연결되어 있다. 컨트롤러에는 압력의 정도, 석션하는 시간, 경보음 등을 제어할 수 있는 입력장치가 있다. 환자의 욕창에서 흡입 장치의 연결이 느슨해졌을 때는 이 컨트롤러에서 경보음이 울린다. 경보음이라니, 나는 왠지 시끄러운 배큠이 마음에 들지 않았다. 그러나 제약회사 직원은 자기네 기계가 얼마나 혁신적으로 욕창을 치료할 수 있는지 설명하느라 여념이 없었다.

응급구조사나 과장은 주로 수술방에 있으므로 사실 이 기계에는 큰 관심이 없다. 어쨌든 이 기계를 주로 다뤄야 하는 사람은 병동을 커버하는 내가 될 것이 분명했다. 나는 슬슬 걱정되기 시작했다. 나는 사용법도 몰랐다. 제약회사 직원은 조작이 간단하다면서 계속 자랑했지만 기계치인 내게는 모든 것이 생소하기 그지없었다. 사용법을 물어봐야 하나 고민하고 있을 때 과장이 먼저 입을 열었다.

"여기에서 이렇게 탁상공론만 할 게 아니라 새로운 기계를 써보는 게 어때? 기계를 처음 쓰는 거니까 이왕이면 새로 입원한 사람 중에 젊은 사람에게 써보지."

나와 과장, 직원 셋이 성형외과 병동으로 올라갔다. 병동 간호사들에게도 새로운 기계는 새로운 일이 될 것이었다. 그렇지 않아도 정신없이 바쁜 병동 생활에 배큠이라는 새로운 변수가 나에게도 병동 간호사에게도 꼭 반가운 것은 아니었다. 그리고 배큠의 첫 시술자가 강이 되었다는 사실은 더욱더 반갑지 않았다.

강의 욕창이 노출되었다. 제약회사 직원은 가장 작은 배큠을 강의 욕창에 장착했다. 그리고 다이얼을 조작해서 5분에 한 번씩 음압이 걸리도록 세팅해두었다. 새로운 치료를 받는다는 사실에 강은 기대 반, 걱정 반인 모습이었다. 실질적으로 배큠을 이용해야 할 사람은 나였다. 이 사실을 눈치 챈 제약회사 직원이 내게 속삭였다.

"선생님, 일단 배큠을 달아두기만 하면 선생님 업무 로딩이 반 이상 줄어들 겁니다. 아침저녁으로 드레싱할 필요 없이 석션된 디스차지만 치우면 되니까요. 아마 저거 다 차는 데 이삼 일은 걸릴걸요. 그리고 저건 간호사 선생님들이 치우면 되니까 선생님은 훨씬 편하실 겁니다. 그리고 환자들도 만족도가 아주 높아요. 네거티브음압가 걸리면서 조직이 힐링healing, 치유되는 속도가 훨씬 빠르거든요."

과연 그럴까. 5분 뒤 기계의 결정적인 단점이 보였다. 배큠은 극도로 민감한 기계였다. 즉 음압이 걸린 진공 상태만 안전하다고 인식하기 때문에 배큠과 환자의 욕창이 조금이라도 떨어지면 바로 위험 신호를 알람으로 보냈다. 배큠에서 환자가 1밀리미터라도 떨어지면 배

큠은 여지없이 소리를 질렀다. '띠리리리리.'

욕창환자라고 해도 옆으로 조금씩 움직이게 마련이다. 예전과 같은 전통적인 드레싱에서는 환자가 움직이면 거즈의 밀폐 부분이 조금씩 헐거워지는 것이 다였다. 저녁이 되거나 다음 날 드레싱하면서 다시 반창고를 붙인다. 하지만 배큠을 사용하는 데는 저녁때까지 기다릴 수 없었다. 기다렸다가는 성형외과 병동 환자 모두 저 시끄러운 알람을 계속 들어야 했다. 제약회사 직원은 당황하는 눈치다. 영업해야 하는 처지에서는 이 상황을 어떻게든 돌파해야 한다.

"처음에는 환자분이 익숙하지 않아서 배큠이 소어에 잘 붙지 않는 일이 가끔 있습니다. 그런데 아산병원에서도 그랬고, 서울대학교병원에서도 그랬고 시간이 지나면 환자들이 익숙해져서 다들 저 기계를 쓰고 싶다고 했습니다. 의사 선생님들도 만족도가 아주 높으셨고요."

과장은 한번 써보는 것도 좋다고 판단했다. 성형외과 병동에서 배큠의 첫 수혜자는 강이었다. 그리고 시나리오는 예상대로 흘러갔다. 그때부터 나는 알람이 수시로 울리는 바람에 강의 배큠을 다시 끼우는 일을 반복해야 했다. 새벽에 응급실 호출이 있어서 응급실에 내려가 있을 때도, 의국에서 회의가 있을 때도 병동에서 나를 찾는 호출은 끊임없이 이어졌다. 그리고 호출 내용은 80퍼센트가 '배큠이 떨어져서 강 씨가 찾는다'는 것이었다. 나라면 주변 동료 환자들에게 미안해서라도 배큠 치료를 낮에만 하든지 하겠다는 생각이 들었지만, 욕창 치료에 온통 신경이 가 있는 강에게 이런 생각은 사치였다. 배큠을 다시 붙이러 가면 강은 특유의 따지는 목소리로 어김없이 질문을 했다.

"어제보다 얼마나 작아졌어요? 요즘 분비물이 호스를 통해서 잘 안 나오는 것 같은데, 아무래도 호스가 막힌 거 아니에요? 이거 치료한 지 일주일이나 지났는데 호스 교체도 한 번도 안 하는 게 말이 돼요?"

같은 방을 쓰는 환자들도 이런 강의 태도에 점점 지쳐갔다. 그러자 방에서 가장 오래 있었던 환자 한 분이 강에게 한마디 했다.

"거 너무 하는 거 아니오? 여기 안 아픈 사람 어디 있어요? 사연 없는 사람은 또 어디 있어요? 젊은 사람이 너무하네. 선생님한테도 너무하네요. 저 여 선생님은 자기 몸도 불편하면서 아침저녁으로 저렇게 휠체어까지 타고 와서 소독해주는데, 이제 웬만하면 좀 그만합시다. 여기 환자 당신 하나요?"

강의 얼굴이 붉으락푸르락했다. 강이 호스를 교체해야 한다면서 또 일을 만들어줄 때는 나도 화가 났고 울컥했다. 그러나 이제 이 방의 공기가 강에게 호의적이지 않다는 것을 알게 되자 나도 여유가 생겼다. 나는 듣지 않는 강에게 다시 한 번 설명했다. 상황을 수습하기 시작한 것이다.

"분비물 때문에 호스가 막히면 다른 알람이 또 경고를 줍니다. 그런 건 걱정하지 않아도 돼요. 그리고 배큠 치료 후 욕창이 작아지셨어요. 앞으로 꾸준히 치료 받으면 좋은 결과가 있을 거예요."

이후에는 어떻게 되었냐고? 사람은 잘 바뀌지 않는다. 성형외과 인턴을 마칠 무렵까지 배큠은 계속 떨어졌고 알람은 계속 울었다. 강은 여전히 배큠 치료에 예민하게 집착했고, 나는 하루에도 대여섯 번씩 강의 배큠 드레싱을 손봐야 했다. 예전에 주 원장은 휠체어를 탄 사람끼리는 만나면 바로 십년지기 친구가 된다고 했는데, 강은 내가 휠체어를 탔다는 이유로 나를 더욱 경계했다. 나는 그것이 더욱 힘들었다. 하지만 인턴에게 힘들다는 말은 사치다. 모두 힘들다. 배큠 알람이 울리면, 병동에서는 내게 비퍼를 친다. 비퍼에 505라고 뜬다. 전화할 필요도 없다. 자동으로 나는 다시 병동으로 올라간다.

응급실 인턴은 인턴 중에서도 가장 힘들다. 24시간 계속해서 응급실에 상주하는 것은 쉬운 일이 아니다. 그런데 아이러니하게도 응급실 인턴의 좋은 점은, 그렇기 때문에 비퍼가 필요 없다는 것이다. 응급실 인턴은 응급실 안에만 있으면 된다. 비퍼가 있기는 해도 울릴 일이 거의 없다. 성형외과를 돌면서, 특히 배큠 기계가 병동에 도입되고 나서부터 내 비퍼는 쉴 틈이 없었다. 밤에 자다가 비퍼 소리에 깨는 일도 흔하다. 인턴들 사이에 비퍼는 보이지 않는 족쇄다. 비퍼를 치고 얼마나 빨리 연락을 해오는가가 인턴의 성실성을 평가하는 첫 척도다. 인턴이 비퍼를 받지 않는다는 것은 어떤 경우가 있더라도 이해되지 않는 일이다. 왜 비퍼를 받지 않았냐고 했을 때 대답은 "잘 못했습니다" 단 한 가지다. 그 밖의 모든 말은 변명이다.

병원에서는 그런 이야기가 전해진다. 인턴을 마치면 꼭 옥상에 올라가서 비퍼를 던져버리는 인턴들이 있다고. 병원에 비퍼 값 몇 만 원을 보상해야 하지만 그건 중요한 문제가 아니다. 일단은 저 시끄러운 녀석을 한 대 때려주고 싶은 것이다. 비퍼 때문에 일 년 내내 받았던 스트레스, 날린 잠을 생각하면 옥상에서 던지는 일 같은 것은 전혀 가혹한 처사가 아니다. 5월 턴을 돌면서 나는 그 심정을 충분히 이해하게 되었다. 505번호가 적힌 성형외과 인턴 비퍼를 다른 인턴에게 던져주던 날, 나는 만세를 불렀다. 하지만 6월에는 다른 족쇄를 차야 했다. 소아과 인턴 비퍼 번호는 202였다. 내외산소 중 첫 메이저 과의 시작, 본격적인 인턴 생활이 시작된 것이다.

OD와 옵세

소아과는 내과 파트에 속한다. 즉 수술이 없고, 주로 병동 회진과 외래 진료가 주 업무다. 보훈병원에서는 입원 환자가 없어서 소아과

는 인턴 일이 한산한 과 가운데 하나였다. 내가 졸업한 모교의 소아
과 병동은 이와 완전히 다르다. 혈액암, 선천성 기형, 신생아 치료까
지 갖가지 어려운 환자들이 소아 병동에 집중되어 있다. 제생병원은
어떨까.

제생병원은 중간 정도였다. 레지던트들은 연차당 한 명씩이고, 스
태프 수는 레지던트 수에 비해서 여섯 명 정도로 많았다. 스태프들은
주로 외래를 보고, 레지던트들은 그 밖의 분야를 나누어 커버했다.
1, 2년차는 응급실과 병동 관리, 3년차는 신생아실을 주로 맡았다.

소아과 인턴이 하는 일은 크게 두 가지였다. 한 가지는 '회진 도우
미'였다. 병동 관리는 레지던트들이 하지만 공식적인 환자 주치의는
엄연히 스태프가 맡았다. 스태프들은 자신의 환자를 매일 회진했는
데, 이때 레지던트와 인턴이 동행했다. 환자 상태를 설명하는 것은
레지던트의 몫이었다. 인턴은 레지던트와 스태프보다 먼저 병실로
들어가서 문을 열고, 병실을 나올 때도 먼저 나와서 다른 병실로 가
서 문 여는 역할을 맡았다. 그야말로 '회진 도우미'였다.

처음에는 이런 일들이 불필요한 형식이라고 생각했다. 그러나 수
많은 환자를 상대하는 스태프 같은 경우 어떤 병실에 어떤 환자가
있는지 일일이 기억하기가 어떤 경우에는 쉽지 않다. 병원은 효율적
인 조직이다. 말하자면 업무 로딩을 분산하는 것이다. 어떤 병실에
어떤 환자가 있는지를 기억하는 것은 인턴 몫이다. 환자 상태를 기

억하는 것은 레지던트의 몫이다. 이렇게 되면 스태프가 환자에 관해 기억하고 처치해야 하는 일은 줄어든다. 냉정하게 들릴지 모르지만 이것이 병원이 돌아가는 방식이다. 나는 소아과 스태프 여섯 명이 담당한 환자가 각각 어떤 병실에, 어떤 병으로 입원해 있는지 파악해야 했다. 회진을 돌 때 병실에 들어가서 텔레비전을 끄는 것도 내가 할 일이었다.

휠체어를 타고 회진 도우미를 해야 할까. 나는 이전 소아과 턴에게서 회진 도우미가 소아과 인턴의 가장 큰 일이라는 말을 들은 터였다. 인턴들은 각 과를 한 달 정도 돌아가면서 돈다. 한 과를 마치고 다른 과로 옮기게 되면, 그 과를 돌았던 인턴은 다음 달에 올 인턴에게 여러 정보를 정리해서 전해준다. 그것을 '인계'라고 하는데, 인계에는 스케줄이나 해야 할 일 같은 공식적인 것도 있지만 비공식적인 내용도 포함된다. 비공식적 인계는 주로 눈칫밥과 관련된 내용이 많다. 인턴 성적이 좋은 사람들은 특히 비공식적 인계에 강하다.

비공식적 인계는 주로 교수의 취향에 관련된 내용이 많다. 가톨릭대학교병원 소아과 학생 실습 때, 소아과 레지던트들이 모두 치마를 입고 있는 것을 보고 의아해했다. 여의사는 치마를 입는다는 것이 그 병원 소아과 레지던트들의 비공식적 인계 사항이었던 것은 한참 지나서 알게 되었다. '찰랑거리는 귀고리를 하면 교수님이 싫어하고 점수를 주지 않는다' 같은 인계는 양반에 속한다. 노래방에서 특정

가수의 노래를 틀지 않으면 다음 날 회진에서 교수의 심기가 불편해진다는 인계도 있었다. 여자 인턴을 노골적으로 싫어하는 교수도 비공식 인계에는 항상 등장하는 내용이었다.

소아과 인턴을 마친 성희는 내게 소아과 인계장과 소아과 비퍼를 던져주었다. 이제 동기들도 내가 휠체어를 타고 있는 모습에 익숙해졌다.

"소아과는 비교적 편하게 돌 수 있어요. 프로시저가 거의 없으니까요. 언니, 여기 인계장 받아요."

공식 인계장을 훑어보았다. '스케줄 엄수. 프로시저는 거의 없어요. 큰 부담 없이 할 수 있음'이라고 적혀 있었다.

소아과 인턴은 소위 말하는 프로시저procedure, 시술를 많이 하지 않는다. 소아과 인턴이 프로시저를 하지 않는 이유는 소아가 표현이 서툴기 때문만은 아니다. 사실 핵심은 소아의 프로시저를 하는 것이 어렵다는 데 있다. ABGA를 하려 해도 혈관이 실처럼 가는 아이에게서 동맥혈을 찾는 것부터 쉽지 않다. 설령 동맥혈을 찾았다 해도 그곳에 바늘을 정확하게 꽂는 일은 또 다른 일이다. 아이가 주사바늘을 보고 보채기라도 하면 보호자는 대부분 거의 졸도 직전이 된다. 설령 바늘이 혈관이 아니라 조직에 꽂힌다고 해도 이런 상황이 되면 의사는 '바늘이 잘못 꽂혔어요'라고 말하기가 힘들다. 보호자에게 먹살이 잡힐 수도 있기 때문이다. 소아 환자를 둔 보호자는 다른 어느 과의

210

보호자보다 예민하다. 이것이 소아 환자의 프로시저가 어려운 진짜 이유다.

나는 인계장을 보니 다소 안심이 되었다. 하지만 안도하기에는 일렀다. 성희는 내게 비공식적 인계를 하나 해주었다.

"언니, 소아과 선생님들이 다 그렇지만 여기도 과장님이 깐깐하세요. 알고는 계시겠지만 언니가 휠체어가 타는 것을 과장님이 어떻게 생각할지 모르겠어요. 의국장님은 편하세요. 이지 고잉easy going이고 보호자들과 사이도 좋아요. 말수가 많은 게 흠이지만, 말 많은 사람 중에 불편한 사람 없잖아요. 의국장님이 다리를 잘 놓아주실 거예요. 아무튼 언니는 이제 소아과라서 좋겠다. 저는 죽었어요. 이제 응급실로 가거든요. 언니는 첫 달에 응급실 돌았죠?"

응급실을 3월에 돌았던 나는 성희에게 몇 가지 비공식적 인계를 해줄 수 있었다. 비공식적 인계에는 응급실 레지던트들이 주로 잠시 잠을 청하는 시간대와 장소 같은 것도 포함되어 있었다. 상대하기 까다로운 환자가 왔을 때 가장 잘 상대하는 간호사 이름도 비공식적 인계에 포함되어 있었다. 나는 '응급실' 선배가 된 것 같아서 기분이 뿌듯했다. 나는 스무 명의 인턴 가운데 하나였다. 성희는 내가 휠체어를 타고 있다는 사실을 괘념치 않았다. 이렇게 생각해주는 동기가 있다는 사실이 또 하나의 힘이 되었다.

과장이 깐깐할 때는 의국장을 먼저 만나야 한다는 사실은 학생 실습 생활을 하면서 체득한 진리였다. 나는 휠체어를 타고 소아과 의국을 찾았다. 의국장은 한참 택배를 풀고 있었다. 나는 택배 내용물을 보고 깜짝 놀랐다. 택배 박스에는 열대어 다섯 마리가 들어 있었다.

"류 선생님이 다음 번 우리과야? 나는 소아과 의국장을 맡고 있는 하성환이라고 해. 선생님은 금붕어 종류가 뭔지 알아? 이건 엔젤피시라고 불리는 애들이야. 귀엽지? 의국이 너무 밋밋하고 단조로운 것 같아서 키워보려고 샀어. 요즘은 이런 것도 다 택배로 가져다주니 좋더라고. 선생님은 그런 것 몰랐지?"

소문대로 하 국장은 격의가 없었다. 휠체어를 탄 내 모습을 의아해하거나 경계하는 표정은 전혀 찾을 수 없었다. 하 국장에게는 세상에 재미있는 일이 너무 많았다. 세상을 심각하게 살지 않는 그를 보호자들은 모두 좋아했다. 몸이 불편한 상태로 인턴 일을 시작한 내게도 하 국장은 편안한 상대였다.

"그런데 선생님, 휠체어 타고 인턴하려면 안 힘들어? 우리 과는 뭐 다른 과에 비하면 로딩이 적은 편이니까 그렇다고 쳐도 만만치 않을 텐데. 참, 우리 과 영감님은 선생님을 어떻게 생각할지 모르겠네. 그분이 워낙 어린이를 사랑하고 정석으로 사시는 분이 돼가지고 선생님의 이 모습을 보면 충격받을 텐데. 가만 있어봐. 여기서 선생님은 열대어들하고 놀고 있어봐. 내가 과장님한테 가서 선생님 상황 좀 상의하고 있을 테니까. 심심하면 애들 이름 좀 지어줘. 이름이 있어야 내가 애들 이름을 부르며 놀지."

말이 폭포수처럼 쏟아져 나왔다. 문득 하 국장의 별명이 떠올랐다. 소아과를 돌았던 인턴들 사이에서 하 국장은 OD로 통했다. OD는 oral diarrhea의 약자로 우리말로 번역하면 구강설사 정도가 될 것이다. 말이 설사처럼 입에서 쏟아져 나온다고 붙은 별명이었다. 사뭇 의학적인 별명이었다. 어떻게 보면 하 국장은 타고난 소아과 의사였다. 싹싹하고 설명하기를 좋아하는 하 국장을 싫어하는 보호자는 아무도 없었다. 소아과는 실력만큼이나 친절이 중요하게 여겨지는 과였다.

친절한 하 국장이 의국으로 돌아왔다. 여전히 얼굴에는 웃음이 가득했다. 저 사람을 힘들게 하는 것은 무엇일까 하는 생각이 문득 들었다.

"류 선생, 어떡하지? 우리 영감님이 아이들을 워낙 사랑하셔서 류 선생이 우리 영감님 회진돌 때는 휠체어 타는 모습을 애들한테 보이면 안 된다는데. 안 그래도 아픈 애들이 가운 입고 휠체어 탄 것 보면 얼마나 놀라겠냐고. 다른 과장님들 회진은 류 선생이 다 따라 돌지 않아도 되니까 그건 내 선에서 알아서 할 테니 걱정하지 말고. 영감님 회진 돌 때만 선생님이 휠체어 놔두고 회진 돌아야겠어. 영감님 서브스페셜 subspecial, 세부전공이 카디오 심장 파트거든. 우리 병원은 소아 심장기형 수술은 하지 않아서 영감님 환자가 병동에 많지는 않아. 회진 다 돌리면 30분도 안 걸릴 거야. 류 선생, 그 정도는 괜찮겠어?"

나는 하 국장이 OD인 것이 다행이라는 생각이 들었다. 하 국장은 내게 필요한 정보를 모두 주었다. 게다가 마음까지 따뜻했다. 이제 내가 열대어 이름을 말할 차례였다. 인사하러 간 첫날, 아무리 의국장이 편안한 사람이라고 해도 인턴에게 의국장은 하늘 같은 존재다. 게다가 나는 휠체어까지 타고 있는 특수 상황이었다. 열대어 이름 같은 것은 떠오르지 않았다. 호기심 많은 하 국장은 내가 그러거나 말거나 답변을 기다렸다. 어떤 재미있는 이름이 나올까 하는 표정이었다. 주변을 돌아보았다. 수동으로 내려먹는 핸드드립 커피가 보였다. 하 국장은 커피에도 조예가 깊었다. 의사일 말고도 관심이 있는 주제가 스무 가지쯤 있는 사람이었다. 나는 입을 열었다.

"저기 저 까만 물고기는 커피가 어때요. 옆에 건⋯."

다시 주변을 둘러보았다. 의국의 필수품, 복사기가 보였다.

"카피⋯."

하 국장은 웃음을 터뜨렸다. 커피, 카피 하면서 재미있어 하는 표정이었다. 나는 소아과 의국의 부드러운 분위기에 턴이 바뀐다는 긴장감을 잠시 잊었다. 하 국장이 덧붙였다.

"내일 늦지 않게 의국으로 와서 회진 같이 가자고. 선생님 몸 상황은 내가 잘 모르니까 알아서 잘 행동하고."

휠체어의 도움으로 인턴 일을 하게 되면서 내게서 '통증'이라는 단어가 사라졌다. 학생 실습을 할 때는 나를 가장 힘들게 했던 단어였다. 서 있거나 걸어야 할 때 나는 어김없이 통증과 맞닥뜨려야 했다. 그래도 다른 만성질환자들의 통증과 비교하면 내가 느껴야 하는 통증은 직접 조절할 수 있다는 점에서 훨씬 나았다. 간단하게 말하면 중력이 없으면 통증이 없었다. 휠체어를 타고 다니면 다리를 땅에 붙일 일이 없다. 인턴 일을 하면서 나는 역설적으로 통증에서 해방되었다.

소아과 첫 회진이 겁나는 것은 그런 의미에서 당연했다. 어떤 상황이 또 어떻게 벌어질지 몰라 두려웠다. 학생 실습 때 회진이 길어지면 화장실로 도망가서 양변기에 앉아 있던 때도 떠올랐다. 과장이 휠체어를 타지 못하게 하는 이유도 명분이 있었다. '어린이들이 무서워한다'는 것이었다. 아이들을 사랑하는 과장의 마음을 충분히 느낄 수 있었다. 어쨌든 다른 선택은 없었다.

하 국장이 영감님이라고 불렀지만 이 교수는 미중년이었다. 선이 섬세한 얼굴에 목소리마저 조곤조곤한 전형적인 소아과 의사 선생님이었다. 가운 가슴주머니에는 푸우, 뽀로로 같은 인형들이 매달려 있고, 볼펜 끝에는 깃털이 달려 있었다. 목에는 청진기를 두르고 있었는데 청진기 줄 색깔이 다른 과의 것과 달랐다. 성인용 청진기 줄이 검은색인 데 반해, 소아용 청진기 줄은 붉은색이었다. 가운을 입고 있으면 명찰을 보기 전까지 의사가 무슨 과인지 알기는 쉽지 않다. 그러나 소아과 의사는 달랐다. 그들은 인형을 가지고 다녔으며, 붉은색 청진기를 두르고 있었다. 아이들을 주로 상대하기 때문일까, 소아과 의사들은 마음도 곱고 여린 경우가 많았다.

"류 선생, 내가 하 국장한테 이야기는 들었어요. 그런데 우리 아이들이 선생이 휠체어 탄 모습을 보면 얼마나 놀라겠어요. 안 그래도 몸이 아파서 병원에 있는 것도 스트레스일 텐데. 나는 그게 걱정이 되니까, 류 선생이 내 회진 돌 때는 좀 힘들어도 같이 걸어 다녔으면 좋겠어요."

나는 마음의 준비를 이미 마친 뒤였다. 회진이 지체되지 않기만 바랄 뿐이었다.

"우리 미진이 울음 뚝, 자 선생님이 뽀로로 줄게요."

소아과 회진에서 일등공신은 인형이었다. 과장은 뽀로로 인형을 주머니에서 꺼냈다. 오른쪽 주머니에는 작은 인형이 그것 말고도 몇 개 더 있었다. 아이는 울음을 그쳤다. 이번 아이는 울려야 했다. 울려야 입을 벌리고, 입속에 편도가 부어 있는지 확인할 수 있었다. 이번에도 일등공신은 인형이었다. 인형을 줬다가 빼앗으면 됐다. 아이가 입을 앙 하고 벌려 우는 틈을 타서 과장은 편도를 관찰했다. 눈높이를 맞출 것, 소아과 회진의 교훈이었다. 다행히 회진은 30분을 넘기지 않았다. 통증이 조금 있었지만 심하지 않았다. 안도의 한숨이 나왔다. 또 한 고비를 넘겼다.

회진이 끝나자 하 국장이 나를 불렀다.

"류 선생, 오전부터 수고가 많았지. 그럼 수고하는 김에 한 번만 더하자. 우리 과 인턴 선생님은 사실 별로 할 일이 없어. 그러니까 류 선생도 우리 과 돌면서 공부하는 시간을 좀 가지는 것도 나쁘지 않지?"

무슨 일이 벌어질지 알 수 없었다. 인계에도 없는 내용이었다. 공부라니 논문 해석 같은 것을 시키려고 그러나. 아님 교과서 내용을 시험이라도 본다는 건가. 불안은 정체를 알 수 없을 때 더 크다. 하지만 하 국장은 '이지 고잉', 시킨 일은 사실 공부와는 거리가 멀었다. 하 국장은 내게 책을 두 권 던져주었다. 2,000쪽에 달하는 소아과 교과서였다. 얼핏 보아도 한 권은 새 책, 다른 한 권은 헌 책이었다.

"류 선생, 나도 이제 슬슬 보드 준비를 해야 하거든. 이게 바로 내위 연차 모 선생님 책이야. 유명한 옵세지. 이 책은 그 자체로 보드 참고서야. 보면 알겠지만 기출문제 표시는 물론이고, 문항별 중요도까지 다 표시되어 있거든. 그런데 내용이 너무 많아. 일단 이 책을 다 베껴놔야지 공부를 시작하겠는데 도저히 양이 줄어들지 않네. 류 선생이 여기부터 신생아 파트 전까지 책 좀 베껴줘. 물론 지금 하라는 건 아니고 시간 날 때 틈틈이 말이야. 류 선생도 보면서 공부도 되고 하지 않겠어?"

다시 한 번 폭포수처럼 말을 쏟아냈다. 인턴이 하는 업무가 다양하다는 것은 알고 있었지만 그 종류의 다양성은 예상을 뛰어넘고도 남았다. 나는 이제 옵세의 책을 OD의 책으로 옮기는 일을 하게 되었다. 인계에 없던 소아과 인턴 일이 하나 추가되었다. 내가 이 이야기를 인턴 동기들에게 했을 때 대부분 별일을 다 시킨다는 반응을 보였다. 니로선 인턴은 어차피 병원의 이런저런 일을 하는 사람이라고 생각해서 그런지 별로 반감이 들지 않았다. 다리가 아프게 되는 것만 빼고는 무섭지 않았다. 그리고 나는 성적 좋은 옵세보다 편안한 OD가 더 좋았다.

'옵세'는 obsessive강박증적인의 준말로 의대에서 많이 쓰는 속어의 하나다. 누군가 '옵세하다'라고 하면 그는 작은 것 하나까지 완벽해야만 직성이 풀리는 사람을 뜻한다. 의대에서 옵세는 공부와 관련되어 붙이는 경우가 많다. 옵세들의 생활 패턴은 비슷하다. 수업 전에 예습을 하고, 수업 내용은 하나도 빠짐없이 적는다. 그리고도 빠진 내용이 있을까봐 또 다른 친한 옵세들과 내용을 체크한다. 옵세들의 노트 필기에는 펜 색깔이 대여섯 개쯤 등장한다. 중요도에 따라, 기출문제 따라, 교수님이 강조한 내용에 따라 다른 펜으로 표시한다. 옵세들은 내용도 항상 정확하게 암기한다.

의대 시험에서 가장 큰 관문의 하나가 정상수치를 외우는 것이다. 교수들은 항상 말한다. '정상을 알아야 이상을 알지.' 맞는 말이다.

그러나 말이 쉽지 몸의 모든 정상수치를 머리에 넣는다는 것은 쉬운 일이 아니다. 외워야 할 것은 많고도 많다. 호르몬 수치를 외우고 간 肝 수치를 외우고 신장 수치를 외운다. 소아과 공부는 한술 더 뜬다. 발달 연령에 따라 정상수치가 다르다. 한 살 때의 백혈구 수치를 외우고 두 살 때의 백혈구 수치를 외운다. 머리에 쥐가 날 지경이다. 하 국장이 가지고 있는 소아과 교과서는 그런 옵세의 책이다. 정리가 완벽하게 되어 있었다.

오전 시간 내내 의국에서는 줄 긋는 소리가 고요했다. 주위에 기척은 커피와 카피가 내는 물소리뿐. 하 국장은 병동에 가서 보호자들과 한참 이야기꽃을 피웠다. 그 뒤 나는 우연한 기회에 하 국장이 소아과 전문의 시험에 떨어졌다는 소식을 들었다. 전문의 시험은 90퍼센트 이상이 붙는다. 의사고시와 마찬가지로 붙으면 다행이고 떨어지면 망신인 그런 시험이다. 그 소식을 듣고 선배의 책을 열심히 필사하던 하 국장의 모습이 떠올라서 피식 웃음이 나왔다.

하지만 웃음은 그렇게 공부하기 싫어하더니 그럴 줄 알았지 하는 뜻이 아니었다. 하 국장은 좋은 사람, 전문의 시험에서 한 번 떨어졌다고 해피마인드가 바뀔 리도 없었다. 다음 해 하 국장은 심기일전하여 보드를 딸 것이고, 일단 보드가 하 국장의 손에 잡히는 순간 다른 어떤 소아과 의사보다 개업의로서 경쟁력이 있을 것이다. 지금쯤 어딘가에 개업해서 특유의 수다를 떨고 있지는 않을까. "어머니, 우리

혜영이 생일이 지났는데 맛있는 거는 좀 해주셨어요. 지난번보다 키가 이렇게 큰 걸 보니까 숙녀가 다 됐네요" 하면서. 과장과 옵세와 OD, 소아과 인턴을 돌면서 나는 의사들이란 성격이 참 다양한 사람들이 모인 집합이구나 하는 생각을 다시 한 번 하게 되었다. 그리고 소아과 과장을 보고 나서 내가 휠체어 탄 것을 이해하지 못한다고 해서 다 나쁜 사람은 아니구나 하는 생각도 하게 되었다. 어쨌든 이 모든 것이 여유가 생긴 덕이었다.

인턴 생활이 여름으로 접어들고, 메이저 과를 한 과 마칠 즈음이 되자 마음이 한결 가벼워졌다. 다른 동기들은 인턴 생활을 시작할 때부터 턴 순서를 가지고 이런저런 고민이 많았다. 그때 나는 순서 같은 것은 생각할 수조차 없었다. '인턴을 할 수 있느냐, 없느냐'를 가지고 고민할 때였다. 소아과를 마치고 나서 나는 처음으로 남아 있는 인턴 순서를 돌아보았다. 아직도 만만치 않은 과들이 많이 남아 있었다.

인턴을 하게 되면 4대 필수과, 즉 내과, 외과, 산부인과, 소아과와 응급실을 필수적으로 돌아야 한다. 나는 응급실과 소아과는 마쳤다. 내과는 주로 병동 일이고, 내과 부장님이 교육연구부장님이기 때문에 크게 걱정되지 않았다. 휠체어를 타고 부지런히 병동 일을 하면 될 것이다.

외과와 산부인과는 수술 파트라서 어떻게 해야 할지 감이 오지 않았다. 다른 인턴 동기들의 말을 들으니 외과 인턴은 짝턴을 정해서 홀수일, 짝수일 교대로 수술방에 들어간다고 했다. 그 말을 들으니 방법이 있을 것도 같았다. 내 인턴 순서를 보니 정형외과-산부인과-외과-내과-응급실-마취과 순으로 되어 있었다. 정형외과는 모든 병원에서 가장 힘들기로 유명한 과다. 뼈와 골절에 관한 것을 다루는 정형외과는 교통사고과라는 별명이 붙어 있다. 보훈병원에서 정형외과 인턴을 하던 때가 생각났다. 정형외과는 엄두가 나지 않았다.

문득 첫 턴에 신경외과와 응급실을 바꿨던 때가 기억났다. 물론 응급실도 쉽지는 않았다. 그래도 응급실 인턴을 돌 때는 어떻게 하면 되는지 알고 있었다. 동기들을 물색했다. 예상대로 제생병원의 정형외과 레지던트가 될 목적을 가지고 인턴을 지원한 남자 동기들이 두 명이나 있었다. 두 명이라니 오히려 난감했다. 내가 대신 응급실을 돌고, 정형외과와 바꾸자고 하면 둘 다 쌍수를 들어 환영할 게 틀림없었다.

"형이 저 좀 봐주세요. 저는 학교 성적도 안 좋아서 여기 OS 의국에 진짜 인사라도 잘해둬야 해요."

경호는 인턴들 사이에 평이 좋지 않았다. 활달하고 붙임성이 좋았지만 어딘지 모르게 가식적인 느낌을 주었다. 같이 정형외과 턴을 돌고 싶어했던 재인은 경호와는 정반대였다. 재인은 삼수를 해서 의대를 들어왔다. 학교에 늦게 들어온 사람 특유의 조심스러움과 성실성이 재인이에게는 배어 있었다. 티켓은 하나였다. 경호가 재인이에게 먼저 선제공격을 했다. 하지만 재인이도 이런 기회를 쉽게 포기할 수는 없었다. 재인은 의대 내내 정형외과 의사의 꿈을 꾸었다.

"나는 여기서 잘못되면 군대 가야 한다. 너는 앞으로 기회가 있잖아. 현역 남자들은 인기가 좋으니까 다른 병원 OS라도 날 수 있고"

경호는 말이 없었다. 나는 어떻게 해야 할지 몰랐다. 무작위로 고른 정형외과 턴이 이렇게 값어치가 있는 것인지 몰랐다. 어쨌든 둘 다 인턴 동기였다. 나는 일단 알았다고 말하고 자리를 떠났다.

결말은 예상치 못한 방향으로 나버렸다. 경호가 나와 재인이 모르게 정형외과 의국에 인사를 먼저 해버린 것이다. 경호에게 뒤통수 맞고서 나보다 황당해한 사람은 재인이였다. 다른 인턴 동기들보다 나이가 많은 재인은 경호에게 아무 말도 하지 않았다. 물론 그 사실을 알고 있는 사람은 나와 경호, 재인 세 사람뿐이었다. 턴이 바뀌기 전날 나는 재인이에게 다가갔다. 재인은 쓴웃음을 지으며 말했다.

"적극적인 것도 인턴의 중요한 자질의 하나였네요. 내가 그걸 몰랐나봐요."

하지만 인생지마 새옹지마인 것 같다. 결국 경호는 정형외과 턴을 돌고 이어 내과 턴까지 돈 뒤 인턴 일이 힘들다고 그만두고 나갔다. 동기 중 첫 인턴 포기였다. 적극적인 것보다 더 중요한 인턴의 자질은 성실성이었다.

　다시 응급실행이었다. 인턴 후반기에 응급실이 한 번 더 남아 있었으므로 인턴 가운데 나는 본의 아니게 유일하게 응급실을 세 번 도는 사람이 되었다. 24시간 근무가 힘들기는 해도 응급실은 휠체어 이동 동선이 가장 짧은 과였다. 휠체어를 타고 엘리베이터를 타지 않아도 됐다. 그 사실만으로도 나는 충분히 기뻤다. 이제 소아과 턴은 이틀밖에 남지 않았다.

part **6**

휠체어 탄 여자 인턴,
가을—겨울

휠체어가 사라졌다

병원에서 내가 휠체어를 타고 다닌다는 것은 이제 다 알려져 있었다. 익숙해졌다고는 해도 가운을 입고 휠체어를 타는 일은 여전히 주변의 시선이 의식되는 불편한 일이었다. 인턴 생활이 6개월을 넘어가고 있어도 여전히 가운을 입고 휠체어를 타는 것은 쉽지 않았다. 가장 난감한 순간은 엘리베이터를 기다릴 때였다. 종합병원은 항상 엘리베이터가 만원이다. 면회 온 보호자들, 갑자기 상태가 나빠져 옮겨야 하는 환자들, 휠체어를 타고 병원 밖으로 산책 나가는 환자들. 게다가 침상에 누운 채 이동해야 하는 환자들은 엘리베이터를 넓게 차지하기 때문에 엘리베이터는 더더욱 항상 부족했다.

따라서 의사는 엘리베이터를 타지 않는다는 것이 불문율이다. 물론 과장급 정도 되면 엘리베이터를 타기도 하지만 레지던트나 인턴이 엘리베이터를 타는 것은 금기 사항이다. 의학 드라마에서 자주 나오는 장면 가운데 하나가 의사들이 우르르 계단으로 이동하는 모습이다. 그 장면은 바쁜 의사의 삶을 반영하기도 하지만, 의사도 서비스직 종사자라는 것을 보여주는 것이기도 하다.

휠체어를 탄 니는 엘리베이터에 절대적으로 의존해야 했다. 응급실은 1층, 병동은 3층에서 8층까지 과별로 포진돼 있다. 나는 한 층을 올라가더라도 엘리베이터를 타야 했다. 항상 수요에 비해 공급이 부족한 병원 엘리베이터 앞에서 가운을 입은 채 기다리는 것은 민망한 일이었다. 휠체어를 탄 나는 환자였다. 조금 양해를 구해서 먼저 엘리베이터를 타고 싶었다. 하지만 나는 또한 가운을 입은 의사였다. 환자와 보호자들에게 엘리베이터를 양보해야 할 의무가 있었다. 몇 번 양보하다 보면 주머니에서는 계속 눈치 없이 비퍼가 울렸다. 전화할 필요도 없이 소아과 병동이었다. 빨리 올라가면 되지만 앞의 손님들이 엘리베이터를 타고 올라가면 또 새로운 손님들이 엘리베이터 앞에 대기했다. 이제는 어쩔 수 없이 휠체어를 밀고 엘리베이터 구석으로 들어간다.

엘리베이터 안에서는 다시 난감해진다. 소아과 과장은 아이들이 휠체어를 탄 내 모습을 무서워할 것이라고 말했지만, 그 생각이 꼭 맞는 것은 아니었다. 아이들은 호기심 천국, 가운을 입고 휠체어를 탄 의사 선생님은 재미있는 구경거리였다. 아이들을 가장 많이 마주치는 곳 역시 엘리베이터 안이다. 엘리베이터 안쪽 구석에 자리 잡은 나를 옆의 꼬마가 쳐다보지 않으면 좋으련만, 대부분 그런 일은 일어나지 않는다. 다섯 살쯤 되어 보이는 남자아이가 말했다.

"엄마, 저거 뭐야? 저거 타면 빨리 가?"

어느새 아이는 휠체어 바퀴를 손으로 만지고 있었다. 내 모습을 본 엄마는 당황하며 아이를 제지하지만 소용이 없었다.

"엄마, 나도 저거 한번 타보면 안 돼? 나도 저거 사줘."

엘리베이터 안의 어른들 중 일부는 이런 상황이 민망한지 시선을 일부러 돌렸다. 그중에는 꼭 모른 척하지 않고 상황에 끼어들어야 직성이 풀리는 사람이 있다. 엘리베이터에 타고 있던 아주머니 하나가 꼬마에게 훈계를 시작했다.

"얘야. 저건 타는 게 아니야. 의사 선생님이 다리가 아야 해서 타고 계시는 거야."

아이 엄마는 아주머니의 개입이 반갑지 않다. 그건 나도 마찬가지였다. 저 오지랖 넓은 아주머니가 제발 내게는 말을 걸지 않았으면 하고 바라지만 그럴 가능성은 희박하다. 아니나 다를까. 아주머니는 이제 시선을 꼬마에게서 내게로 돌렸다.

"아이고, 우리 선생님은 어쩌다가 몸을 다치셨어요. 정말 대단하시네. 이렇게 몸이 불편한데도 그 어려운 의대 공부를 다 마치고 의사가 되신 거잖아요."

예전에 한 장애인에게서 그런 말을 들은 적이 있다. 몸이 불편한 것보다 더 힘든 것은 자신을 정상인과 다르게 보는 시선이라고. '우리는 장애인을 위한 혜택을 바라지 않는다. 우리가 바라는 것은 다른 사람과 똑같이 지낼 수 있도록 만들어주는 것뿐이다.' 나 역시 마찬가지었다. 내가 휠체어 타고 병원에서 다니는 것을 사람들이 아무렇지 않게 보았으면 하고 바랐다.

백 부장이나 주 원장이 나와 같은 상황에 놓였다면 어떻게 행동했을까 하는 생각을 해본 적이 있다. 표현 방식은 다소 차이가 있겠지만 기본 마음가짐은 비슷했을 것이다. 그들 정도의 긍정 에너지를 가진 사람이라면, 그런 시선에 오히려 더 당당하게 대응하지 않았을까? 그들은 아마 엘리베이터에서 휠체어를 신기하게 바라보는 아이에게 먼저 인사했을 것이다. "이게 신기하니? 이걸 타면 빨리 움직일 수 있단다" 하면서.

아마 민망해하는 꼬마의 어머니에게도 덕담을 건넸을 것이다. "아이가 호기심도 많고 눈망울이 참 또랑또랑한 게 좋으시겠어요" 하고. 아마 그들이라면 상황에 휘둘리지 않고 상황을 장악해나갔을 것이다. 나에게는 그럴 만한 배짱이 없었다. 그럴 정도로 자신감과 용기가 있는 사람은 못 되었다. 나는 이 상황이 빨리 끝나기만 바랐다. 호기심 많은 저 꼬마도, 오지랖 넓은 저 아주머니도 빨리 엘리베이터에서 나갔으면 좋겠다는 생각뿐이었다. 많이 익숙해졌다고 해도 휠체어를 타고 병원 생활을 하는 것은 곳곳에서 생각지 않은 어려움을 맞닥뜨려야 하는 일이었다.

휠체어는 내가 전적으로 의지해야 하는 대상은 아니었고, 말하자면 이동의 보조 수단 정도였다. 그렇기 때문에 의국에 들어가거나 숙소에 들어갈 때는 휠체어에서 내려 걸어갔다. 이때 보관이 문제가 되었다. 숙소는 이층침대 세 개가 디귿자로 다닥다닥 붙어 있어 좁기 짝이 없었다. 내게 휠체어는 인턴 생활에서 무엇과도 바꿀 수 없는 소중한 도우미. 나는 숙소 문 안쪽에 휠체어를 보관해두었다.

그러나 며칠 지나지 않아 휠체어는 숙소에서 퇴출되었다. 같은 숙소를 쓰는 동기 하나가 조심스럽게 내게 말했기 때문이다.

"언니, 이거 밖에다 두면 안 될까? 안 그래도 좁은데 문 앞에 휠체어가 있으니까 다들 다니는데 너무 불편한 것 같아."

나는 그 정도도 이해 못 하는가 싶어서 섭섭한 마음이 들었으나 표현할 수 없었다. 공동생활이었기 때문이다. 동기의 말을 듣고는 나는 휠체어를 숙소 밖 복도에 세워두었다. 4층은 인턴 숙소와 의국이 몇 개 모여 있어서 환자나 보호자의 왕래가 거의 없었고 휠체어를 복도에다 두어도 별 문제가 없을 것이라고 생각했다. 나는 휠체어를 복도에 세워두고 숙소에서 잠시 쉬고 있었다.

소아과 인턴을 마치기 이틀 전, 병동에서 호출이 왔다. 숙소인 4층에서 5층으로 이동해야 했다. 그런데 문을 열고 나가니 휠체어가 없었다. 순간 어떻게 해야 할지 앞이 캄캄했다. 인턴 일에서 가장 중요한 것은 일을 '펑크' 내지 않는 것이다. 물론 잘하면 더 좋지만, 어떻게 해서든 콜을 받으면 달려가서 그 일을 처리하는 것이 가장 중요하다. 그런데 '다리'가 사라졌다. 무서워졌다. 어쨌든 시간을 벌어야 했다. 병동에 전화를 걸었다.

"잠깐 중요한 콜이 와서 처리하고 갈게요. 10분 정도 걸릴 거예요."

휠체어를 잊어버렸다고 말할 수는 없었다. 시간을 벌기 위해 거짓말을 했다. 10분 동안 휠체어를 찾아서 '걸어 다녔다.' 휠체어를 찾기 위해 걸어 다닌다는 표현이 이상하지만 그것이 그때 내 실상이었다. 다행히 나는 30분 정도는 걸을 수 있었고, 내가 걸을 수 있는 한 최대한 빨리 휠체어를 찾아야 했다.

그때였다. 청소하는 아주머니가 휠체어를 밀고 한쪽으로 가는 것이 보였다. 멀리서 보아도 병원 휠체어보다 작은 것으로 봐서, 내 휠체어임에 틀림없었다. 내가 다가갔을 때 아주머니는 불만이 가득한 표정으로 휠체어를 한쪽으로 치우고 있었다.

"아이고, 이런 건 쓰면 제자리에 갖다 둬야지 왜 아무 데나 버리고 그래. 아주 일을 만드는구면."

아주머니의 볼멘소리에 살짝 주눅이 들었으나 나도 위급한 상황이었다. 나는 아주머니를 불렀다.

"아주머니, 그건 제 휠체어예요. 저기 숙소 앞에 있던 거 맞지요?"

매일 휠체어 탄 모습만 보다가 서 있는 내 모습을 본 아주머니는 다소 놀라는 표정을 지었다. 어쨌든 예기치 않았던 일을 해야 하는 상황에 대해서는 여전히 불만이다.

"아니 의사 선생님, 이제 다 나은 거야? 그럼 휠체어를 치우든가 해야지 왜 복도에다가 아무렇게나 두고 그래. 여기 4층만 해도 얼마나 넓은데 우리가 일일이 그런 것까지 다 신경 쓸 수 없어."

항변하고 싶었다. 다 나은 것이 아니라고, 그리고 휠체어는 내게 소중한 것이라고. 인턴하는 내내 휠체어가 필요하고 숙소에는 자리가 부족해서 어쩔 수 없었다고. 그러나 아주머니나 나나 여유가 없기는 마찬가지였다. 이해는 여유에서 나오는 것이다. 자신도 병원에서 가장 궂은일을 한다고 생각하는 아주머니에게 의사의 사정 같은 것은 별로 의미가 없을지도 몰랐다. 나는 일단 죄송하다고 하고 다시 휠체어에 탔다. 아주머니는 의아한 표정을 지었지만 설명할 여유가 없었다. 빨리 병동으로 가야 했다. 소아 환우 하나가 열이 나서 편도의 균 검사를 해야 했다. 병실에서 일을 마치고 간호사들이 있는 병동으로 왔다. 소아과장의 오후 회진이 있는 날이어서 휠체어를 다시 병동 구석에 맡기고 걸어서 회진을 따라 돌았다. 회진을 도는 내내 휠체어를 잊어버리지나 않을까 걱정되었다.

나는 숙소로 돌아와서 인터넷으로 자전거 열쇠를 주문했다. 인턴을 하는 동안은 병원 밖에 있는 시간이 절대적으로 부족하다. 쇼핑은 거의 모두 인터넷으로 한다. 인턴 숙소에는 인턴들이 주문한 택배 박스가 하루가 멀다 하고 도착한다. 주요 품목은 화장품, 속옷, 액세서리 같은 것이었다. 인터넷 쇼핑은 여자 인턴들이 누리는 작은 사치인 셈이다. 나의 첫 인터넷 쇼핑 품목은 자전거 열쇠. 나도 화장품을 인터넷으로 주문하는 날이 올까. 주문하는 것을 보던 동기 하나가 말을 걸었다.

"언니, 침대랑 옷장을 여기로 조금만 옮기면 휠체어를 여기 안에다가 둘 수도 있어. 자, 봐봐. 나랑 같이 넣어보자."

여섯 명의 인턴은 모두 각양각색이었다. 휠체어 때문에 보행에 조금만 지장이 생겨도 불편해하는 사람부터 자리를 밀어서 휠체어가 있을 자리를 마련하는 사람까지. 나는 어린 동기의 마음 씀씀이가 고마웠다. 열쇠를 걸어둔다고 해도 휠체어를 복도에 세워두는 것은 신경 쓰이는 일이었다. 휠체어를 숙소 안에 두는 편이 나도 안심되었다. 휠체어가 없으면 나는 발이 묶였다. 내게 휠체어는 시각장애인의 안내견이나 다름없었다.

병원 생활을 하면서 휠체어는 나의 가장 친한 친구가 되었다. 나는 휠체어에게 이름을 지어주어야겠다는 생각을 했다. 이름이 없다는 것은 불공평했다. 나는 휠체어에 '올레'라는 이름을 붙여주었다.

올레는 제주도의 아름다운 길, 나는 '올레'와 함께 언젠가 올레를 걸어보고 싶었다. 이름을 가진 올레는 늠름한 모습으로 주인을 기다렸다. 나는 말했다. '올레. 이번에는 응급실이야. 너도 익숙하지. 우리 이번에도 한번 달려보자. 그래, 응급실을 돌기 전 너한테 밥을 배불리 먹여줘야겠다.'

올레와 나는 병원 지하 1층에 있는 의료기기 매장으로 갔다. 여러 번 얼굴을 봐서 익숙한 주인아저씨가 내게 먼저 인사를 건넸다. 그리고 능숙한 손놀림으로 휠체어 바퀴에 바람을 채워 넣었다. 올레는 점점 배가 불러왔다. 주인아저씨가 말했다.

"자, 의사 선생님, 이제 더 빨리 다니실 수 있을 겁니다. 조심하셔야 해요. 차가 성능이 너무 좋아졌으니까 브레이크 잘 잡으시고요."

올레도 만족한 표정이었다. 나도 올레도 응급실 인턴 준비를 끝냈다. 이제 30일, 아니 15일만 응급실 생활을 하면 됐다. 이제는 병원 생활에 제법 요령이 생겼다.

그러나 인턴을 하는 동안 친구를 한 명도 사귀지 못했다. 병원 생활에 적응되니까 사람이 그리워졌다. 학생 실습을 할 때 돌던 조원들이 생각났다. 모두 레지던트가 되어서 정신없이 바쁜 생활을 하고 있겠지. 그 아이들은 가끔 내 생각을 할까. 학생 실습 때 같은 조원들은 한 배를 탄 공동운명체였다. 반면 인턴 동기들은 서로 경쟁자다. 모두 뿔뿔이 자기 일을 하느라 정신이 없다. 친구를 사귀는 것은 상상하기 힘들다.

친구라니, 문득 사치라는 생각이 들었다. 어쨌든 인턴을 마치는 것이 중요했다. 나는 마음을 다잡고 올레와 함께 응급실로 향했다. 그리고 응급실에서 나는 인턴 생활에서 처음으로 친구를 사귀었다.

우정은 관장 호스를 타고

인턴을 하면서 나는 친구를 두 명 사귀게 되었다. 모두 인턴 동기는 아니었다. 한 명은 응급실에서 만난 환자, 한 명은 같은 병원 산부인과 레지던트 선생님이었다. 응급실에서 만난 자숙은 고향 친구였다.

응급실은 저녁 일곱시경부터 자정 정도까지 가장 바쁘다. 그때 응급실 환자의 반이 찾아온다고 해도 과언이 아니다. 자정을 넘어가면 올 환자들은 다 왔다. 약간 정리가 되는 것이다. 처치를 마친 환자들은 수액이 다 떨어지기를 기다리고 있고 간호사들은 스테이션에서 컴퓨터를 보면서 바뀐 오더가 없나 확인한다. 의사들도 이때 한숨 돌린다. 동료들끼리 이야기하기도 하고, 컴퓨터를 만지기도 한다.

평온한 응급실 새벽 세시. 30대 초반이나 되었을까, 웬 아가씨가 남자 하나와 급하게 응급실로 들어왔다. 여자는 배를 움켜쥔 채 발을 동동 구르고 있었다. 얼핏 봐도 여자는 날씬한 미인형, 남자는 배가 적당히 나온 중후한 중년이었다. 응급실의 정적을 깨는 환자의 등장이다. 나는 휠체어를 밀고 환자에게 다가갔다.

"어디가 불편하세요? 배가 많이 아프세요?"

여자가 배를 움켜쥐고 말했다.

"아랫배가 너무 아파요."

간호사가 내 옆에서 재빠르게 바이탈을 체크했다. 120/80-20-70-36.5. 환자의 바이탈은 스테이블하다 4대 활력징후가 정상범위 안에 있다는 뜻. 이 경우 혈압은 120/80, 호흡은 분당 20회, 맥박은 70회, 체온은 36.5도. 바이탈이 스테이블하면 일단 위험한 상황은 아니다. 배를 위아래로 촉진하고 청진기로 장 소리를 들어보았다. 장음은 정상보다 떨어져 있었다. 시진, 촉진, 청진, 문진이 끝났다. 이제 기계의 힘을 빌릴 차례다.

복부 사진을 찍어보니 아니나 다를까 장에는 변이 가득했다. 약간 과장하면 응급실에 오는 소아 환아는 절반 정도가 '똥병'이다. 너무 많이 먹어서 또는 소화를 시키지 못해서 장을 빠져나가지 못한 똥들이 몸속에 남아서 환자의 뱃속을 슬슬 괴롭힌다. 표현이 서툰 소아의 경우 몸속에 변을 가지고 있는 시간이 지체되는 경우가 흔하다. 이럴 때 응급실에서 해주는 것은 단 하나, 똥을 빼주는 것이다. 그러면 언제 그랬냐는 듯이 아이들 얼굴이 환해진다. 똥을 뺀 것만으로 명의가 되는 순간이다.

어른이 되면 이런 똥병은 횟수가 현저하게 줄어든다. 장운동이 활성화되기도 했지만 어떤 면으로는 아이들보다 고통을 더 못 참기 때문이기도 하다. 어쨌든 치료 방법은 같다. 관장을 해서 똥을 빼주면 복통은 사라진다. 나는 환자와 보호자에게 사진을 보여주며 지금 처치할 거라고 설명했다.

"여기 사진에서 까맣게 보이는 게 공기고요. 꾸불꾸불한 게 환자분의 장이거든요. 그런데 여기 잠깐 다른 사진 좀 보세요. 장 안에는 보통 이런 하얀 것이 이렇게 많지 않거든요. 그런데 환자분 사진 좀 보세요. 여기 장 안에 하얀 것들이 지저분하게 퍼져 있지요. 이거 때문에 배가 아픈 거예요. 제가 관장해드릴게요. 보호자분은 나가 계시겠어요?"

환자가 배를 움켜쥐며 말했다.

"아이 아빠예요. 여보야, 나가지 마. 내 옆에 있어. 응?" 환자의 남편은 어린 부인이 못내 안쓰러운 듯 손을 꼭 쥐고 있었다. 나는 '사랑을 많이 받는 여자군' 하는 생각을 잠시 했다. 여자는 옆으로 누워서 항문을 내게 보였다. 나는 다시 한 번 환자에게 다짐을 받았다.

"이제 호스를 넣고, 주사기로 관장약을 넣을 거예요. 그런데 환자분, 관장약 넣고 10분 동안 꼭 참으셔야 해요. 안 그러면 약이 다 밑으로 새고 관장하는 의미가 없게 돼요. 배가 부글부글할 거예요. 그래도 꼭 참으셔야 해요. 아셨죠?"

"아, 네. 아이고, 배 아파. 여보, 나 좀 살려줘."

어리고 예쁜 부인은 호들갑도 수준급이었다. 나와 환자를 제외한 응급실의 모든 직원은 평온해 보였다. 쏟아지던 잠은 벌써 저 멀리로 달아났다. 나는 비닐장갑을 끼고, 환자의 항문을 벌리고 호스를 넣었다. 50시시짜리 커다란 주사기를 사용해 관장액을 호스에 밀어 넣었다. 관장 끝, 컴퓨터 앞으로 들어가서 오더를 입력했다.

10분쯤 지났을까. 환자 보호자가 걱정스러운 표정으로 말했다.

"선생님, 죄송한데요. 우리 와이프가 아직도 배가 아프다네요. 화장실은 참았다 갔다 왔는데요. 한 번만 더 해주시면 안 될까요?"

관장을 두 번 해달라는 경우는 응급실 인턴 생활 중에 처음이었다. 남편의 극진한 아내 사랑에 나는 다시 한 번 호스를 들고 환자에게 갔다. 환자는 아직도 배가 아프다면서 남편에게 어리광을 피웠다.

"선생님, 배가 아직도 아파요. 아무래도 똥이 덜 나왔나봐요. 아이고, 배야."

나는 이번에는 10분 이상 참으라고 다짐시키고 다시 한 번 호스를 넣었지만 슬슬 걱정이 되었다. 다음에도 또 해달라고 하면 어떻게 하지. 다행히 이번에는 복통이 많이 완화된 것 같았다. 환자는 평온하게 침상에 누워 있었다. 작은 수액 하나를 달아달라고 간호사에게 오더를 내리고 컴퓨터에 앉아 있으려니 잠이 쏟아져왔다. 나는 모니터

앞에서 꾸벅꾸벅 졸고 있었다.

그때 환자의 보호자가 다가와서 조심스럽게 나를 불렀다.

"저, 선생님. 류미 선생님 맞지요? 혹시 서인고 5회 졸업하시지 않았습니까? 우리 와이프가 선생님이 낯이 익다고 하는데요. 우리 와이프 이름은 조자숙이라고 하는데."

나는 화들짝 놀라시 환자에게로 달려갔다. 기억이 났다. 조사숙, 평반의 스타였다. 나와 친하게 지낸 적은 없지만 조자숙은 학교에서 유명 인사였다.

서인고는 특수고등학교였다. 입학 때부터 학생을 특반과 평반으로 나누어 뽑았고 철저하게 차별화된 수업을 했다. 특반은 서울의 유수한 대학교를 목표로 하는 반이었다. 중학교 3학년 겨울방학 때부터 선행학습을 시키는 등 극성에 가까운 교육열을 보였다. 반면 평반 학생들은 대부분 대학 입시에는 별 관심이 없었다. 당연히 특반 학생과 평반 학생 사이에는 보이지 않는 심리적 거리 같은 것이 생겼다. 이름부터 특반, 평반으로 거리감이 있었다.

특반 학생들은 공부에 찌든 아이들 특유의 성마른 모습을 누구나 가지고 있었다. 반면 평반 학생들은 교육에서 소외된 사람들의 열등감 같은 것이 알게 모르게 얼굴에서 뿜어져 나왔다. 조자숙의 특별한 점은 거기에 있었다. 얼굴도 예쁘고 성격도 활달했던 자숙은 특반 아이들과 두루 사이가 좋은 거의 유일한 평반 여학생이었다. 유명하지 않을 수 없었다.

졸업 후 15년 만이었다. 자숙은 이제 배가 다 나았는지 나에게 웃음을 보였다.

"야, 류미야. 소문은 들었어. 네가 의대 갔다고. 그런데 나 쪽팔려서 어떻게 하냐? 너랑 재회를 엉덩이로 했네. 야, 어때? 내 엉덩이 토실한 게 예쁘지. 우리 남편이 나만 보면 예뻐서 쩔쩔 맨다."

자숙은 예전의 쾌활한 모습 그대로였다. 나도 이런 곳에서 이런 시간에 학교 동창을 만나게 되니 정말 반가웠다. 인턴 생활을 하면서 친구다운 친구 한 번 만나지 못해서 그랬을까. 생각보다 더 반가웠다. 눈치 빠른 자숙은 얼핏 휠체어를 한번 보았다. 고등학교 때 사고를 기억하고 있었음이 틀림없다. 그리고 조심스럽게 상태를 물었다. 나는 오랜만에 만난 동창에게 어두운 모습을 보여주기 싫었다.

"어휴, 괜찮아. 나 걸어 다닐 수 있어. 너도 보면 알겠지만 응급실 일이 하루 종일 하는 거거든. 다리가 보통 아픈 일이 아니야. 그래서 잠깐 이거 쓰는 거야. 야, 그러지 말고 다음에 한번 만나자. 응급실 도는 동안은 이틀에 한 번씩 쉬거든. 그때 한번 보지 뭐. 어때?"

자숙은 제안을 반겼다. 남편 사업 때문에 분당에 둥지를 튼 자숙이에게도 고향 친구는 반가운 존재였다. 며칠 뒤 우리는 삼겹살집에서 회포를 풀었다. 휠체어를 타지 않은 내 모습을 보고 자숙은 더욱 기뻐했다. 졸업 후 어떻게 지내왔으며 결혼은 어떻게 했는지, 아이는 있는지 그리고 학교 다닐 때 문제아였던 친구들은 어떻게 되었는지 등 우리의 이야기는 끝이 없었다. 술이 얼큰하게 취하자 자숙은 차에서 뭔가를 꺼냈다. 거기에는 김치며 반찬 같은 것들이 종류별로 바리바리 싸여 있었다. 놀라는 나에게 자숙은 술이 얼큰하게 취한 채 말했다.

"친구, 이제 우리 계속 연락하자. 나도 이 동네에서 닥터 친구 생기니까 동네 아줌마들에게 자랑해야겠다. 그리고 너 인턴 하는 동안 이 언니가 몸보신은 책임질게. 너는 휠체어 탔다고 기죽지 말고 잘해. 알았지?"

이후 인턴 기간 내내 자숙은 몇 번이나 내게 반찬을 싸서 보내주었다. 멸치며 깻잎 같은 마른 반찬을 부지런히 챙겨주었고 김이 좋다면서 직접 재오기도 했다. 인턴 생활하면서 나는 집밥을 자숙이네 집에서 처음 먹어보았다. 자숙은 나를 위해 객지에서 먹기 힘든 나물이며 생선구이 등을 푸짐하게 한 상 내왔다. 자숙이의 남편은 나를 보고 멋쩍은 웃음을 지어 보였다. 응급실 이후 해후였다. 인연은 묘했다. 학교 다닐 때는 친해질 기회가 없었지만, 자숙이와 나는 이후 가장 친한 고등학교 친구가 되었다. 어쩌면 첫 해후부터 가장 은밀한 곳을 보여줬기 때문일지도 모르겠다.

응급실 이후 돌게 된 산부인과에서 나는 또 한 명의 친구를 만나게 되었다. 산부인과는 내외산소 중 하나로 실습의 필수 과정 가운데 하나였다. 메이저 과라고 해도 제생병원은 산부인과의 규모가 작았다. 내과와 외과가 인턴이 두 명씩 배정되는 데 반해 산부인과 인턴은 나 한 명이었다. 산부인과 역시 서저리surgery, 수술 파트여서 수술실 상황이 걱정되었다. 어떻게 해야 할까. 여기까지는 휠체어를 타고 왔다. 앞으로 두 달은 산부인과와 외과, 즉 메이저 수술과의 인턴으로 있어야 했다. 이 시기를 잘 넘기는 것이 중요했다.

산부인과에서는 문제가 의외로 쉽게 해결됐다. 산부인과는 레지던트 인원이 부족해서 가정의학과에서 레지던트가 파견 오는 경우가 있었다. 당시 3년차였던 김 선생은 휠체어를 탄 나를 보더니 파견 스케줄을 조정해주었다. 김 선생이 고마웠다.

김 선생과는 이후 속내 사정을 이야기할 수 있는 병원 친구가 되었다. 어떤 의미로 우리는 동병상련이었다. 우리에게는 '나이 든 여자 의사'라는 공통점이 있었다. 김 선생은 나보다 한 살 많았다. 지적이고 세련된 인상에 말수가 적었다. 김 선생에게는 크게 신날 일도, 크게 화낼 일도 없었다. 어쩌면 이런 김 선생의 성품은 지내온 세월의 결과일지도 몰랐다.

나이 든 여자 의대생이 대부분 그렇듯 김 선생도 이상하게 인생에서 순탄하지 않은 세월이 많았다. 김 선생은 처음에 내과를 지원했다. 아이러니하게도 김 선생은 내가 졸업한 학교의 병원 레지던트 모집에서 떨어진 이력이 있었다. 그 뒤 김 선생은 산부인과를 지망했다. 일은 고되고 보상은 적은 산부인과는 점점 비인기과가 되고 있었다. 김 선생 이후 제생병원에서는 산부인과 레지던트를 아예 뽑지 않았다. 김 선생이 2년차가 되어서도 3년차가 되어서도 아래 1년차는 없었다.

그 말은 김 선생이 계속 연차가 올라가면서도 1년차 일을 계속해서 해야 한다는 것을 의미했다. 산부인과 1년차 일에는 야간 응급실 콜까지 포함되어 있었다. 응급실 콜을 받는 일은 보통 그 과의 가장 막내인 1년차의 업무다. 응급실 콜을 3년차가 되도록 받은 사람은 김 선생이 유일했다. 게다가 산부인과 1년차 가을 무렵, 김 선생은 소송에 휘말리게 되었다. 산부인과는 의료사고가 많은 과 가운데 하나였다. 레지던트 1년차 시절, 아무것도 모르는 채 소송 당사자 중 하나가 된 김 선생의 스트레스는 이루 말할 수 없었을 것이다.

그러나 김 선생은 이 모든 일을 묵묵히 해나갔다. 응급실 콜이 오면 달려가고, 수술방이 열리면 참가하고, 병동 환자 회진을 돌았다. 김 선생은 내 상황에 대해서도 태연해 보일 정도로 아무렇지 않게 받아들였다.

"류 선생이 휠체어 타는 것은 우리 과장님도 알고 있으니까, 류 선생이 회진 돌 때는 가정의학과 선생님이 수술방에 들어가는 걸로 조정하도록 부탁드려볼게. 선생은 그 대신 내가 병동 회진 돌 때 어시

스트 좀 해주고. 산부인과 인턴은 그렇게 쉽게 하자고."

나는 김 선생에게 고마움을 표시하고 싶었다. 일과를 마친 어느 날, 나는 김 선생의 방으로 맥주 한 캔을 사 들고 갔다. 인턴이 하늘 같은 3년차에게 맥주를 들고 간다는 것은 보통의 경우라면 상상도 할 수 없는 일이겠지만 김 선생이 이런 나를 반갑게 맞아줄 것이라는 확신이 있었다.

"류 선생, 웬일이야. 지금 선생님도 오프 아니에요?"

나는 어색하게 캔맥주를 가방에서 꺼냈다. 김 선생은 박장대소하면서 웃었다. 그럴 줄 알았다는 표정이었다.

"내가 맥주 좋아하는 걸 어떻게 알았어요? 그런 것도 인턴들 사이에 인계가 되나?"

김 선생은 냉장고에서 마른안주와 과일을 준비했다. 나는 사적인 이야기를 나눌 수 있는 병원 친구를 처음으로 만나게 된 것이 기뻤다. 아무래도 휠체어 탄 나이 많은 여자 인턴을 동기들은 어려워했다. 게다가 은연중에 인턴들 사이에는 경쟁 심리 같은 것이 있어서 친해지기가 쉽지 않았다. 김 선생은 이후 내게 고비마다 인턴 생활의 팁을 알려주었다. 내게는 친구이자 선배였던 셈이다. 내가 앞으로 돌게 될 외과 인턴에 대해 걱정하자 김 선생이 조언해주었다.

"외과는 인턴이 두 명이니까, 류 선생은 수술방에 안 들어가도 될 거예요. 근데 매일 외과 사람들은 바쁘니까, 눈치가 없으면 그건 좀

안 될 거예요. 뭐 그건 어느 과든 마찬가지겠지만. 레지던트들이 제
일 싫어하는 인턴이 눈치 없고 의욕만 많은 인턴이에요. 그건 정말
최악이지. 일을 두 배로 만드니까."

인턴은 매달 네 번째 월요일에 교대, 김 선생과 나는 친해지자 이
별이었다. 하지만 김 선생의 조언을 듣고 나니 외과 인턴 일이 별로
걱정되지 않았다. 외과만 마치면 인턴의 3분의 2를 마치는 것이었다.
팔부능선이 눈앞에 있었다.

'생각하게 하지 마'

외과 인턴을 하면서 배우게 된 것은 수술의 고단함도, 환자의 아
픔도 아니었다. 외과 인턴은 효율성의 정점이라는 것이 어떤 것인가
하는 것을 느끼게 해주는 시간이었다. 제생병원 외과는 연차당 레지
던트가 두 명씩 있고, 인턴도 두 명이 배정되는 메이저 과였다. 새벽
6시 30분경 외과 병동에서는 드레싱을 시작한다. 성형외과 병동에서
는 인턴이 혼자 드레싱을 했다.

그러나 여기는 외과, 규모가 다르다. 드레싱부터 전쟁이다. 드레
싱을 실질적으로 하는 사람은 레지던트 1년차다. 인턴이 하는 일은 1

년차의 일을 돕는 것이다. 나의 짝턴은 환자를 부르러 1호실로 뛰어 갔다. 나는 환자 명단을 출력해서 드레싱실에다가 붙이고, 드레싱 키 트를 준비하는 일을 맡았다. 드레싱이 다 된 환자의 이름 옆에는 드 레싱이 다 되었다고 표시한다. 나는 환자 이름에 두 줄을 그었다. 그 날 저녁 정규 스케줄이 끝나고 1년차가 나를 불렀다.

"선생님, 우리 과 인계 안 받았어요?"

나는 무엇을 잘못했는지 알지 못했다. 스케줄대로 병동에 올라갔 고, 회진에 참여했고, 세미나 준비도 했다. 1년차는 말을 이었다.

"선생님, 우리는 다 바쁜 사람들이야. 뭐든지 익숙한 게 좋거든. 환자 명단 표시할 때 누가 줄로 그으라고 했어? 우리는 항상 다 되면 환자 이름 옆에 가위표를 쳐서 표시했어. 제발 우리한테 생각 좀 하 게 하지 마. 선생님 마음대로 바꾸지 말라고."

의국에는 수술을 마친 다른 의국원들이 피곤한 모습으로 앉아 있 었다. 텔레비전 채널은 스포츠나 예능이었다. 머리 아픈 뉴스 같은 것을 보자고 하는 사람은 아무도 없었다. 나는 1년차에게 고개 숙여 잘못했다고 사과했다. 사소한 일 같지만 그렇지 않아도 바쁜 1년차 외과 레지던트에게 인턴을 혼내는 일까지 추가하게 한 것은 내 잘못 이었다. 길게 사과할 필요도 없었다. '잘못했습니다. 시정하겠습니 다' 하면 충분했다.

위계질서가 확실한 외과 의국, 사과를 들은 1년차는 잠시 의국 분위기를 살폈다. 수술을 막 마친 2, 3년 차 선생님들이 휴식을 취하고 있었다. 외과 의국원 누구도 아직 저녁을 먹지 못했다. 상황을 파악한 뒤 저녁을 먹자고 말하는 것은 1년차의 몫이었다. 그리고 인턴 업무는 1년차의 말이 떨어지면 수화기를 드는 것이었다. 다행히 나의 외과 짝턴은 사소한 것까지 잘 인계받았다. "선생님, 저녁은 무엇으로 할까요?" 같은 말로 1년차 선생님을 머리 아프게 하지 않았다. 가장 자주 시키는 것을 시키면 됐다. 각자의 취향 같은 것을 고려하는 곳이 아니었다. 외과 의국에서는 환자와 수술, 그리고 '그 밖의 다른 일들'로 업무가 나뉘었다. '그 밖의 다른 일들'에 대해서는 '아무것도 생각하기 싫다, 생각하고 싶지 않다'는 것이 외과 의사들의 특징이었다. 바쁜 병원 생활의 결과이기도 했고, 효율성을 극대화한 선택이기도 했다.

저녁 메뉴는 김치찜이었다. 반찬은 아무것도 없었다. 김치찜을 가운데에 두고 공깃밥에 김치를 말아서 먹기 시작했다. 시간은 10분이면 충분했다. 모두 수술복 차림이었다. 의국 한쪽에는 아무렇게나 벗어둔 양말들이 보였다.

저녁을 먹고 나니 1년차 선생님이 내일 수술을 체크했다. 내일 수술할 환자의 심전도에 '심실벽 운동 장애'라는 내과 선생님의 소견이 붙어 있었다. 비상 상황이다. 외과 의사들이 가장 싫어하는 일은 수술이 미뤄지는 것이다. 저런 심전도 결과를 가지고는 마취과에서 당연히 수술을 못 한다고 나올 것이 틀림없었다. 마음이 다급해진 1년차 선생님이 나를 불렀다.

"인턴 선생님, 내일 카디오cardiology, 내과의 심장 파트 스태프 선생님한테 오전 회진 전에 이거 심전도 결과 보여주고 수술할 수 있다는 소견 받아와라. 회진 전에 푸시push해야 해. 외래 들어가면 외래 환자 밀려들어 안 만나준단 말이야. 알았지?"

외과 병동 인턴이 가장 많이 하는 일은 푸시였다. 수술을 앞두고는 체크할 것이 많았다. 심전도, 혈액검사 결과, 가슴 엑스레이 사진 등. 이 모든 것이 정상, 아니 적어도 '수술 가능' 상태가 되어야 마취과에서 '방'을 열어준다. 마취과는 수술실의 시어머니 같은 존재다. 수술 전 환자 상태를 꼼꼼히 살피고 하나라도 이상이 있으면 수술을 진행하지 못하도록 한다. 외과 의사로서는 그 정도 혈액검사 결과 이상은 수술에는 크게 지장이 없을 것 같지만 수술방 열쇠를 쥐고 있는 사람은 마취과 의사다. 마취과 의사가 수술이 가능하다고 허락해주는 것을 '수술방을 연다'고 표현한다.

처음에는 '푸시'라는 것이 생소했다. 푸시라는 것은 말하자면 새치기인데, 고등교육을 받은 사람들이 있는 병원이라는 조직에 어울리지 않는다고 생각했다. 그러나 병원은 항상 일이 많은 곳이지만 아쉬운 사람이 우물을 파야 하는 곳이기도 했다. 간단히 말해서 영상의학과 의사들은 하루 수백 장의 가슴 엑스레이를 판독해야 한다. 그들은 자신에게 주어진 순서에 따라 묵묵히 판독할 뿐이다. 그 사진 중에 더 급하고 말 것은 없다. 하지만 외과 의사로선 내일 수술할 환자의 가슴 엑스레이 판독이 급하다. 이 경우 아쉬운 것은 수술을 앞둔 외과 의사다. 이때 방법은 푸시뿐이다.

다행히 내과의 카디오 파트 과장님은 회진 전에 나타난 나를 따뜻하게 맞이주셨다. 내가 들고 긴 심진도 용지를 보너니 무슨 상황인지 단번에 짐작했다.

"그래, 이 환자 오늘 수술인가? 이거는 괜찮은데. 당신들은 '수술하는 데 문제가 없습니다'라는 말이 차팅된 것을 원하는 거지? 내가 회진 끝나고 바로 써줄게. 한 시간 정도면 될 거야."

만약 과장님이 지금은 못해준다고 하면 어떻게 하나 속으로 걱정이 많았다. 심전도 판독이 준비되지 않아서 수술을 못 한다고 하면, 1년차 선생님이 외과 과장님한테 혼날 것임은 불을 보듯 뻔했다. 그렇게 되면 항상 그렇듯 마지막 불똥은 인턴에게 올 것이었다. 내가 안도하는 모습을 보이자 교수는 허허 웃으며 말을 건넸다.

"자네도 휠체어를 타고 고생이 많구먼. 그래도 열심히 해. 우리 과 GI 파트gastrointestinal part, 소화기내과 박 선생 본 적 있지? 다리가 불편해도 얼마나 환자도 잘 보고 연구도 많이 하는지 몰라. 이 병원에서 간肝은 박 선생이 최고 전문가야. 본 적 있지?"

그분이 그분이었구나. 병동을 다니면서 가운을 입은 사람 중에 다리를 심하게 저는 사람을 본 적이 있었다. 나는 그분이 내과 스태프 선생님일 것이라고는 상상도 하지 못했다. 내과 스태프는 병원 진료의 가장 중추다. 소아마비가 있는 상태로 내과 의사를 할 수는 없다고 나도 모르게 무의식적으로 생각했던 것일까. 나와 경우는 다르지만 이 병원에 나 말고도 몸이 불편한 사람이 있다는 것 그리고 그 사람이 내과, 그것도 환자가 가장 많은 소화기내과에서 스태프를 한다는 사실에 마음 한쪽이 든든해졌다.

외과 의국으로 돌아와 푸시 임무를 성공적으로 완수했음을 보고했다. 수술 어시스트를 맡게 될 1년차는 안도의 한숨을 쉬었다. 외과 의국 책상에는 먹다 남은 베지밀, 시리얼, 사발면 따위가 어지럽게 널려 있었다. 문득 예전에 한 외과 의사 선생님께서 했던 말이 생각났다.

"나는 레지던트하면서 양말이랑 속옷을 빨아본 적이 없어. 수술하다가 피가 많이 튀기라도 하는 날에는 속옷까지 피가 다 배거든. 그러면 언제 그걸 지우고 있어. 그냥 벗어버리고 새로 사는 거지. 아마 내가 레지던트하면서 버린 속옷만 천 벌은 될걸."

병원에 있으면, 그것도 외과 의국에 있으면 세상은 단순해졌다.

이제 남은 과는 내과, 응급실, 마취과뿐이었다. 내과 인턴은 아주 바쁜 인턴 중 하나이고, 마취과는 수술방에서 상주해야 하는 과였다. 첩첩산중이었다. 그래도 외과 인턴 생활을 하면서 단순해진 머리는 미래에 관해서는 아무것도 생각하지 않도록 만들었다. 큰 선물이었다. '일이 닥치면 해결하면 된다.' 외과 인턴을 마칠 즈음 내 머릿속에는 이 생각밖에 없었다. 드디어 인턴의 하이라이트, 내과 인턴이 다가왔지만 별로 겁나지 않았다. 일은 언제나 닥치는 것이고, 그러면 해결하면 되는 것이었기 때문이다.

인턴의 하이라이트, 내과 인턴

정신 무장을 하고 시작했지만 역시 소문대로 내과 인턴은 녹록치 않았다. 숙소에서 내과 인턴은 가장 인기가 없었다. 이유는 단 하나, 시도 때도 없이 울리는 비퍼 때문이다. 숙소를 같이 쓰는 동기들은 내과 인턴의 비퍼에 자신들도 깨는 일이 비일비재하다. 절대적으로 잠이 부족한 인턴들은 단순하다. 다른 동기들의 비퍼에 잠이 깨는 것은 짜증나는 일이지만, 자신의 비퍼가 울린 것이 아니라는 것을 확인하면 그것은 기쁜 일이다. 잠시 깨어서 자신의 비퍼가 아니라는 것을 확인하고 기쁜 마음으로 다시 잠이 든다. 어쨌든 숙면은 인턴과는 거리가 먼 단어다.

내과 인턴의 하루는 졸린 눈을 비비며 새벽 다섯시 MICU에서

ABGA를 하는 것으로 시작한다. MICU는 medical intensive care unit, 내과계 중환자실이라는 뜻으로 암환자, 투석환자, 고령의 폐렴 환자, 어제 심근경색으로 죽음의 문턱까지 갔다가 돌아온 환자 모두가 여기에 모여 있다. 외과 의사들의 실력이 수술방에서 판가름 난다면, 내과 의사들이 실력을 겨루는 곳은 MICU다. 환자 중에는 진단 명만 대여섯 가지가 넘는 경우도 종종 볼 수 있다.

'고혈압, 고지혈증, 당뇨가 기저질환으로 있는 70세 여환여성 환자이 신장 기능이 망가져서 투석 중 심장에 물이 찼다' 는 병력은 MICU에서 흔히 접할 수 있는 것의 하나다. 이 경우만 해도 진단명은 고혈압, 고지혈증, 당뇨. 신부전, 심부전 다섯 가지다. 우리 몸은 모든 조직이 긴밀하게 연결된 유기체이니 곳곳이 고장 난 몸에서 폐라고 견뎌내기 쉬울 리 없다. 폐렴이 진단명으로 추가되면 환자는 이제 인공호흡에 의존해야 한다.

내과 의사는 이런 복잡한 경우를 모두 고려해서 오더를 내리고 처치를 한다. 폐렴을 치료하기 위해 항생제 치료를 하다 보면 항생제 내성균이 나타난다. 약을 바꾸어 폐렴을 치료하려고 하지만 이번에는 바뀐 약이 신장에 무리를 준다. 신장 기능이 떨어지면 덩달아 심부전이 악화된다. 그러므로 어떤 의미에서 내과 의사의 목표는 특정 질환 치료가 아니다. 그보다는 환자의 전신 상태를 개선하여 질환을 이겨낼 힘을 갖게 하는 것이 내과 의사의 목표다. 이것이 내과 의사를 '의사들의 의사'라고 하는 이유다. 그리고 '의사들의 의사'가 탄생되는 곳이 여기 MICU다.

그러나 내과 인턴에게 MICU는 단지 가장 일찍 가장 많은 수의 ABGA를 하는 곳이다. 보호자 면회는 일곱시, 인턴들은 스무 개가량의 ABGA를 보호자가 오기 전에 해두어야 한다. MICU 환자들의 내과적 상태는 좋지 않지만, 역설적이게도 MICU 환자들의 ABGA는 다른 환자들의 ABGA보다 인턴들에게는 수월한 편이다. MICU 환자들은 대부분 의식이 혼미해서 바늘이 들어가도 움직임이 없는 경우가 많다. 내과 인턴들은 안심하고 혈관에 바늘을 찌른다. 선홍색의 피가 시린지syringe, 주사기로 빨려 들어온다. 선홍색의 피는 동맥혈, 정확하게 동맥을 찔렀음을 뜻한다. 만약 암적색의 피가 뽑혔다면 환자에게는 미안하지만, 바늘을 다시 한 번 찌를 수밖에 없다. 암적색의 피는 정맥혈이기 때문이다.

중환자실을 빠져나와도 내과 인턴은 눈코 뜰 새 없이 바쁘다. 내과 병동의 환자는 100명 이상이고 환자의 종류도 다양하다. 간단한 장염 환자부터 5년째 항암 치료를 받고 있는 환자까지, 내과 환자는 세 개 층에 나뉘어 포진되어 있다. 5층에 가면 6층에서 호출이 오고, 6층에서 일을 하고 있으면 다시 5층에서 찾는다. 엘리베이터를 타야 하는 나는 '5층에 있을 때는 5층에서 호출이 몰아서 오면 좋을 텐데'라고 생각하지만, 환자들이 시간을 정해두고 아픈 것도 아니고 오더가 시간을 정해서 떨어지는 것도 아니다. 나는 부지런히 올레와 함께 내과 병동을 누벼야 했다.

인턴이 하는 시술이 없다면 내과 병동은 돌아가지 않는다. 내과 인턴의 하루는 프로시저로 시작해서 프로시저로 끝난다. 응급실에서 매일 했던 ABGA, 정맥혈을 채취해서 균을 배양하는 곳으로 넘기는 culture, 위胃로 가는 튜브를 삽입하는 L 튜브, 그리고 인턴들의 영원한 주 업무 드레싱까지 내과 인턴이 하는 일은 무궁무진하다. 심전도 기계를 장착하는 것도 내과 인턴의 업무다. 내과 1년차들은 부지런히 오더를 내린다. 컴퓨터 차트에는 1년차가 내린 오더가 기록되어 있다. '하루 한 번씩 ABGA, 심박동수의 변동이 있으면 심전도, 상처 부위 드레싱' 등이 건조하게 기록되어 있다. 오더를 보자마자 병동 간호사는 내과 인턴에게 비퍼를 친다. 비퍼를 받은 인턴은 기계적으로 오더를 시행한다. 오더는 해도 해도 끝없이 쏟아진다. 내과 인턴들은 이런 상황을 두고 '1년차가 싼 똥을 치운다'고 한다.

환자의 영양 상태가 불량한 경우 병원에서는 이른바 '콧줄'을 넣는다. '콧줄'이라고 불리는 L 튜브는 코로 시작해서 식도를 거쳐 위까지 도달하게 되어 있다. 식사를 잘하지 못하는 환자의 경우 L 튜브를 통해 영양을 공급한다. 그런데 L 튜브 넣는 것이 익숙하지 않아 L 튜브를 식도가 아닌 기도로 넣는 일이 일어나기도 한다. 이것은 호흡 곤란이 생기게 되는 큰 실수다. 만약 인턴이 이런 실수를 하면 그 인턴은 내과 실습을 마칠 때까지 오프off, 비번를 받지 못하고 '벌당'을 서야 할 수도 있다.

벌당은 벌로 받는 당직의 약자로 인턴들이 호환마마보다 무서워하는 말이다. 어떤 의국의 경우 100일 벌당 같은 것을 레지던트 1년차에게 주기도 한다. 벌당을 받는다는 것은 병원 외 생활을 전혀 하지 못힌다는 뜻이다. '100일 벌당'은 '100일 병원 감옥 감금'과 같은 말이다.

외과 인턴으로 단순해진 머리, 내과 인턴의 끊임없는 프로시저로 나는 인턴이 가져야 할 최고 덕목인 단순함이 뼛속까지 꽉 찬 상태가 되었다. 몸은 고되었어도 정신적 스트레스는 없었다. 나는 레지던트들이 준 오더를 충실히 수행하기만 하면 됐다. 인턴도 이제 끝이 보였다.

그러나 복병은 예상치 않은 곳에서 터졌다. 내과 인턴을 마치기 2주일 전 어느 날 나는 국제전화 한 통을 받았다. 재영 오빠였다.

part **7**

:

다시
한 계단을 넘어서

© 김대홍

예상치 못한 복병

재영 오빠는 외교관이었다. 전화가 걸려온 곳은 제네바였다. 나는 오빠와 서울대 시절부터 남다른 사이로 지냈다. 하지만 오빠가 대학을 졸업하고 세계 곳곳을 다니기 시작하면서 나와의 인연은 점점 형식적인 것이 되어갔다. 처음에는 매일, 그러다가 이틀에 한 번, 일주일에 한 번 전화를 하게 되었고 어쩌다가 오빠가 한국에 와도 서먹한 기분이 들었다.

재영 오빠는 말수가 적었고 머리가 좋았다. 법을 전공했지만 컴퓨터도 수준급으로 다뤄서 대학교 1학년 때 손수 컴퓨터 프로그램을 제작하기도 했다. 대학교 3학년 때 사법시험 1차를 합격한 뒤에는 바둑에 심취해 4학년 때 치른 2차 시험에서는 낙방의 고배를 한 차례

마셨다. 이듬해 법무행정고시에 응시해 한 해에 1, 2차 동시 합격한 뒤 바로 고급공무원의 길을 갔다. 그때 나이 20대 중반이었다. 나는 모교의 인터넷망을 통해 채팅하다가 연수원을 다니던 오빠와 알게 되었다.

이후 오빠는 내게 친구이자 인생 선배, 든든한 버팀목이 되었다. 머리가 보통 사람보다 특별하게 좋았던 재영 오빠는 내게 의대 공부를 가르쳐주는 '괴력'을 발휘하기도 했다. 이과 공부는 한 번도 한 적이 없음을 고려하면 오빠의 천재성은 남다른 데가 있다. 하루는 신기해서 물었다. 어떻게 그게 가능하냐고. 오빠는 대답했다.

"일단 목차를 보고, 용어 설명을 본 다음 책을 앞뒤로 10쪽 정도 읽으면 웬만한 것은 다 이해가 되지. 물론 용어가 정확하게 무슨 뜻인지는 알지 못해도 내용에 끼워 맞추어 이해하는 것은 충분히 가능해."

나는 재영 오빠가 화내는 것을 본 적이 없다. 내가 감정적으로 불안할 때도 기쁠 때도 오빠는 항상 그 자리에 있었다. 내가 찾을 때는 어떤 상황이든 나를 맞아주었다. 그러나 외국 생활을 시작해 지리적으로 멀어지면서 오빠도, 나도 서로 연락하는 일이 줄어들었다. 그런 재영 오빠가 먼저 전화를 해왔다. 용건이 없다면 먼저 전화할 사람이 아니었다. 오빠의 용건은 명확했다.

"나 결혼했다. 식은 아직 안 올렸고. 혼인신고는 동생 통해서 해됐다."

　순간 나는 당황했다. '결혼한다'도 아니고 '결혼했다'라니. 오빠와 나는 연인 관계라고 하기에는 너무 멀어져 있었지만 그래도 그 소식은 충격이었다. 나는 재영 오빠에게 많은 부분을 내가 생각하는 것보다 훨씬 더 의지하고 있었다. 당황스럽고 놀라서 눈물도 나오지 않았다. 나는 그저 "안 돼, 그건 싫어"라고 소리쳤다. 오빠는 단호했다.

　"이미 벌어진 일이야. 나는 이제 네 인생에서 없는 사람이라고 생각해라. 다음 근무지는 아프리카야. 이 사람에게 물었어. 아프리카를 가는 데 같이 가겠냐고. 두 번도 생각하지 않고 따라가겠다고 하더라. 힘들겠지만 너도 앞으로 더 좋은 사람 만날 거라고 생각해라. 그럼 잘 지내고. 끊는다."

　내과 인턴 중반, 병원에 온 태율이와 함께 저녁을 먹고 있을 때였다. 충격은 시간을 정지하게 만들었다. 저녁으로 먹고 있었던 만두와 전, 사람들이 웅성거리는 소리, 창밖으로 보이는 흐린 날씨 같은 것들이 정지 화면이 되어 머릿속에 각인되었다. 충격은 감정까지 멍하게 만들었다. 슬픔도 기쁨도 느끼지 못하는 상태가 되었다. 내과 인턴을 마치기 2주일 전이었다. 식사할 기력도 없었다. 기계적으로 내과 1년차가 내린 오더를 수행하고 숙소에 들어와서 멍하게 하루를 보내는 날이 반복되었다. 일주일 사이에 체중이 3킬로그램이나 줄었다.

일주일이 지나가자 세상에 아무도 없는 것 같은 슬픔이 진하게 몰려들었다. 설상가상이었다. 내 인턴 생활에서 큰 원군 중 하나였던 한솔이는 흔들리는 나를 보고 속상해서 계속 질책했다. 어떻게 여기까지 왔는데 이제 와서 인턴 생활을 망치면 안 된다고 생각해서 그랬겠지만 그것은 나를 더욱 패닉 상태로 만들었다.

"너는 사람이 왜 이렇게 이기적이냐? 태율이랑 나랑 너 인턴 마치게 하려고 처음부터 얼마나 고생했는지 몰라. 그런데 거의 연락도 끊긴 것이나 다름없는 재영이 한 사람 때문에 이렇게 네 기분이 엉망이 되고 생활이 엉망이 되면 어떻게 하냐? 내가 왜 너 때문에 또 스트레스를 받아야 하는데."

한솔이의 말은 조목조목 맞는 말이었지만 내 귀에는 들리지 않았다. 외견상 정상인과 다름없는 나는 몸이 불편하다는 것을 주변에 알리는 것을 병적으로 싫어했다. 자존심이 상했기 때문이다. 친구들을 만나도 주로 영화를 보거나 커피를 마시는 것과 같은 활동성이 없는 일을 주로 했다. 그때까지 내가 몸이 이 정도로 불편하다는 것을 아는 사람은 세상에 딱 세 사람 알파, 오메가, 재영 오빠밖에 없었다. 가족에게도 나는 짐을 주고 싶지 않아서 쉬쉬했다. 누군가 '요즘 몸은 좀 어때' 라고 물으면 항상 괜찮다고 말했다.

그러므로 내 상태를 말하는 것은 단순히 내 상태를 말하는 것 이상의 의미가 있었다. 그것은 나의 가장 큰 약점을 보이는 것이었다.

그 사람을 믿지 않으면 절대 할 수 없는 일이었다. 내가 내 몸 상태를 말하는 것은 '당신을 믿기 때문에 당신은 내 편이 되어줄 것이라는 것을 안다'라는 말의 다른 표현이었다. 그런데 그중 한 사람이 내 곁을 떠났다. 나를 미워하지는 않았지만 이제 나와는 전혀 상관없는 인생을 시작하려고 한다. 상실감이 물밀듯 밀려왔다.

설상가상으로 한솔이도 연락을 끊었다. 인턴 생활을 시작하면서부터 한솔이는 내 전략 참모였다. 인턴 생활 막바지에 이르면서 한솔이의 조언이 처음보다 절실하지는 않았지만 그래도 여전히 한솔이는 나의 가장 믿을 수 있는 두뇌였다. 나는 한솔이가 좋아하지 않을 것이라는 것을 알면서도 한솔이가 다니는 회사로 전화했다.

"정말 너는 끝까지 이기적이구나. 왜 회사로 전화하는데."

처음부터 공격적인 목소리였다. 나는 더 화가 났다.

"요즘 내가 얼마나 힘든지 알잖아. 네 회사 생활도 중요하겠지만, 어떻게 해서 내가 여기까지 왔는데. 나도 요즘 힘들어."

순간 왈칵 눈물이 났다. 한솔이는 머리는 비상했지만 마음 품이 넓은 사람은 아니었다. 한솔이는 지지 않고 화를 냈다.

"너는 네 인턴 일만 중요하고 내 회사 일은 안중에도 없냐? 이제 너도 웬만큼 자리 잡았잖아. 그리고 인턴만 마치면 레지던트는 훨씬 쉬울 거고. 그럼 나 같은 월급쟁이하고는 다른 길을 갈 거잖아. 왜 그래? 나는 아직 학자금도 갚아야 하고, 대출금도 한참 갚아야 해. 너처럼 한가롭게 기분 운운할 상황이 아니야. 끊어. 그리고 내가 전화할 때까지 먼저 전화하지 마. 피곤해."

응급실에는 계속 환자들이 몰려들고 있었다. 나는 눈물을 닦고 다시 응급실로 돌아왔다. 마음이 정리되지 않은 나는 환자를 볼 때도 실수를 연발했다. 내 상황이 심상치 않다고 생각한 태율이 전화를 걸어왔다. 나이가 어리고 사회 경험이 없었던 태율이는 나를 달래주는 데는 역부족이었다. 코너에 몰린 나는 태율이에게도 화를 냈다. 태율이는 아무 말도 하지 않고 내 말을 계속 들었다. 그러고는 마지막에 한마디 했다.

"쉬는 게 좋겠어. 지금은 어떤 말도 들리지 않을 것 같아. 병가라도 낼 수 없어?"

인턴하는 도중에 병가라니 생각도 할 수 없는 일이었다. 그것이 상식적인 판단이었고, 나는 상식적인 판단을 내릴 수 없었다. 내 아픔을 아는 사람 두 사람이 내게서 멀어졌다. 한 명은 영원히, 그리고 한 명은 끝을 알 수 없는 곳으로 가버렸다. 당시 기본적인 개인위생, 그러니까 먹고 자고 씻고 하는 일에도 신경을 제대로 쓸 수 없었다. 몰골이 말이 아니었다.

정신과 외래를 찾아가다

다음 날 24시간 비번일 때 내가 인턴으로 일하는 제생병원의 정신과 외래를 찾아갔다. 40대 중반이나 되었을까, 의사는 가운 대신 카디건을 입고 있었다. 나는 의사에게 내 상황을 상담했다. 사고로 다리를 다쳐서 힘들게 병원 실습을 했다는 것, 몇 번의 낙방 끝에 휠체어를 타고 인턴을 돌고 있다는 것, 내 몸 상태를 아는 사람이 세 명뿐인데 그중 한 명이 갑자기 결혼했다는 이야기를 했다는 것, 그리고 현재 가장 친하게 지내는 둘 중 한 명도 그 사건으로 날카로워지고 나를 미워하고 있다는 것까지. 물론 의사는 먼저 내 전신 상태부터 살폈다. 잠은 잘 자는지, 밥은 잘 먹는지. 나는 내과 인턴을 마칠 무렵부터 요즘까지 제대로 잠을 자본 적이 없고, 그로써 인턴 일도 잘 못하고 있다는 이야기도 덧붙였다. 인턴 일을 잘 못하고 있다는 이야기를 하자 다시 한 번 눈물이 쏟아지려고 했다. 그러나 김 과장은 침착했다. 나에게 자신의 진단을 의학 용어를 사용해서 설명했다.

"선생님은 현실 검증력에 이상이 있는 정신과 환자는 아니에요. 우리는 현실 검증력에 이상이 있는 경우를 사이코시스psychosis라 하고, 현실 검증력은 인택트intact, 훼손되지 않았다는 뜻한 경우를 뉴로시스neurosis라고 해요. 선생님은 지금 기분이 저하되어 있지만 인턴 일을 무엇보다 걱정하고 있어요. 말하자면 지금 좀 뉴로틱neurotic, 신경증적, 신경과민한 상태지요.

　뉴로틱한 경우에는 사실 메디케이션medication, 약물이 크게 도움이 되지 않아요. 상황이 바뀌거나 선생님 인지구조의 틀 자체가 바뀌어야 하지요. 그렇지만 몇 십 년간 생긴 인지구조의 틀이 바뀐다는 것은 쉬운 일이 아니에요. 사실 나도 선생님에게 쉽게 말할 수 있어요. 다른 사람을 만나서 또 친구가 되면 된다거나, 선생님의 고통은 다른 사람들의 것에 비하면 아무것도 아니라고 말할 수도 있어요. 그러나 그런 말은 선생님에게 하나도 들리지가 않을 거예요. 지금 내가 오히려 선생님에게 해줄 수 있는 말은 푹 쉬라는 것뿐이에요. 수면에 도움이 되는 약을 좀 줄 수는 있고요.”

　나는 그런 말을 듣고 나자 마음이 다소 편해졌다. 그리고 김 과장에게 병가를 내면 어떻겠냐고 물었다. 휴식이 필요하다는 말은 했지만 막상 ‘병가’라는 말을 듣자 김 과장은 다소 당황하는 눈치였다. 하지만 이내 상황을 파악하고 내게 병가와 관련된 진단서를 발급 받는 절차를 알려줬다. 진단서를 받고 나자 그제야 나는 내가 무슨 일을 했는지 알게 되었다. 백 부장의 얼굴이 떠올랐다. 내가 인턴 일을 시작할 수 있도록 가장 큰 도움을 준 백 부장의 은혜에 먹칠을 했구나 하는 생각이 들었다. 마음이 무거워졌다. 내가 고개를 떨어뜨리자 김 과장이 말했다.

"선생님이 지금 가장 명심해야 할 것은 죄책감을 갖지 않는 거예요. 상실감은 시간이 흐르면서 흔히 자기연민이나 죄책감으로 색깔을 바꾸지요. 그런데 그런 감정은 상황을 더욱 늪으로 빠져들게 해요. 별 생각 없이 푹 쉬면 이것도 그냥 과정 중 하나였구나 하고 자연스럽게 받아들이는 순간이 올 거예요. 그러니까 그런 감정이 들면 차라리 목욕을 하거나, 선생님, 자전거는 탈 수 있죠, 자전거를 타거나 하세요. 문제를 파고들어 해결하려고 하지 말고요. 그리고 백 부장님께는 내가 말할까요? 선생님이 직접 말할래요?"

도무지 백 부장을 뵐 면목이 없었다. 나는 선생님에게 부탁을 드린다고 말하고 정신과 진료실을 나왔다. 휠체어도 모자라서 수면제 신세까지 지다니. 그러나 이후 생각해보면 이때 정신과 상담을 받은 것 그리고 병가를 받은 것은 인턴 생활 중 가장 잘한 일이라는 생각이 들었다. 그때 계속 인턴을 하려고 했으면 아마 나는 최악의 선택, 즉 중도 포기로 갔을지도 모른다. 부러지지 않으려면 구부러져야 했다.

두 주간의 병가, 나는 태율이와 해운대 바다를 보러 갔다. 기차를 타고 가는 내내 나도 태율이도 아무 말이 없었다. 초겨울 바다는 을씨년스러웠다. 사흘 내내 밥 먹고 나와 하루 종일 바다를 보고 저녁에 밥 먹고 다시 잠드는 생활을 계속했다. 처음에는 내 여행에 동행한 태율이에게 고맙다는 생각도 하지 못했다. 바다의 힘이었을까? 검푸른 바다가 나를 위로했다. 별일 아니라고. 모두 다 지나간다라고. 여행 말미에 이르자 이제는 주변이 조금씩 눈에 들어오기 시작했다. 가장 먼저 눈에 들어온 것은 수척해진 태율이의 모습이었다. 속 깊은 태율은 방황하는 내게 아무 말도 못하고 그저 내가 잘 돌아오기만 바라면서 마음고생을 했나 보다. 다시 힘을 내야 했다. 여행 마지막 날 나는 태율이에게 쑥스러운 표정으로 맥주 한 캔을 건넸다.

"이제 정말 얼마 안 남았다."

태율이가 웃으며 말했다.

하지만 마음을 가다듬고 병원에 복귀한 나를 반긴 것은 인턴 성적표였다. 열여덟 명 중 18등, C턴이었다. 좋은 점수는 받기 어려울 것이라고 생각했지만 막상 C턴을 받고 나자 실망감이 밀려왔다.

처음에는 어떻게든 인턴을 마치기만 하면 된다고 생각했다. 신경외과로 배정받았던 인턴 첫날, 응급실 인턴으로 바꾸고 백 부장을 만나러 갔던 기억, 휠체어를 타고 응급실에 왔을 때 그 어색했던 기분이 순간 머리를 스치고 지나갔다. 가운을 입고 휠체어를 탄 의사를 의아하게 바라보던 보호자의 시선, 휠체어를 탄 의사라서 믿을 수 없다고 말하던 환자, 엘리베이터 안에서 휠체어를 만지던 아이와 민망해하던 엄마의 모습도 연이어 지나갔다. 어쨌든 다른 사람보다 힘들게 여기까지 왔다. 어쩌면 내심 노력에 대한 가산점 같은 것을 기대했는지도 모르겠다.

가산점을 생각하자 끝까지 컨디션을 유지하지 못하고 병가를 냈던 기억이 새삼 떠올랐다. 내과 인턴과 응급실 인턴을 거치면서 몸은 소진된 상태였다. 그러나 몸도 지쳐 있었지만, 결국 인턴 마지막에 가장 문제가 되었던 것은 인간관계였다. 가장 믿었던 사람들과의 관계가 삐걱거리면서 멀어졌던 것, 그것이 어쩌면 휠체어를 탄 나를 바라보는 낯선 타인의 시선보다 더 견뎌내기 어려운 고통이었다. 그러나 이곳은 병원이었고 나는 인턴이었다. 잘못한 것에 대한 벌점은 있어도 잘한 것에 대한 가산점은 없는 곳이 병원이었다.

생각해보면 당연했다. 가산점이라니 당치도 않았다. 나 말고 나머지 열일곱 명의 인턴은, 중간에 그만둔 인턴 2명을 빼고는 모두 최선을 다했다. 내가 아는 한 아무도 회진에 지각한 적조차 없었다. 그런 상황에서 병가를 냈다. 그 사실만으로도 18등은 피할 수 없었다. 성적표는 나왔지만 수료증은 나오지 않았다. 이제 내가 할 수 있는 일은 남은 인턴을 무사히 마쳐서 수료증을 받는 것이었다. 성적표가 나오고 수료증이 나온다는 것이 앞뒤가 맞지 않는 것 같았지만 그것이 병원 인턴이 돌아가는 방식이었다.

인턴 마지막 달의 풍경은 이전까지와는 사뭇 달랐다. 인턴 점수가 나오기 전까지 인턴들은 눈에 불을 켜고 인턴 생활을 한다. 인턴 점수는 인턴을 다 마친 뒤 나오는 것이 아니다. 인턴 점수는 레지던트 응시가 걸려 있기 때문에 통상 한두 달 정도 전에 윤곽이 나온다. 인턴 점수가 나오면 인턴들의 생활 태도도 처음과 달라진다. 콜이 와도 상황을 파악하고 급한 것이 아니면 바로 달려가지 않을 때도 있다. '말턴 인턴'들의 마음은 대부분 이미 병원을 떠나 있다. 이제 중요한 것은 레지던트 시험이다.

이때 가장 바쁜 인턴은 이 병원에서 정형외과나 신경외과의 레지던트 생활을 내년에 시작할 인턴들이다. 예비 1년차로 자리가 이미 결정된 인턴들은 마지막 도는 과를 자신이 4년 동안 레지던트로 일할 과에서 돌아야 된다. 일종의 불문율이다. 시험 준비하느라고 바쁜 인턴들, 예비 1년차로서 밤낮도 없는 인턴들, 그저 빨리 인턴을 마치고 싶어하는 인턴들, 병원의 2월은 끝나는 자와 새로 시작하는 자가 섞여서 어수선하다.

두 대의 휠체어

마지막 인턴은 마취과, 수술방을 피할 수 없었다. 마취과는 수술실에 의국이 있었다. 마취과 의사들은 가운보다 수술복이 익숙한 사람들이었다. 수술할 환자의 전신 상태가 준비되었는지 체크하는 것도 마취과였고, 수술 기간 내내 집도의가 다른 일에 신경 쓰지 않고 수술에만 집중할 수 있도록 환자의 활력 징후를 감시하는 것도 마취과였다. 통증클리닉이 있기는 해도 마취과 의사가 외래를 보거나 병동에 입원 환자가 있는 경우는 흔하지 않았다. 마취과는 수술실에서 시작하고 수술실에서 끝나는 과였다.

그동안 인턴을 하면서 나는 수술방에 들어가지 않았다. 외과에서는 병동 인턴을 하면서, 산부인과에서는 김 선생님이 중간에서 조정을 해주어서 수술방 스크럽을 서지 않고 여기까지 올 수 있었다. 마취과를 하면서 수술방에 들어가지 않는 것은 불가능했다. 마취과 인턴은 마취과 스태프가 참여하는 수술방을 참관하고 수술 준비를 돕는 역할을 맡았다. 하필 마지막 인턴이 수술실에서 상주해야 하는 마취과라니, 마지막까지 안심할 수 없었다. 나는 휠체어를 몰고 과장을 찾아갔다. 마취과 과장은 병원 행정에도 깊이 관여해온 사람으로 막바지 인턴을 돌고 있는 내게 긴말을 하지 않았다.

"우리 마취과는 어셉틱한aseptic, 무균 상태 것이 생명이야. 선생도 알다시피 병원이 균이 제일 많은 곳이지 않은가. 선생이 우리 과 인턴 하면서는 하나만 부탁하지. 우리 과를 돌 동안에는 선생이 지금 타고 있는 휠체어는 안 썼으면 좋겠네. 지금 타는 휠체어는 여기 수술실 밖에서만 타고 수술실 안에 들어와서는 새로 휠체어를 사서 그걸 사용하게. 어셉틱한 휠체어로. 알겠지."

마지막 달 인턴 월급의 절반은 '올레2'를 구입하는 데 써야 했다.

그러나 이것만 마치면 인턴 끝이다. 휠체어 두 대를 번갈아 타는 생활을 한 달간 했다. 어셉틱 휠체어를 타고 환자가 아니라 모니터를 보는 마취과 의사 생활이었다.

그리고 영원히 올 것 같지 않던 그날, 인턴 마지막 날이 되었다. 마취과 마지막 날 나는 백 부장을 찾아갔다.

"부장님, 죄송합니다."

C턴 점수를 받고 백 부장을 찾아가니 면목이 없었다. 나는 백 부장이 실망하여 질책할 줄 알았다. 백 부장의 반응은 예상 밖이었다.

"류 선생, 뭐가 죄송하다는 거예요. 내가 류 선생이 인턴 시작할 때 그랬죠. 여기까지 온 것이 무척 자랑스럽다고. 지금 류 선생은 내게 인턴 수료증을 들고 왔어요. 남들보다 몇 배는 더 어려웠을 텐데 어쨌든 잘 마무리하고 남들과 똑같이 인턴을 수료했어요. 나는 류 선생이 무척 자랑스러워요. 류 선생이 앞으로도 계속 나의 자랑이 되어 줄 것이라고 믿어요. 그래, 앞으로 어떤 과를 전공하고 싶어요? 우리 병원 내과는 혹시 생각 없어요?"

백 부장은 어떤 경우에도 사람의 기운을 북돋우는 특별한 재주가 있었다. 백 부장의 따뜻한 격려를 듣고 나자 나는 C턴을 받았다는 사실보다는 인턴을 마쳤다는 사실에 마음이 가는 것을 느꼈다. '그래, 이 정도면 괜찮아' 하는 마음이 들었다. 백 부장에게 말했다.

"학교 다닐 때부터 정신과를 계속 생각했습니다."

백 부장이 덧붙였다.

"정신과도 참 좋은 과지요. 그런데 류 선생, 혹시나 내과나 서저리 파트가 류 선생 몸이 불편해서 할 수 없다고 생각해서 정신과를 선택 하는 것은 아니겠지요. 내과는 류 선생도 충분히 잘할 수 있어요. 우 리 병원 소화기내과 박 선생, 류 선생도 알잖아요. 그리고 류 선생, 내과 병동에서도 순발력 있게 잘했다고 하던데. 물론 류 선생이 정신 과를 생각한 것도 대환영이에요. 나중에 내 도움이 필요하면 언제든 말해요. 아무튼 류 선생, 이제 2막 시작이에요. 류 선생, 처음 나한테 왔을 때는 눈도 잘 못 맞추는데 표정이 많이 밝아져서 그게 참 기뻐 요. 다음에 레지던트돼서 올 때는 더 당당하게 오기예요. 알았죠?"

제생병원에서 휠체어를 탄 마지막 날이었다. 겨우겨우 마친 의대 병원 실습과 휠체어를 타고 돌았던 인턴. 내 손에는 이제 의대 졸업 증명서와 인턴 수료증이 들려 있었다. 성적은 10등급 중 8등급, 열여 덟 명 가운데 꼴등이었지만 두 장의 종이가 있고 없고는 하늘과 땅 차이였다. 두 장의 종이가 없으면 어쨌든 다음 과정으로 넘어가는 것 자체가 불가능했다. 레지던트를 지망하기에는 절대적으로 불리한 스펙이었다. 정상적이지 않은 몸 상태까지 감안하면 상황은 더욱 불 리했다. 나는 정신과를 하고 싶었다. 때마침 정신과는 당시 인기 상 종가를 치고 있었다.

만나자마자 이별

2000년대에 들어서 의대의 인기과를 '피안성'이라고 불렀다. 피부과, 안과, 성형외과를 줄여서 칭하는 말이었다. 세 과 모두 바이탈을 잡지 않아서 응급상황에서 자유롭다는 공통점이 있었다. 2000년대 후반에 들어서자 새로운 강자가 부상했다. 새로운 강자는 '정재영'이었다. 정신과, 재활의학과, 영상의학과가 새로운 인기과로 부상했다. 앞의 피안성보다 정재영은 시류를 타지 않고 의사 수명이 길다는 공통점이 있었다. 내가 인턴을 마친 해부터 정재영이 본격적으로 부상하기 시작했다.

백 부장은 내과도 할 수 있다고 했지만 나는 백 부장처럼 자신감이 충만한 사람은 아니었다. 휠체어를 타고 인턴을 돈 것만으로도 충분히 힘들었다. 서저리 파트나 내과 파트를 해서 레지던트를 너무 어렵게 할 엄두는 나지 않았다. 과를 선택하는 데는 약간 타협한 셈이다. 물론 정신과가 의대 지망하면서 하고 싶었던 과 가운데 하나이기도 했다. 몸은 불편했어도 사람들과 대화하는 것을 좋아하는 활동적인 면이 내게 있었다. 환자를 직접 보지 않는 지원 파트, 즉 영상의학과나 병리검사과 같은 과는 어떻게 보면 적성에 맞지 않았다.

그러나 상황은 생각보다 더 불리하게 돌아갔다. 대학병원 정신과

의 레지던트 모집은 어려울 것이라고 생각해서 2차병원 정신과를 지원했는데 경쟁률이 15 대 1이었다. 당연히 떨어졌다. 후기를 다시 지원했다. 이번에는 경쟁률이 더 높았다. 다시 또 낙방이었다. 어색하게 정장을 입고, 면접을 보고, 떨어지고, 우울해하고. 몇 해 전에도 있었던 장면이었다. 제생병원 인턴을 시작하기 전, 계속되는 낙방에 의기소침해 있던 시절이었다. 어떤 길도 없을 것 같던 그때, 주 원장을 만나 용기를 얻고 친구들의 응원으로 제생병원 인턴을 시작했다.

나는 이제 다시 위기였다. 병원은 인턴 수료증만 있다고 인턴을 받아주는 곳이 아니었다. 나는 인턴만 마치면 전문의가 되는 것은 훨씬 쉬울 거라고 인턴을 하는 내내 생각했다. 하지만 막상 레지던트 모집에서 계속 떨어지자 생각이 점점 위축됐다.

'어쩌면 나는 인턴에서 끝나야 하는 건 아닐까? 여기까지 온 것도 어떻게 보면 반은 억지가 아닐까? 그래, 여기까지 온 것만 해도 기적이지. 인턴은 1년이고 레지던트는 4년, 앞으로 훨씬 더 어려울 거야. 인턴 때는 백 부장님이라도 있었지. 레지던트 때는 누가 있어? 내가 일을 못하면 바로 다들 눈을 부릅뜨고 내 흠을 잡겠지. 맞아. 휠체어는 어떻게 해야 하지? 레지던트 내내 타야 할 텐데. 인턴이야 한 달씩 하고 다른 과로 가버리면 그만이지만 레지던트는 붙박이로 한 과에 있는 건데 그걸 봐줄까?'

부정적인 생각이 꼬리를 물었다. 이대로 인턴만 마치고 전문의가 되지 못하는 것은 아닐까? 이대로 그만두기에는 지난 시절이 아깝다는 생각이 들었지만 앞길이 뾰족하게 보이는 것도 아니었다. 내 앞에는 어떤 길이 있을까? 마음이 답답했다.

방법이 없었다. 나는 재수를 택했다. 결과는 마찬가지였다. 냉정하게 생각해보면 당연했다. 학교 성적과 인턴 성적은 그대로였고 정신과의 경쟁률은 점점 더 높아졌다. 세 번 낙방한 것이다. 다른 선택이 없었다. 후기에 또다시 정신과를 써볼 용기가 나지 않았다. 다른 방법이 없었다. 그때 인턴을 마지막으로 돌았던 마취과가 생각났다.

마취과는 수술방에서 거의 상주하기 때문에 이동 거리가 길지 않았다. 그리고 환자의 바이탈이 흔들리면 응급상황이 생기지만 요즘은 수술 전에 환자 상태를 철저하게 점검하기 때문에 이전에 비해서 이런 일도 적다. 마취과는 개업하는 데 다른 과에 비해서 어려움이 있기 때문에 경쟁률이 높지 않았다. 나는 후기로 한일병원의 마취과를 지원했다.

다행히 한일병원 마취과 레지던트 모집에 합격했다. 생각했던 대로 마취과는 동선이 길지 않았다. 첫 일주일은 수술방 옵저베이션이었다. 마취 상태인 환자의 활력 징후를 지켜보는 것은 인내를 요구하는 일이었다. 나는 깨어 있는 환자와 소통하고, 환자의 말을 듣고 적극적으로 도움을 주는 사람이 되고 싶었다. 일주일간 고민의 시간이었다. 어떻게 보면 의사를 한다는 것보다 '무슨 과' 의사를 한다는 것이 의사에게는 더 중요한 일이다. 그것이 평생 자신의 직업이 되기 때문이다. 나는 평생 마취과 의사를 하고 있는 내 모습을 상상할 수 없었다. 마취과 의사는 몸 상태도 견딜 수 있었고 안정적인 일자리였지만 내가 평생 기쁘게 할 수 있는 직업이 될 수 없을 것 같았다. 마취과 레지던트를 더 계속할 수 없었다. 과장에게 이 사실을 말하러 가야 했다.

　그때였다. 우연히 한일병원 인턴 합격자 명단을 보게 되었다. 벽보에는 낯익은 이름이 하나 있었다. 흔하지 않은 이름, 전채희였다. 순간 나는 눈을 의심했다. 스타 스터디 모임의 깜박이는 별, 잦은 감정 변화로 의대 생활을 순탄하게 보내지 못한 친구, 결국 의사고시 때에도 시험 도중에 나와 모두를 깜짝 놀라게 하고 걱정시켰던 그 사람. 채희와 나는 대학에서 졸업한 해에 모교에서 인턴을 하지 못한 몇 안 되는 사람들이었다. 나는 인턴 면접에서 떨어졌고 채희는 그해 의사고시도 통과하지 못한 차이가 있었지만, 어쨌든 우리는 소수였고 남들과 다른 길을 가야 했다.

　채희의 이름을 보고 반가운 나머지 아무 생각 없이 인턴 숙소가 있는 8층으로 올라갔다. 어쨌든 나는 레지던트 1년차였다. 인턴들에게는 직속 선배였다. 인턴 숙소 앞에 도착했다. 인턴 한 명을 붙잡고 물었다.

　"나는 마취과 류미라고 하는데, 혹시 인턴 중에 전채희 선생 어디 있는지 알아요?"

질문이 끝나자 채희가 내 눈앞에 와 있었다. 감정이 풍부한 채희
는 나를 보자마자 덥석 안았다. 순간 그간 채희가 마음고생을 얼마나
했는지 단박에 이해되었다. 우리는 인턴 숙소 앞에서 그간 밀린 이야
기를 나누었다.

"언니, 알지. 나 시험 못 친 거. 도저히 안 되겠더라고. 그리고 다
음 해에 어떻게 해서 시험을 쳤는데 우리 병원에서 인턴은 못했어.
나도 그렇게 지내면서 영하랑 민지, 승민이랑 연락이 다 끊겼어. 기
분도 더 우울해지더라. 그렇게 지내다가 이 병원을 알게 되어 올해
인턴으로 들어왔어. 작년에 인턴 일을 좀 해서 그런지 지금은 내가
인턴 잡을 제일 잘하는 인턴이야. 우습지?"

아니나 다를까, 채희의 말이 끝나자 남자 인턴 하나가 채희를 찾
았다.

"누나, 나 병동 올라가서 L 튜브 넣는데, 한 번 봐줘."

과연 채희는 인턴 중 조교가 되어 있었다. 인턴 일을 막 시작한 채
희와 풋내기 레지던트 1년차인 나, 우리는 예상치 못한 곳에서 해후
했다. 상상도 못한 만남이라서 반가움은 더 컸다. 하지만 만나자 이
별이었다. 나는 채희에게 그 사실을 말했다.

"그런데 사실 채희야, 언니 지금 과장 만나러 가야 해. 마취과는
나하고는 안 맞는 것 같아서 더는 못 할 것 같아. 채희야, 우리 만나

자 이별이다. 그렇지?"

채희는 눈물을 글썽거렸다.

"나도 엊그제 마취과 레지던트 중에서 언니 이름 보고 얼마나 반가웠는지 알아? 찾아가볼까 하다가 인턴이 레지던트 찾아가는 것도 그렇고, 또 언니가 아닐 수도 있어서 그냥 기다리고 있었어. 그런데 아까 언니 목소리 듣고 얼마나 반가웠는지 알아? 언니도 알잖아. 이런 2차병원에서 학교 사람 만나는 게 얼마나 어려운지. 그리고 우리는 나름 친했잖아. 그런데 또 간다고. 정말 섭섭하다, 언니."

나는 울고 있는 채희를 달랬다.

"이렇게 만난 것만 봐도 너랑 나랑 보통 인연은 아니지. 또 볼 거야. 아무튼 언니는 네가 이렇게 학교도 졸업하고 만날 수 있어서 정말 기쁘다. 그럼 또 보자."

나도 채희도 언제 또 보자는 말을 할 수는 없었다. 학교를 졸업할 때도 우리 둘은, 의대 안에서 변두리에 있던 우리 둘은 미래를 기약할 수 없었다. 채희를 또 볼 수 있는 날이 올까. 그때 채희와 나는 어떤 모습으로 또 만날까.

정신과 R2

지금 나는 정신과 레지던트 2년차, 즉 R2다. 서울에서 기차를 타고 세 시간 거리에 밀양역이 있다. 그곳에 내려서 다시 차를 타고 30분을 달리면 내가 근무하는 곳이 나온다. 논과 밭을 양쪽에 두고 2차선 국도를 타고 병원이 있는 부곡까지 쭉 달린다. 부곡마을에 도착하면 양쪽으로 서울에서는 상상도 하지 못한 간판들이 줄지어 있다. 중앙방앗간, 대양농약, 영다방, 한길식육식당 같은 간판들이 아무렇지도 않게 늘어서 있다. 건물은 2층을 넘는 것이 없다. 길 위에는 아무도 바쁜 사람이 없다. 천천히 걸어가고 있는 할머니 옆으로 역시 바쁠 것 없는 개 한 마리가 길을 건넌다. 자동차의 시속은 20킬로미터를 넘지 않는다.

그렇게 한가로운 마을을 1킬로미터 정도 지나면 이 동네에는 어울리지 않는 큰 건물이 두 채 있다. 건물은 크지만 그곳 사람들도 마을 사람만큼이나 한가롭다. 분홍색 상의를 입은 환자는 여자 환자, 하늘색 상의를 입은 환자는 남자 환자다. 환자들이 어울려 삼삼오오 산책을 한다. 환자 하나가 나한테 말을 건다.

"류미 선생님, 면담 좀 하고 싶은데요. 선생님, 언제 시간 되세요? 병동에는 언제 올라오실 거예요?"

자신이 아이돌그룹의 여자친구라고 믿고 있는 여자 환자 김은영이다. 방송을 통해서 그 아이돌스타는 저 환자에게 신호를 준다. '우리는 사랑하는 사이'라고. 사람들은 아무도 그 사인을 알아차리지 못하지만 은영은 그것을 느낀다. 은영은 자신과 스타 사이를 질투하는 사람의 시선을 피하기 위해 항상 모자를 쓰고 다닌다. 자신과 스타의 관계를 찍기 위해서 호시탐탐 노리는 카메라가 있기 때문에 모자는 불가피한 선택이다.

　입원 한 달째, 은영이의 수면 상태와 식사 상태는 호전되었지만 망상은 크게 변화가 없다. 다만 망상의 색채가 조금 옅어졌을 뿐이다. 아마 오늘도 면담 내용은 망상에 관한 것일 터다. 나는 은영이 망상이 조금 옅어졌으면 하고 소박한 바람을 품어본다. 겉으로는 아무 이상이 없어 보이지만 속은 누구보다 곪아 있는 환자들 모습에서 '중간도전인'의 동병상련을 느끼는지도 모르겠다.

　지금도 내가 휠체어를 타냐고? 이곳 병원에서 나는 휠체어를 타지 않는다. 여기에서 가장 중요한 것은 면담과 약물치료다. 물론 회진도 중요하다. 그러나 정신과 회진은 다른 과의 회진과 성격이 조금 다르다. 환자들은 대개 자기 이야기를 사람들이 있는 곳에서 하고 싶어하지 않는다. 나는 회진을 돌면서 집중 면담이 필요한 환자를 면담실에서 만난다. 우리는 물론 앉아 있다. 앉아서 이야기를 듣고, 공감하고, 상황에 맞는 약물을 처방해주는 데 내 몸 상태는 아무 지장이 없다.

물론 회진을 돌면서 말해야 할 때도 있다. 그럴 때는 환자의 침대에 걸쳐 앉는다. 우리는 침대에 나란히 앉아 있다. 그렇게 되면 내 눈은 환자의 눈과 같은 높이에서 마주하게 된다. 의사가 자신을 위에서 보지 않고 같은 시선에서 보는 것은 환자에게도 더 편안하게 느껴지는 일이다. 침대 회진은 환자들이 좋아한다. 환자들 중 누구도 내가 오래 서 있을 수 없어서 침대에 걸쳐 앉아 자신들과 이야기한다고 생각하는 사람은 없다.

이곳에서 일하게 되면 사람들의 내밀한 속사정에 대해 매일 말할 거라고 생각하는 사람이 많다. 하지만 회진 돌면서 내가 던지는 질문은 거의 매일 비슷하다.

"잠은 잘 주무셨어요? 요즘 식사는 잘하세요?"

마음이 아파서 온 사람일수록 이런 기본적인 것들이 중요하다. 병동에서 만나는 환자거나 외래에서 만나는 환자거나 가장 많이 하는 질문이다. '잘 지낸다'고 말하면서 사실 잠을 이루지 못하거나 눈에 띄게 몸무게가 줄어드는 환자들이 가장 걱정스럽다. 보이는 것이 전부가 아닌 과, 아니 어쩌면 보이는 것은 환자 상태와 정반대인 곳, 성공한 자가 불행하고 실패한 자가 때로 행복한 곳이 바로 정신과다.

외래 진료를 보던 어느 날 김숲의 아버지가 병원에 왔다. 알코올 해독 치료약을 타가기 위해서였다. 김은 전도유망한 성형외과 의사였다. 약혼녀와의 트러블은 그에게 극심한 스트레스를 주었다. 그는 국소마취 주사로 쓰던 프로포폴propopol을 직접 주사하기 시작했다. '포폴'에 중독되면서 포폴이 떨어지면 심한 우울증에 빠져들었다. 중독은 또 다른 중독을 낳는 법, 우울감을 떨치기 위해 이번에는 술에 손을 댔다. 술과 약물에 취한 몸은 누군가 자신을 따라오고 있다는 망상과 환각에 시달리게 했다. 몇 번의 입원과 퇴원의 반복, 그의 몸은 지칠 대로 지쳐 있었다.

나는 김의 일과를 물었다. "잘 지내시지요?" 언제나 다름없는 질문이었다. 김은 퇴원한 지 반년이 넘었다. 나는 내심 김이 아르바이트로라도 진료 행위를 할 수 있다고 생각했나보다. 김의 아버지에게서 '어떤 병원에서 무슨 일을 하고 있습니다'라는 대답이 나올 것이라고 생각했다. 아버지 대답은 내 예상을 완전히 빗나갔다.

"선생님, 요즘만 같다면 원이 없습니다. 잘 지냅니다. 그저 밥 잘 먹고, 술 안 마시고 제때 잠도 잘 자고. 집에서 잘 지냅니다. 이렇게만 계속 지낼 수 있다면 저는 소원이 없습니다."

한때는 전도유망한 의사가 집에서 문제없이 의식주를 한다는 사실만으로 만족할 수 있다니, 하지만 이것이 정신병원에서 일하게 되면서 얻은 가장 큰 교훈이다. 행복해 보이는 사람도 누구나 마음 한쪽이 아리고 아픈 구석이 있다. 모든 것을 다 가진 사람이라고 해서 다 행복한 것은 아니다.

반면 아무것도 가진 것이 없지만 행복지수가 높은 사람도 많다.

지능지수가 70이 안 되는 사람이 이렇게 많다는 것도, 정신분열증 환자가 이렇게 많다는 것도 처음 알았다. 그러나 그들이 우리가 말하는 정상인보다 열등할 수 있다고 단언할 수 있을까. 불행한 인생이라고 말할 수 있을까.

여기에서 일하기 전까지 세상은 내게 항상 남들보다 더 잘해야 한다, 이겨야 한다고 가르쳐왔다. 하지만 어떻게 보면 세상은 그저 색깔이 다양한 사람들이 각자 제 색깔을 내면서 살아가는 공간일 뿐인지도 모른다. 휠체어를 타고 인턴을 돌아야 했던 나도, 항상 유유자적하며 의대 시절을 보낸 영준이도, 매일매일 성실하게 보낸 영하도 모두 각자 제 색깔대로 사는 것이다. 문득 그들의 구체적인 삶의 모양이 궁금해진다. 이런 내 생각을 읽은 것일까. 유일하게 연락이 되던 채희에게서 문자가 왔다.

스타 스터디 2차 모임은 결혼식

"언니, 나 결혼해. 그때 와줄 수 있어? 영하랑 승민이도 내가 언니하고 연락한다고 하니까 보고 싶어하더라."

오랜만에 듣는 그리운 이름들이었다. 토요일 오후, 나는 옛 친구의 결혼식에 가기 위해 서울행 기차를 탔다.

"언니는 하나도 안 변했네. 역시 자유로운 영혼, 빨리 와. 옆에서 사진 찍어요."

신부대기실에서 채희는 아름다웠다. 의대가 다니기 힘들다고, 무기력하다고 울먹이던 채희의 모습은 어디에서도 찾을 수 없었다. 채희와 나는 한일병원에서 인턴과 마취과 레지던트로 해후했다. 그리고 몇 년 뒤 채희가 다시 내게 연락을 해왔다. 채희는 놀랍게도 그 병원에서 인턴을 마치고 내과 레지던트가 되어 있었다. 내과 레지던트는 매일 중환자를 상대해야 하는, 레지던트 중에서도 가장 힘든 레지던트였다. 의사시험도 치지 못하고 돌아섰던 채희는 어느새 당당한 내과 3년차 레지던트가 되어 있었다.

이유는 모르겠지만 웨딩드레스 입은 채희의 모습을 보자 나는 주책없이 눈물이 났다. 고비를 넘기고 자기 인생을 잘 꾸리고 있는 채희가 대견해 보였다. 그때 영하가 내 옆에 나타났다. 예식 시작 5분 전, 정확한 영하다웠다.

"언니, 도대체 어디 있다가 여기 나타난 거야? 정말 그대로네, 우리 언니."

나는 영하에게 말했다.

"채희가 저렇게 웨딩드레스 입고 있는 모습을 보니까 대견하다. 참 속도 많이 썩였는데."

영하는 항상 핵심을 짚었다.

"언니, 채희가 언니 속을 썩였든가? 내 속을 썩였지. 학교 다닐 때 내 속 썩인 사람 셋 있잖아. 채희, 언니 그리고 최민지."

맞는 말이었다. 의대에서 아웃사이더 여자였던 우리 셋을 챙기느라고 영하는 항상 바빴다. 그리고 지금도 영하는 바빴다. 엄마로, 한 남자의 아내로, 이비인후과 의사로, 임상강사로. 최소 1인 3역을 하던 학창 시절 그대로 지금도 1인 3역 이상을 하고 있었다. 영하가 말을 이었다.

"오늘 외래가 있어서 차는 병원에 두고 지하철 타고 왔어. 그렇지 않고는 식장에 제시간에 못 오겠더라고."

이렇게 말하는 영하를 보자 나는 학창 시절로 돌아간 것 같았다. 우리는 몇 년 만의 만남이었지만 며칠 전에 봤던 사람 같았다. 그때 누군가 영하를 불렀다. 승민이었다. 야무지고 호기심 많던 천재소녀 승민은 여전히 똘똘한 모습이었다.

"어, 영하 언니. 이게 누구야. 류미 언니네."

나는 좀 쑥스러웠으나 반가운 마음을 감출 수 없었다. 상황 파악이 빠른 승민은 오랜만에 만난 내게 과거를 묻지 않았다. 어쨌든 나는 이제 다시 돌아왔다. 그리고 친구들을 만났다. 원피스에 하늘색 구두를 신은 승민은 앙증맞았다.

"언니, 나는 지금 놀아. 작년에 보드 따고 이제 정말 병원 일도 쉬

286

고 싶고 해서 집에서 지내. 가끔 대진 아르바이트 같은 것만 하면서. 이제 언니 물 위로 올라오셨으니 다시 아래로 잠수는 안 하겠지. 이제 물 위에서 나랑 쭉 같이 놀자. 응?"

승민이의 애교에 영하는 미소를 지었다. 졸업 후 몇 년간의 공백이 몇 마디 말로 한 번에 채워졌다. 모두 내가 어렵게 실습을 돈 것, 인턴을 떨어진 것을 알고 있었다. 이제 그런 것은 크게 중요하지 않았다. 내가 어떻게 해서 이 자리에 갑자기 '출몰' 하게 되었는지 아무도 묻지 않았다. 우리는 그저 반가워하기만 하면 됐다.

"민지 언니가 오면 이렇게 조용할 리가 없는데. 언니, 민지 언니도 결혼했어. 나랑 같이 내과에서 일하던 사람인데. 민지 언니보다 연하야. 역시 능력 있지."

식장을 둘러보자 민지의 모습이 보였다. 나는 영하, 승민이와 함께 민지에게로 갔다. 민지도 여전했다. 예쁘장한 얼굴에 톡톡 튀는 여의도 아가씨 민지는 베이지색 실크 원피스를 입고 있었다. 민지는 피부과 선생님이 되어 있었다. 나를 보자마자 민지는 호들갑을 떨었다.

"아니, 이게 누구셔? 류미 언니. 언니는 세월이 그대로 멈췄네. 나는 봐봐, 여기도 주름에, 피부도 이제 엉망이야. 언니는 지금도 영하 옆에 딱 붙어 있네. 학교 다닐 때처럼. 호호. 아, 그리고 여기는…"

영하와 나는 어색하게 민지 남편에게 눈인사를 했다. 인사를 마치고 나니 민지는 어느새 사라져 보이지 않았다. 영하가 말했다.

"언니, 참 여전하지. 민지 쟤는 학교 다닐 때도 매일 바쁜 척하더니 또 벌써 사라졌네. 그치?"

영하 말이 맞았다. 언제나 바쁘게 이곳저곳 다니던 민지는 그대로 바빴고, 주변 사람을 잘 챙기던 영하는 지금도 여전히 주변 사람을 잘 챙겼다. 애교가 많고 영리했던 승민은 여전히 톡톡 튀는 언행에 분위기 메이커였다. 시간은 힘이 셌지만 사람은 더 힘이 센지도 모르겠다.

집에 돌아오니 모르는 번호로 문자가 왔다. 민지였다.

"언니, 나 민지. 오늘 언니 봐서 정말 반가웠어. 그렇게 오랜만에 보니까 정말 학창 시절로 돌아간 것 같더라. 우리 이제 연락하고 지내자. 언니도 나 보고 싶었지? 여름 되면 우리 집에서 다 같이 모여서 놀자. 어때?"

이제 더 이상 잠수는 없다. 나는 답장을 보냈다.

"우리 최 여사는 더 예뻐지셨대. 서울에서 나 안 보인다고 연락 빼먹지나 마셔."

곧 이은 민지의 답장.

"언니는 어쩜 말투도 그대로야. 하나도 안 변했네."

스타 스터디의 4년 만의 회합은 그렇게 다음 약속을 기약하면서 마무리됐다. 계기는 가장 결석을 많이 하던 우리의 깜박이 별, 채희의 결혼식이었다. 채희는 이제 행복한 신부의 미소를 짓고 있었다. 채희의 미소를 뒤로하고 다시 기차를 탄다. 내가 있어야 할 곳으로 서둘러 내려간다.

여기는 산중턱일까, 산등성이일까

세상에서 멀리 떨어져 있는 곳, 마음이 아픈 사람들이 모여 있는 곳, 그리고 나를 필요로 하는 곳, 부곡의 밤은 깊고 까맣다. 하늘에서는 별이 떨어질 것처럼 반짝인다. 환자들이 모두 잠든 밤, 들리는 것은 풀벌레 소리뿐이다. 이제 이곳 생활도 어느 정도 적응되었다. 시골의 하루는 일찍 시작하고 일찍 끝난다. 나는 잠자리에 든다.

눈을 감고 있으니 등산하는 내 모습이 잠깐 보인다. 나는 말한다. '말도 안 돼. 나는 30분도 걷지 못하잖아.' 등산복을 입은 내 모습은 제법 그럴듯하다. 어쩌면 나는 생각도 하지 못한 방법으로 등산을 하게 될지도 모른다. 예전의 내 인생이 그랬듯이 전혀 짐작도 하지 못한 방법으로 새로운 길이 열릴지도 모른다.

나는 의지가 남달리 강한 사람도 아니고, 도전의식이 대단한 사람도 아니다. '내 다리는 반드시 나을 거야'라고 생각하지도 않고, '반드시 나아야 해'라고 생각하지도 않는다. 그런데 이상하다. 산을 올라가는 내 모습은 갈수록 더 선명해 보인다. 자세히 보니 내 다리 옆에 무엇인가 달려 있는 것도 같다. 며칠 전 신문 기사 내용이 떠올랐다. 미국의 어떤 주에서 사고로 다리를 잃어 걸을 수 없는 사람이 있었다. 그는 포기하지 않았고, 마침내 한 교수가 그에게 '인공 다리'를 선물했다는 내용이었다. 인공 다리는 아직 모양이 조악하고 무거웠지만 그에게는 직립보행이라는 기적을 선물했다.

내 다리 옆에는 최신 인공 다리가 달려 있는 것일까. 그렇다면 나는 기계의 도움으로 성큼성큼 산을 오르는 것일까. 다리를 자세히 보려고 해도 잘 보이지 않는다. 다시 한 번 자세히 다리를 본다. 다시 보니 다리에는 아무것도 달려 있지 않다. 그렇다면 발목에 인공관절이라도 들어 있는 걸까. 알 수 없다. 다시 보아도 다리 쪽은 잘 보이지 않는다. 보이는 것은 웃으면서 등산하는 내 모습뿐이다. 어떻게 이런 일이 생겼는지 알 수 없다. 여기가 어디인지도 모르겠다. 산중턱 같기도 하고 이제 막 산등성이를 지난 것 같기도 하다. 여기가 시작일까, 절반일까 의아해하다가 전화 소리에 잠이 깬다.

병동에서 나를 찾는 전화다. 목소리는 이 간호사. 이 간호사에게서 전화가 올 때면 항상 그날은 일이 많았다. 아니나 다를까, 사고가 터졌다. 엊그제 입원한 지영이가 안경으로 자해를 했다. 나는 서둘러 가운을 입고 병동으로 향했다. 면담을 하고, 달래고, 필요하면 약을

쥐야 할지도 모른다. 마음이 급해진다. 나는 뛰기 시작한다. 등 뒤로
아침을 시작하는 햇살이 비친다.

KI신서 3527

도전받은 곳에서 시작하라

1판 1쇄 발행 2011년 9월 1일
1판 2쇄 발행 2011년 9월 6일

지은이 류미 **펴낸이** 김영곤 **펴낸곳** (주)북이십일 21세기북스
출판콘텐츠사업부문장 정성진 **마케팅영업본부장** 최창규 **편집·기획** 임후성·서유미
디자인 이은혜 **마케팅** 김현유 강서영 **영업** 이경희 박민형
출판등록 2000년 5월 6일 제10-1965호
주소 (우413-756) 경기도 파주시 교하읍 문발리 파주출판단지 518-3
대표전화 031-955-2100 **팩스** 031-955-2151
이메일 book21@book21.co.kr **홈페이지** www.book21.com
21세기북스 트위터 @21cbook **블로그** b.book21.com

값 13,500원
ISBN 978-89-509-3283-1 03800